Là où volent les papillons

SUZANNE
REDFEARN

Là où volent les papillons

ROMAN

Traduit de l'anglais
par Benoîte Dauvergne

J'AI LU

TITRE ORIGINAL
Where Butterflies Wander

ÉDITEUR ORIGINAL
Lake Union Publishing, une marque d'Amazon.com, Inc.
Cette édition a été rendue possible par une licence accordée par Amazon Publishing, www.apub.com, en collaboration avec AJA Anna Jarota Agency.

À ma famille

Une vie n'est pas importante,
sauf dans l'impact qu'elle a sur d'autres vies.

Jackie ROBINSON

Prologue

Le 25 mars 2002

Ma Davina,

Le docteur Holmberg vient de m'apprendre que les dernières greffes sont une réussite et que tu auras bientôt suffisamment récupéré pour rentrer à la maison. J'ai préparé un bocal de calendula que le colonel t'apportera quand tu arriveras à l'hôpital de Manchester.

Je donnerais n'importe quoi pour être à tes côtés ou pour échanger mon vieux corps épuisé contre le tien et faire disparaître ta douleur. Mais la pragmatique que je suis te donnera plutôt ce qu'elle peut, ainsi que ce que tu possèdes déjà... son cœur.

Le temps m'étant désormais compté, il faut que je te révèle comment nous sommes vraiment devenues une famille. À toi de voir ce que tu décideras d'en faire.

Parfois, je me demande jusqu'où remontent tes souvenirs. Tu avais six ans lorsque nous nous sommes rencontrées, le même âge que ta petite Rose. Certains disent que nous emmagasinons des souvenirs dès l'âge de deux ans, et tu as toujours été si précoce que tu connais probablement une partie de cette histoire. Mais la vue d'un enfant est limitée : il voit le monde à travers le prisme des détails qui constituent le doux cocon de sa vie. C'était particulièrement ton cas. Tu étais une artiste comme ta mère, toujours curieuse et observatrice ; tu identifiais les motifs et les ondulations, tu remarquais les stigmates des fleurs et les veines des pierres, tu reconnaissais des visages dans les nuages.

La première fois que je t'ai vue, je n'ai aperçu qu'une touche de couleur, et ce n'est pas étonnant. Un bleu. Céruléen. Tu me demandais toujours pourquoi c'était ma couleur préférée. Tu pensais que j'aimais la façon dont ce mot roulait sur la langue, comme une poignée de billes. La vraie raison, c'est que c'est la couleur dans laquelle je t'ai trouvée, ton manteau de laine si vif que ce ton paraissait surnaturel à côté du vert marécageux de la berge. Ta mère était là aussi. Grande et mince, les cheveux raides et noirs, elle ne semblait pas non plus à sa place dans la nature. Accroupie au bord du fleuve, tu étais cachée dans les herbes d'où tu regardais le vent souffler sur la surface de l'eau, ou peut-être le fretin qui allait et venait entre les ombres. Ta mère remplissait un seau. Elle a levé la tête, vu le bateau et t'a attrapée par la main, puis tu t'es enfuie, petite tache bleue apparaissant et disparaissant entre les arbres.

Ce bref moment se rejoue souvent dans mon esprit. Le hasard a voulu que je prenne le virage au moment exact où toi et ta mère récoltiez de l'eau. Cependant, quand j'y repense, je suis certaine que ce n'était pas une simple coïncidence, mais la providence, l'intervention de Dieu sur le

destin. Comment expliquer autrement ce qui a suivi, l'enchevêtrement de nos vies ?
Même si je t'ai vue moins d'une seconde, j'ai su qui tu étais. Il aurait fallu vivre au fond d'une grotte pour ne pas le deviner. Depuis des mois, ton père suppliait la population de l'aider à retrouver sa femme et sa fille disparues dans les journaux.
Est-ce que tu te souviens de tout ça ? De ton vrai nom, Rebecca Jacqueline Dupree ? Ou de ta mère, Valentina ? Que tu es née riche, et que ton père, Stanley Dupree, était... est... un des hommes les plus fortunés du pays ?
Si tu vas à la bibliothèque, tu trouveras un tas d'articles sur votre disparition : vous vous êtes évaporées juste devant un grand magasin de Palm Beach. On a trouvé des sacs de courses dans le coffre de la voiture de ta mère, contenant plusieurs robes de grossesse neuves. Jusqu'à maintenant, presque trente ans plus tard, votre histoire est un des plus grands mystères non résolus des temps modernes. Il y a toutes sortes de théories sur ce qui s'est passé, et au fil des années, des dizaines d'usurpatrices se sont fait passer pour vous.
Mais revenons à l'histoire de notre rencontre et à la manière dont tu es devenue ma fille.
La raison pour laquelle j'étais partie si loin au nord ce jour-là, c'est que j'avais besoin de viorne obier qui, comme tu le sais, se trouve dans le maquis. Même si j'étais presque arrivée, ma première envie en vous voyant a été de faire demi-tour. La récompense offerte par ton père était considérable, et tout le monde vous cherchait.

Mais comme j'avais presque atteint l'endroit qui m'intéressait, j'ai décidé de continuer.
J'ai coupé des branches de viorne, puis j'ai pris le chemin du retour en ne cessant de me demander comment vous aviez atterri dans l'exploitation forestière. En repassant devant l'endroit où je vous avais vues, une pensée m'est venue. Comme je le dis souvent, un changement de perspective transforme souvent un point de vue. Et c'est exactement ce qui est arrivé.
Comme tu le sais bien, jusqu'à environ huit ans, un enfant est incapable de tromperie. Il sait mentir, et le fait souvent, mais à moins d'être un sociopathe, ce que ne sont pas la plupart des enfants, toute manipulation complexe est hors de sa portée. Ce que j'ai compris, en repassant devant la plage où je t'avais vue, c'est que dans ce premier aperçu éphémère se trouvait la vérité. Ta mère t'avait attrapée par la main, mais c'était toi qui l'avais entraînée vers les bois, les yeux écarquillés, terrifiée à l'idée d'être vue.
J'ai donc fait un choix. J'ai décidé de vous rencontrer avant d'entreprendre quoi que ce soit. Dans un panier, j'ai déposé du pain, de la confiture et du thé, puis je l'ai laissé au bout du sentier avec un mot pour me présenter et expliquer que j'habitais dans la propriété en aval. J'ai signé : « Rosalinda, dite la sorcière de rivière, car je suis sage-femme et herboriste. »
Le lendemain, j'ai trouvé un message sous mon paillasson me remerciant pour le panier et m'invitant à dîner. J'étais stupéfaite. Mais comme je m'apprêtais à le découvrir, ta mère était une personne surprenante.

Je n'oublierai jamais les premiers mots que tu as prononcés en me voyant. La porte s'est ouverte, et tu es apparue, les cheveux aussi noirs que l'encre, comme ceux de ta mère, et les yeux extraordinairement grands d'un ton brun coriandre (ma deuxième couleur préférée, comme tu le sais). La tête inclinée sur le côté, tu m'as jaugée, puis, très déçue, tu as dit : « Tu ne ressembles pas à une sorcière. »
J'ai ri, ce qui t'a fortement déplu. Alors je me suis ressaisie et j'ai répondu : « Et à quoi devrait ressembler une sorcière, d'après toi ? »
« Eh bien, une gentille sorcière est très belle et porte une robe argentée scintillante avec des ailes, alors qu'une méchante sorcière est verte et possède des singes. »
J'ai vraiment dû me retenir de rire, car tu essayais manifestement d'avoir une conversation sérieuse avec moi.
« Ma foi, je suis une sorcière de rivière, pas une sorcière du pays d'Oz, alors ma magie est limitée. Je ne possède pas d'ailes, ni de singes, et je connais seulement quelques petits tours pour faire venir les bébés au monde et rendre les gens heureux. »
À ce moment-là, ta mère est arrivée avec un sourire chaleureux et bien plus belle que sur les photos. Elle vous a présentées par vos vrais prénoms, Valentina et Rebecca, mais ensuite, elle s'est mise à t'appeler *mi cielo*, ce qui veut dire « mon ciel » en espagnol.
Dans la soirée, nous avons mangé de la soupe avec des crackers, joué aux cartes et ri. Ta mère était très drôle, et elle pouvait inventer une histoire à partir de rien. Nous avons évité de parler

de choses sérieuses, et je suis repartie certaine que j'avais bien fait de garder votre secret.
Deux jours plus tard, je suis revenue avec quelques jeux, puzzles et livres. Ta mère m'a particulièrement remerciée pour ces ouvrages. C'était une lectrice insatiable, un trait de caractère dont il s'est avéré plus tard que tu avais hérité.
Toi et moi, nous nous sommes attaquées aux puzzles. Tu t'en souviens ? Penchées sur les petites pièces éparpillées sur la table ?
Nous avons continué ainsi tout l'automne, passant quelques après-midi par semaine en compagnie les unes des autres. Le projet de ta mère était de retourner vivre dans sa ville natale en Espagne après avoir accouché et de commencer une nouvelle vie. Nous n'avons jamais parlé des raisons de votre évasion, mais je devinais au tremblement de sa voix que vous aviez fui quelque chose de vraiment terrible.
J'ai également découvert que c'était le colonel qui vous avait aidées. À l'époque, je ne le connaissais pas. Je l'avais croisé quelques fois au fil des années, mais nous n'avions jamais échangé davantage qu'un bonjour. Il avait combattu en Corée avec le père de ta mère, et tous deux avaient été comme des frères avant que ton grand-père ne soit tué. Il avait prévu de rentrer un mois avant l'accouchement de ta mère, afin d'être présent à la naissance du bébé et de vous aider à atteindre l'Espagne.
Bien entendu, la situation a terriblement dégénéré par la suite.
C'était un mercredi. Je m'en souviens, car c'était le jour de mes visites à domicile. Mais ce jour-là, il était impossible de se rendre où que ce soit.

Une tempête de neige était arrivée, arrachant les lignes électriques et recouvrant la plupart des routes. J'étais inquiète pour ta mère et toi. Le bois et le propane étaient stockés dans la remise, et ta mère enceinte de presque sept mois n'était pas en mesure de traîner des bûches, ni une bonbonne de gaz dans la neige.
Le fleuve étant trop agité pour la navigation, j'ai enfilé mes raquettes et suis partie chargée d'un sac à dos. La neige tombait en oblique, et j'ai failli faire demi-tour plusieurs fois, mais ce qui me poussait à continuer, bien sûr, c'était toi. À cette époque, tu possédais déjà une partie de mon cœur.
Lorsque j'ai atteint la clairière et que j'ai vu les fenêtres éclairées, j'ai failli m'effondrer de soulagement. J'ai enlevé mes raquettes, franchi la porte, et là, j'ai compris que je m'étais réjouie trop vite. Tu étais sur le sol à côté de ta mère, qui était étendue sur le canapé. Il y avait une forte odeur de sang dans l'air et une tache bordeaux sous elle.
En me voyant, tu t'es écriée : « Maman, la sorcière est là. Elle va tout arranger. »
J'aurais voulu de tout mon cœur être capable de le faire, mais même la plus puissante des sorcières connaît les limites de sa magie. Les lèvres de ta mère étaient bleues, ce qui m'indiquait ce qui s'était passé. Pendant qu'elle portait du bois ou une bouteille de propane, le placenta du bébé s'était probablement déchiré, et des toxines s'étaient infiltrées dans son organisme. Je me suis approchée, et ses yeux se sont entrouverts. « Tu es venue », a-t-elle murmuré dans un souffle.

J'ai hoché la tête en m'agenouillant à côté d'elle.
« Tu prendras soin d'elle ? »
J'ai acquiescé sans réfléchir. Cet instant était à la fois trop affreux et trop précieux pour répondre quoi que ce soit d'autre. Et comme si c'était tout ce qu'elle attendait, elle a fermé les yeux et nous a quittées.
Quand la tempête s'est arrêtée, j'ai immergé son corps dans le fleuve et t'ai emmenée chez moi. Un an plus tard, je t'ai présentée comme ma fille adoptive. J'ai contrefait un acte de naissance en décidant de te donner un an de plus, et j'ai choisi le prénom Davina, qui signifie « chérie ». Tu avais pris trente centimètres, perdu toutes tes dents de lait et ne ressemblais plus beaucoup à la petite princesse qui avait disparu près de deux ans auparavant.
Nous ne parlions jamais de ton ancienne vie. J'avais l'impression que tu évitais intentionnellement le sujet, alors je ne t'y poussais jamais. J'espère avoir eu raison. Ces premières années étaient pleines de doutes.
Il a fallu du temps, mais alors que les mois succédaient aux semaines, les moments heureux ont commencé à devenir plus nombreux que les tristes, et nous avons fini par avoir une vie à nous. Le jour où tu m'as appelée maman, j'ai cru que mon cœur allait fondre.
Et voilà qu'aujourd'hui, au pire moment possible, mon corps s'affaiblit. J'aimerais pouvoir continuer à m'accrocher, mais comme tu le sais mieux que la plupart des gens, on ne choisit pas la durée de notre séjour sur cette terre. Le colonel sera là à ton arrivée à Manchester. Il a souvent dit qu'il te considérait davantage comme un membre

de sa famille que ses proches parents, et je suis vraiment rassurée de savoir qu'il sera là pour toi. Je n'imagine pas à quel point c'est difficile. Tu as tant perdu. Mais avec le temps, même les pires douleurs s'effacent, et il te reste tant à donner. Je ne te laisse pas grand-chose, à part mon savoir de guérisseuse et mon amour. J'espère que ce sera suffisant.

Tu as été ma plus grande bénédiction, et ce a été pour moi un honneur d'être ta seconde mère.

À toi pour toujours,

Maman

souviens pas de la mort de Gus, en revanche. C'est étrange, les souvenirs que nous gardons ou pas.

Bee était capable de réciter l'alphabet à l'envers en huit secondes et trois centièmes, mais je ne me souviens absolument pas de sa couleur préférée. Je crois que c'était le rouge. Mais c'est peut-être bien celle de Pen. Le vert ? Est-ce que c'était le vert ? *Smaragdin.* Pourquoi ce mot étrange me vient-il à l'esprit ?

— Maman ?

Pen interrompt la spirale de mes pensées et je me rends compte que je ne lui ai pas répondu.

— Non, poussin, pas de chevaux.

Lorsque j'ai garé la voiture à côté de la véranda, elle sort d'un bond. Je la regarde filer vers la grange et comprends qu'elle a repéré un papillon, sa toute nouvelle obsession. Il volette à travers les arbres, et elle le poursuit en agitant ses bras et ses jambes maigrichons. La boule dans ma gorge grossit, tandis que je retiens mes larmes de toutes mes forces.

— Tu veux que je la suive ? demande Hannah avec inquiétude.

Je commence à hocher la tête, mais je m'arrête. Il y a six semaines, ma réponse aurait été catégorique. Quand j'étais enfant, je passais mon temps à courir dans la forêt de bouleaux, et j'étais loin d'avoir huit ans – ma sœur, mes cousines et moi jouions à chat, à cache-cache, à la chandelle ou à n'importe quel jeu qui nous passait par la tête. Ce n'est pas dangereux. Les troncs d'arbres sont fins et le sol, plat presque partout. Tout ce qu'elle risque de croiser, ce sont des écureuils ou des lapins ; au pire, elle se frottera à un sumac vénéneux.

Mais plus rien n'est comme avant.

Je regarde fixement le dos du t-shirt rayé de Pen tandis qu'elle sautille en direction du sentier, et je secoue finalement la tête. *Non.* Je ne laisserai pas cette affreuse journée nous prendre plus qu'elle ne l'a déjà fait.

Descendant de voiture, je lui crie :

— Reste sur le sentier !

Elle lève le pouce et continue son chemin.

Hannah et moi portons nos bagages jusqu'en haut des marches et je déverrouille la porte.

C'est elle qui entre la première.

— Ouah !

Je hoche la tête et partage son émerveillement l'espace d'un instant. C'est comme si j'avais franchi un portail temporel et me retrouvais à l'époque de ma jeunesse : cet endroit est exactement comme la dernière fois que je suis venue, il y a presque trente ans. J'avais quatorze ans, un an de moins qu'Hannah. J'ai du mal à croire qu'autant de temps s'est écoulé. La mémoire est capable de transformer les minutes en secondes, les années en jours.

Les gardiens de la propriété ont fait de l'excellent travail. L'air sent la cire au citron et le pin, et toutes les surfaces brillent. Un vase de fleurs sauvages est posé sur la console de l'entrée, les rideaux ont été raccrochés et les coussins du canapé, redisposés, comme je l'avais demandé. J'inspire profondément en repensant aux odeurs de tabac et de bacon qui imprégnaient autrefois cette maison. Mon grand-père est parti depuis bien trop longtemps pour que ces effluves réconfortants soient restés.

Hannah entre en flânant dans le salon, un vaste espace avec deux coins salon et une table de jeu. La pièce maîtresse est une énorme cheminée en pierre flanquée d'étagères remplies de classiques de la littérature, mais aussi de livres sur la philosophie, la pêche et la guerre.

— Pas de télévision ? demande-t-elle.

Un sourire me titille les lèvres tandis que je prends la douce voix de ténor de mon grand-père :

— La télévision pourrit l'esprit et transforme le cerveau en fromage, de sorte qu'on ne puisse plus penser, seulement voir.

— C'est ton grand-père qui disait ça ?

— Il avait emprunté ce jugement à Roald Dahl, mais oui, c'est ce qu'il disait.

Ce souvenir me fait sourire.

— Et si jamais nous mangions du fromage au déjeuner ou pour grignoter, il le pointait du doigt et disait : « Télévision ! », histoire d'enfoncer le clou.

Hannah sourit à son tour.

— Tu crois que je devrais commencer à appeler Brendon « tête de fromage » ?

— Peut-être.

Je me dis qu'en ce moment, nous avons un peu du fromage dans la tête, tous les six... enfin, tous les cinq... le nez en permanence sur nos appareils électroniques. Je me demande ce que mon grand-père penserait de ce nouveau monde tout en pixels s'il était en vie.

Il le détesterait et jubilerait d'avoir eu raison. C'était un homme aux fortes opinions, dont certaines passaient mal auprès des gens, mais qui s'avéraient justes la plupart du temps. Bien avant que ces choses fassent leur apparition, il avait prédit l'invention du téléphone et de l'ordinateur portables, le changement climatique et le déclin des valeurs chrétiennes traditionnelles. Il était convaincu que ce qu'on appelait le progrès était une menace pour l'avenir de l'humanité.

Ma mère, une hippie devenue majeure dans les années 1960 qui avait manifesté pour les droits des femmes et des homosexuels, a été la première à couper les ponts avec lui. Mes oncles l'ont bientôt imitée, et les étés idylliques en famille ont pris fin.

Par la suite, je n'ai eu pour tout contact avec mon grand-père que les cartes d'anniversaire qu'il m'envoyait, accompagnées d'un chèque généreux. Je regrette aujourd'hui de ne pas avoir maintenu un lien. Nous avions été proches. « La complicité incarnée », disait-il. C'est grâce à lui si je suis allée à Yale et ai étudié l'économie. C'est celui qui m'a appris à siffler, à faire une douzaine de nœuds différents, à serrer la main correctement, à monter à cheval et à conduire une moto. C'est grâce à lui si je ne m'excuse jamais quand je suis sûre d'avoir raison.

Certes, on ne partageait pas toujours le même point de vue, mais je regrette de ne pas être passée au-dessus de ça pour trouver un terrain d'entente qui l'aurait emporté sur nos différends. Peut-être que si j'avais gardé le contact avec lui, j'aurais même été capable de le persuader de voir les choses différemment, de la même façon que mes enfants m'éclairent souvent sur des pensées plus progressistes que celles auxquelles je suis habituée.

— Est-ce qu'on décharge le reste ou on attend papa ? demande Hannah.

Je me retourne et la vois plisser les yeux à cause de la lumière qui ruisselle à travers les hautes fenêtres. Depuis ses premières règles, il y a un peu plus de deux ans, elle souffre de migraines incapacitantes et la lumière vive fait partie des éléments déclencheurs.

— Et si tu montais te reposer ? Les garçons s'en occuperont quand ils arriveront... d'ici un an ou deux.

Je lève les yeux au ciel.

— Arrête, maman. Tu sais que papa tient à sa voiture.

— C'est ridicule.

— Il fait ça pour l'environnement.

— Mais il doit la recharger tous les cent kilomètres !

— Et alors ? Il ne te demande pas de le faire.

— C'est grotesque. Nous avons roulé jusqu'ici sans avoir besoin de nous arrêter une seule fois.

— Chacun son truc, dit-elle en haussant les épaules.

C'est une ado facile à vivre, jamais du genre à se rebeller. Elle est si différente de moi que si nous n'avions pas la même chevelure dorée et les mêmes yeux bleus, je me demanderais si c'est bien mon bébé qu'on m'a remis à la maternité.

— Oui, eh bien, j'espère qu'ils arriveront avant la fin de l'été.

C'est agréable de plaisanter un peu. Nous le faisons si rarement depuis quelque temps.

Elle sourit presque, mais finit par grimacer, et je m'en veux terriblement. N'importe quel parent devrait être capable de soulager la souffrance de son enfant, ça me semble être un principe de base. Mais j'ai eu beau l'emmener consulter des dizaines de médecins, aucun traitement n'a fonctionné.

Elle monte l'escalier en traînant les pieds. Je l'observe jusqu'à ce qu'elle disparaisse, puis je me laisse tomber sur le canapé et regarde dans le vague par la fenêtre. J'envisage d'aller rejoindre Pen pour que nous partions en exploration ensemble. Je pourrais lui montrer mes cachettes préférées, et nous cueillerions des baies ou chercherions des nids. Nous marcherions jusqu'au fleuve pour vérifier si le saule géant est toujours là, puis nous grimperions sur la branche au-dessus de l'eau et graverions ses initiales à côté de celles de ma sœur et des miennes.

Mais je suis tellement fatiguée.

Appuyant la tête contre le dossier, je ferme les yeux et respire. *Inspire, expire, inspire, expire.* Une respiration après l'autre. Chacune me fait avancer de quelques centimètres. À ce rythme, avec un peu de chance, nous nous trouverons dans un nouvel endroit d'ici la fin de l'été.

2
Penelope

Les papillons volettent entre les minces troncs blancs tandis que je sautille d'une tache de lumière à une autre dans les rayons de soleil qui traversent les feuilles au-dessus de moi.

Je les ai vues avant que la voiture s'arrête, deux petites ailes bleues qui s'agitaient à côté de la grange, et mon cœur a fait un bond. Quand maman a annoncé qu'on allait passer l'été dans le New Hampshire, je me suis inquiétée parce que Bee ne saurait pas où nous retrouver. Mais elle était ici, à nous attendre.

Elle se pose sur la tige d'un arbuste à gros pompons violet-rose, et je me rapproche en espérant apercevoir ses ailes. Si elles ont des lignes noires et des taches orange, c'est un amiral, mais si elles ont une bande blanche avec des taches foncées, c'est un Petit Sylvain, et je n'en ai encore jamais vu.

Je suis à un mètre d'elle quand elle s'envole. Je lui cours après en me demandant si j'ai vraiment aperçu une bande blanche ou si j'ai vu ce que je rêvais de voir. J'ai appris que si on espère de toutes ses forces, notre souhait se réalise parfois.

3
Hannah

Ma migraine empire vraiment. J'ai l'impression que mon œil gauche bat comme un cœur derrière ma paupière et qu'un grand brassage a lieu dans mon ventre. Je déteste que mes maux de tête apparaissent soudainement. Il y a juste quelques instants, j'admirais la maison, tout excitée d'en apprendre plus sur mon grand-père et sur les étés que ma mère passait ici dans son enfance. Quel plaisir de l'avoir vue sourire en parlant de lui, sa joie est si rare ces jours-ci.

Et soudain, bam ! La lumière vive qui traversait la fenêtre s'est reflétée sur le sol et a ricoché pour se loger dans mon cerveau comme une balle. J'ai eu beaucoup de mal à rester debout.

J'ai titubé jusqu'à la première chambre que j'ai trouvée, fermé les rideaux et me suis laissée tomber sur le lit, un bras sur les yeux. Des larmes montent, mais j'essaie de les retenir. Je ne veux pas m'apitoyer sur mon sort. Mais comment lutter ? Ces stupides maux de tête me font souffrir presque tous les jours maintenant, et ils me gâchent la vie. Je passe la moitié de mon temps recroquevillée dans l'obscurité en essayant de ne pas bouger pour éviter que mon cerveau éclate.

Ma mère m'a emmenée voir des milliers de médecins qui ont tous dit la même chose : comme je n'ai pas fini de me « développer », mieux vaut éviter de me prescrire quoi que ce soit qui risquerait d'avoir des effets secondaires à long terme. Ils ont donc tous suggéré la même poignée de remèdes quasiment inutiles : électrolytes, Advil, méditation, exercices physiques. Un seul m'a prescrit des pilules, qui me rendaient si fatiguée que j'ai décidé de supporter plutôt mes maux de tête.

Je pose mon autre bras sur mes yeux tandis que mes larmes se mettent à couler. J'avais espéré que ça irait mieux en quittant le Connecticut, que l'air du New Hampshire me guérirait miraculeusement. Mais je ne suis pas ce genre de fille, le genre qui peut s'attendre à un miracle. Ennuyeuse comme la pluie, avec un rire d'âne, et maintenant, j'ai ces migraines chroniques qui me forcent à rester au lit, les bras sur le visage, au milieu d'une belle journée d'été. Exactement le type de demoiselle en détresse dont aucun prince ne voudrait.

4

Leo

Bucolique. J'ai toujours aimé ce mot. Il sonne exactement comme ce qu'il désigne, avec ses syllabes rondes, lisses et apaisantes. Si vous le cherchez dans le dictionnaire, vous pourrez bien tomber sur la description exacte d'un endroit comme celui-ci : une maison à colonnes typiquement georgienne bâtie au centre d'une vaste pelouse verte, sous un ciel bleu sans fin, une grange au large toit rouge mansardé juste à côté.

Le Highlander de Marie est garé devant, coffre ouvert, et je me demande depuis combien de temps elles sont arrivées. Ma voiture n'est pas pratique pour les longs trajets, nous avons été obligés de la recharger trois fois. Marie la trouve ridicule. C'est un des premiers véhicules électriques commercialisés, et son autonomie est limitée. Mais ça m'est égal. J'aime ce qu'elle représente : ingéniosité, changement, espoir pour l'avenir. Il me semble que ça vaut le coup de passer quelques minutes supplémentaires ici ou là pour parcourir plus de cent kilomètres. Quand l'automobile a été inventée, elle était moins performante que les chevaux et les carrioles, et regardez comment elle a évolué. Et puis, contrairement à Marie, je ne suis pas tout le temps pressé. J'aime les distractions, les transitions et les perturbations inattendues. Pendant notre premier arrêt, j'ai fait un tour au Worcester Art Museum, un endroit que je n'avais pas visité depuis des années. Et pendant le deuxième, Brendon et moi avons eu la chance d'être garés sur le même parking que le food truck Cravin' Crab Cakes, et nous avons mangé les meilleures galettes au crabe de la planète. *La nature fait les choses sans se presser, et pourtant tout est accompli.* Lao Tseu est un de mes philosophes préférés et, ces temps-ci, j'ai tendance à m'inspirer fortement de sa sagesse.

— C'est bien ce que je pensais, dit Brendon à côté de moi. Y a que dalle.

Il ne voulait pas venir ici. C'est un garçon de douze ans, et son monde tourne autour des jeux vidéo, du sport et des copains – tout ce dont est dépourvu le New Hampshire rural.

— Ne sois pas si pessimiste, je réponds, même si j'ai aussi mes réserves.

Nous avons traversé une telle épreuve. Je ne suis pas sûr que nous arracher à tout ce qui nous était familier soit le meilleur choix. Les livres que j'ai lus sur le deuil préconisent la stabilité et un dispositif de soutien fiable. Mais je comprends que Marie n'ait pas pu rester dans cette maison remplie de souvenirs de Bee, avec la piscine scintillant devant chaque fenêtre.

Ma gorge se serre, je m'efforce de déglutir. Un nouveau départ dans un nouvel endroit, ou au moins une bouffée d'air jusqu'à ce que nous trouvions comment vivre dans ce monde transformé, déformé.

Brendon sort de la voiture avec l'enthousiasme d'une limace et je le suis.

J'ai beau être inquiet pour Marie, c'est lui qui m'empêche de dormir la nuit. Il prétend que tout va bien et me répète d'arrêter de lui demander si ça va, mais depuis l'accident, il n'est plus le même. D'après Marie, il a juste besoin de temps, mais ça fait six semaines, et j'ai plutôt l'impression que son état s'aggrave et que nous parvenons de moins en moins à communiquer avec lui.

J'ouvre le coffre tandis qu'il ouvre la portière pour laisser sortir Banjo. Le chien bondit de la banquette en agitant la queue si vite que tout son corps frétille. Il lance quelques jappements joyeux qui font sourire Brendon.

Quelle chance que ce chien soit là – l'adage qui dit que c'est le meilleur ami de l'homme ne s'est jamais autant vérifié. Si Brendon se coupe presque totalement de nous, son dévouement pour Banjo reste inchangé.

J'emporte les deux valises à l'intérieur et m'arrête. Ouah ! J'ai l'impression d'arriver sur le plateau d'un tournage pendant une scène d'*Autant en emporte le vent*, et d'être Rhett Butler attendant que Scarlett O'Hara descende les marches en se pâmant. La maison est un authentique manoir du Sud : parquet foncé à larges lattes, grand escalier en colimaçon, gigantesque lustre en fer forgé au plafond.

— Salut, dit Marie.

Je me retourne et la vois se lever d'un canapé du salon, une pièce aussi vaste qu'un hall d'hôtel et meublée d'une demi-douzaine de divans et de causeuses, ainsi que d'une table de jeu entourée de six chaises à dossier droit.

Banjo bondit vers elle et Marie le gratte derrière les oreilles.

— Vous avez réussi.

Son visage est neutre, mais son ton railleur.

— Ouais ! je réponds, exagérément enjoué. Nous voilà !

J'ai remarqué que tout ce que je disais sonnait faux depuis un moment, comme si j'étais Tony dans une publicité pour Frosties criant : « Le tigre est en toi ! » le doigt levé, à la fin de chaque phrase. C'est franchement énervant, mais même si je m'en rends compte, je suis apparemment incapable de m'en empêcher.

— C'est une blague ? dit Brendon.

Marie et moi nous tournons et le voyons regarder fixement son portable.

— Pas d'Internet ? Mais c'est quoi ce… ?

Il s'abstient de terminer sa phrase, ce qui ne fait qu'accentuer le gros mot qu'il allait prononcer. Je lui suis quand même reconnaissant de s'être retenu, sinon il aurait fallu le réprimander, ce dont je me sens incapable, compte tenu de l'état actuel des choses. Depuis la mort de Bee, je trouve beaucoup plus difficile de punir les enfants, comme s'il m'était impensable de critiquer leur comportement ou de les gronder.

Le visage de Brendon se tourne brièvement vers le mien, puis vers celui de Marie.

— Qu'est-ce que je vais faire tout l'été ?

Je pivote à mon tour vers elle. Sans Internet, ces deux mois avec trois enfants accros aux écrans s'annoncent invivables. Pour Brendon, les jeux vidéo sont aussi essentiels que l'oxygène. Hannah passe son temps sur Netflix. Et Pen fait constamment des recherches sur son dernier centre d'intérêt, totalement captivée par ses découvertes.

— Une antenne satellite sera installée dans quelques jours, répond Marie. Le débit ne sera pas aussi rapide que par câble, mais on s'en sortira.

Brendon plisse les yeux avec une expression qui frôle la haine.

— Et je fais quoi en attendant ?

Elle agite la main en direction de la fenêtre.

— Sors. Il y a tout un monde à explorer.

Il la regarde comme si elle avait trois têtes, et je ne peux pas m'empêcher de le plaindre. Il n'a pas l'habitude de se divertir tout seul. Ce n'est pas comme s'il avait des amis ici, avec qui il pourrait partir à l'aventure.

— Tu pourrais y aller avec Pen, dis-je, avant de me tourner vers Marie. Où sont les filles ?

— Hannah se repose.

— Migraine ?

Depuis plus d'un an, ses maux de tête s'aggravent progressivement, et le stress qu'elle a subi récemment n'a sûrement pas arrangé les choses. J'ai passé des heures à faire des recherches dans l'espoir de trouver une solution, mais la chimie de chaque corps étant différente, il est impossible de savoir exactement ce qui cause ce dérèglement. Marie l'a emmenée consulter une douzaine de spécialistes, et Hannah a essayé tout ce qu'ils lui ont recommandé, mais rien n'a marché.

Marie hoche la tête.

— Quant à Pen, elle est partie courir après un papillon dans les bois.

— Toute seule ?

Les poils se dressent aussitôt sur ma nuque.

Elle acquiesce comme si ce n'était rien, alors que le sang me monte au cerveau.

— Tout va bien, dit-elle en remarquant que je panique. Elle ne risque pas de se perdre. Tous les chemins mènent soit au fleuve, soit à la route.

Mais je trotte déjà vers la porte. Il y a moins de six semaines, nous avons perdu notre fille de huit ans parce que nous avons été stupidement insouciants, persuadés que les jumelles pouvaient se baigner « sans problème » dans la piscine pendant notre absence. Et maintenant, Marie laisse une autre de nos enfants gambader toute seule dans les bois.

— Brendon, dis-je sèchement. On y va.

Étonnamment, il ne proteste pas. C'est peut-être l'ennui... ou la culpabilité... La perception de sa responsabilité à l'égard de ses sœurs a changé.

Nous sortons en courant et filons vers le bosquet de bouleaux. Mon cœur bat si fort que je vois flou. *Faites que je n'arrive pas trop tard. S'il vous plaît, faites que je l'atteigne à temps cette fois.*

5
Penelope

J'entends le fleuve à travers les arbres et je devine qu'il est proche. Il a l'air large et paresseux, totalement insouciant, comme le sont souvent les choses vraiment puissantes. En marchant, je ramasse des feuilles et des baies pour les montrer à papa. J'ai aussi trouvé quelque chose qui ressemble à un champignon. Aussi grand que ma main, il poussait sur le côté d'un des arbres. Il n'est pas beau comme ceux qu'on achète au magasin avec leur chapeau rond et leur gros pied, mais plutôt biscornu et foncé, comme un morceau de charbon brûlé. Son odeur ressemble un peu à celle de la terre humide, mais j'espère que c'est un délicieux champignon qu'on pourra cuisiner, papa, Hannah et moi.

J'ai perdu de vue le papillon, mais je sais qu'il est devant moi. J'ai l'impression qu'elle me guide vers un endroit, ou alors elle est simplement en train d'explorer. Bee adorait l'aventure. Elle était toujours partante pour tout et jamais à court d'idées. À cause de ça, beaucoup de gens pensaient que, de nous deux, c'était elle qui commandait, mais ça ne se passait pas de cette façon. Même si elle marchait généralement devant, c'était le plus souvent moi qui décidais par où passer. C'est comme ça, quand on est jumelles. Ce n'est jamais l'une ou l'autre, mais plutôt deux parties d'un tout, comme le symbole du yin et du yang : blanc et noir, noir et blanc. Semblables et ensemble, mais les deux côtés sont différents. Parfois je me demande comment nous avons pu devenir aussi différentes alors que nous étions nées identiques – sa passion pour la musique, la mienne pour la nature ; elle la sportive, moi l'intello ; elle bruyante, moi calme. Je ne me rappelle pas avoir choisi d'être comme ça, mais c'est peut-être ce que nous avons fait, comme un moyen de se démarquer l'une de l'autre.

Je suis le chemin qui tourne à droite, excitée à l'idée de voir le fleuve – le Merrimack. On dirait le nom d'un vieux personnage joyeux dans un livre. Mais d'après papa, il ne vient pas de là. C'est un mot autochtone qui signifie « endroit fort ».

Je m'arrête, surprise de voir une petite maison à travers les arbres. Elle est en forme de triangle et n'a pas de vrais murs, mais un toit qui descend jusqu'au sol. Sur la galerie, j'aperçois un parapluie jaune en mauvais état, une table en métal avec deux chaises, et un long chat gris allongé sur une tache de soleil.

Je m'approche, mais m'arrête en entendant un bruit sec, comme un coup de marteau sur du bois. Je me retourne et aperçois une femme qui me tourne le dos devant une table de travail. Sa longue queue-de-cheval noire lui arrive presque à la taille, et elle tient un couteau ressemblant à ceux qui ont une longue lame courbée et bien pointue. Je baisse les yeux vers la table où un lapin est étalé, la tête coupée, du sang s'écoulant de son cou.

Lorsque la femme pousse la tête sur le côté avec son couteau, je recule en trébuchant.

Comme elle m'entend, elle se retourne. Au moment où je découvre son visage, j'ouvre la bouche pour hurler, mais le son reste coincé dans ma gorge. Elle n'a que la moitié du visage : la partie du bas est en bouillie, comme si on lui avait arraché la peau, et elle n'a qu'une narine et un trou noir à la place de la bouche. Elle l'ouvre comme pour dire quelque chose, mais je fais aussitôt demi-tour et m'enfuis en courant. Mes jambes avancent aussi vite qu'elles le peuvent et des larmes me piquent les yeux, tandis que tous les contes de fées que j'ai lus depuis que je suis toute petite me viennent à l'esprit : *Hansel et Gretel*, *Le Petit Chaperon rouge*, *Le Nain Tracassin* – des créatures méchantes vivant dans les bois qui attendent patiemment que des enfants croisent leur chemin.

— Poussin ! s'écrie papa en se précipitant vers moi, comme si ma peur l'avait fait apparaître.

Je m'élance vers lui et enfouis mon visage dans son t-shirt.

— Un monstre… Il y avait un monstre.

— Comment ça ?

— Dans un triangle, avec un parapluie jaune, au bord du fleuve.

6
Brendon

Ma sœur a une imagination débordante. Elle a probablement vu un oiseau jaune dans un arbre tordu ou un pêcheur coiffé d'un chapeau jaune dans son bateau. On ne sait jamais avec Pen. L'autre jour, elle nous a raconté que Bee se baladait sous la forme d'un papillon.

— Qu'est-ce que c'est que ça ? demande papa pour la distraire.

Il pointe du doigt le truc marron et spongieux qu'elle tient dans la main. Banjo le renifle.

— Je l'ai trouvé, répond Pen en continuant à gémir. Il poussait sur un arbre.

Je suis à bout de souffle, mais j'inspire par le nez pour éviter que papa s'en aperçoive. C'est un coureur de fond, mais moi, je déteste courir, alors il n'a pas arrêté de me donner de petits coups de pied dans les fesses pendant qu'on filait à travers les bois.

— Ça m'a l'air d'être une sorte de champignon, dit-il en se penchant pour l'examiner. Tu veux qu'on le rapporte à la maison pour vérifier ce que c'est sur Google ?

— On n'a pas Internet, dis-je. Tu as oublié ?

— Exact, répond-il en se redressant. Bon, qu'est-ce que vous diriez de sortir en ville tous les trois ? Je suis sûr qu'il y aura du wifi là-bas. Comme ça, nous pourrons voir ce que c'est.

Mon cœur est en joie. *Bien joué, Pen !*

— Et le monstre ? demande-t-elle avant de jeter un coup d'œil par-dessus son épaule.

— Eh bien, à ma connaissance, les monstres, plus précisément les monstres aquatiques, répond papa d'un ton de M. Je-sais-tout, ne peuvent pas s'éloigner de la source de leur pouvoir. Le fleuve, dans le cas présent. Je pense donc que nous n'avons aucune raison de nous inquiéter.

Son grand front plissé, Pen réfléchit à son raisonnement tout en agitant les yeux à droite et à gauche. C'est une gamine étrange, dont l'énorme cerveau est encombré par son immense curiosité. On dirait qu'il n'arrive pas à analyser toutes les informations qui lui parviennent et ne sait pas vraiment quoi en faire. Bee était un peu pareille, mais c'était plus une intello du genre à démonter un objet pour regarder à l'intérieur qu'à vérifier des trucs sur un ordinateur.

— Donc elle ne peut pas s'éloigner du fleuve ? demande Pen, son œil gauche plissé, pas totalement convaincue par la logique boiteuse de cette théorie, mais encore assez jeune pour faire confiance aux adultes et croire à ce genre de chose.

— C'était une femme ? s'étonne papa.

Elle hoche la tête d'un air sérieux.

— Avec de longs cheveux noirs et seulement la moitié du visage.

Ça ne ressemble ni à un oiseau ni à un pêcheur, alors je me demande si elle a vraiment vu quelque chose.

Papa lui prend la main.

— La moitié du visage, répète-t-il en se dirigeant vers la maison. En effet, ça devait être effrayant.

Je marche derrière eux, tandis que Banjo court devant. Je ne veux pas croire à cette histoire farfelue, mais je jette tout de même un coup d'œil par-dessus mon épaule. Rien d'autre que des arbres aux fines branches, mais mon cœur bat toujours aussi vite, parce que j'ai le mauvais pressentiment qu'une créature nous suit ou plutôt qu'il va se passer quelque chose. Voyant un morceau de bois sur le sol devant moi, d'un mètre de long avec des branches et des nœuds, je m'imagine le saisir et faire volte-face au moment précis où le monstre m'attaque, puis balancer le bâton noueux dans son affreuse figure à moitié déformée.

— Bren ?

Je m'aperçois que je me suis arrêté et que papa et Pen sont désormais loin devant. Je chasse cette pensée de ma tête et me dépêche de les rattraper. Au moment de dépasser le bout de bois, je l'envoie d'un coup de pied dans les buissons, si bien que papa se retourne une nouvelle fois.

Je hausse les épaules comme si c'était un accident. *Pas la peine de s'affoler. J'ai trébuché.*

Mensonge. Mensonge. Mensonge.

J'ouvre et ferme le poing pour que mes doigts arrêtent de fourmiller. Je ne sais pas pourquoi je fais ça – mentir. Toute ma vie, chaque fois qu'on m'a posé une question qui risquait de m'attirer des ennuis, j'ai inconsciemment sorti un bobard, avant même d'avoir pu y réfléchir. Un don... *ou une malédiction...* Mon esprit a toujours été doué pour inventer instantanément des réponses plausibles. Comme j'ai en plus un visage qui, paraît-il, semble incapable de tromper qui que ce soit, je suis un maître de la traîtrise.

— Ça va ? demanda papa, le front plissé.

Je roule des yeux comme si cette question m'énervait, puis ralentis le pas pour lui faire comprendre que je veux être seul. Depuis que Bee s'est noyée, il me demande constamment si ça va ou s'il peut faire quoi que ce soit pour moi. Non, il n'y a rien à faire. Elle est morte. M-O-R-T-E. Partie. Dans le sens où elle ne reviendra pas. Et s'il savait ce qui s'est vraiment passé, il ne me demanderait pas si je vais bien. Il me détesterait et se moquerait bien de savoir comment je me sens. Et tout le monde ferait pareil.

— Tu crois qu'on peut cuisiner quelque chose avec ce champignon ? demande Pen.

— Je l'espère. Peut-être des pâtes.

Bee aurait répondu une pizza. Elle et moi, on était toujours d'accord quand il s'agissait de nourriture.

Sentant l'émotion monter, je m'efforce de la refouler. Ce sont toujours les petites choses qui me bouleversent – une pensée de rien du tout : elle et moi votant pour la pizza et gagnant la bataille, parce qu'il était impossible de lui refuser quoi que ce soit. Et comme ça arrive toujours quand je pense à elle, cette horrible journée se rejoue dans ma tête et fait battre mon pouls comme un fou, jusqu'à ce que j'aie l'impression que ma tête va éclater.

Le lendemain matin, papa est venu me voir dans ma chambre. Il a frappé doucement avant d'entrouvrir la porte et de passer sa tête à l'intérieur. J'étais sur mon lit, *Le Voleur de foudre* ouvert sur les genoux, même si je ne le lisais pas. J'ai refermé le livre en me préparant à affronter sa colère, si bien que je n'étais pas du tout prêt à le trouver aussi inquiet et épuisé.

— Coucou, a-t-il dit d'une voix rauque. Je peux entrer ?

J'ai hoché la tête. Il avait une mine affreuse, ses cheveux rouille en bataille, les yeux rouges et bouffis. Il n'avait toujours pas quitté la tenue de sport qu'il portait la veille quand il était rentré, alors que des secouristes allaient et venaient et que des ambulances étaient garées devant chez nous.

— D'après les secours, il y avait un trou microscopique dans la couture du brassard, dit-il, les yeux baissés vers la moquette. Il a dû se dégonfler et glisser de son bras.

Microscopique. Ce mot s'est gravé dans ma mémoire. *Petit, minuscule, infinitésimal.*

— Elle a fini par se retrouver de travers et n'a sans doute pas pu se redresser.

J'ai visualisé la scène. Bee s'agitait dans l'eau, tournoyant probablement comme elle aimait le faire, tandis qu'un sifflement silencieux accompagnait imperceptiblement ses mouvements. Prise par surprise, elle a basculé. Aucune éclaboussure, aucun cri, son visage sous la surface, tandis qu'elle agitait frénétiquement le bras pour appeler à l'aide. Pendant ce temps-là, j'étais assis à quelques mètres, les yeux sur mon portable.

— Aucun de nous n'aurait pu le deviner. C'est juste une question de malchance. Elle n'aurait pas dû y retourner sans que tu sois là.

J'ai laissé ces derniers mots flotter, incompréhensibles. Je l'ai regardé avec des yeux ronds, mais il n'a rien vu, le visage toujours baissé vers la moquette.

J'étais là. Juste là, assis sur la terrasse, à jouer sur mon téléphone. À essayer de battre mon record à *Fortnite*.

Comme mon père était parti courir et qu'Hannah avait la migraine, c'était moi qui « surveillais » les jumelles cet après-midi-là. Elles avaient passé plus d'une heure dans la piscine, alors je leur avais dit de sortir. J'avais chaud, je m'ennuyais et je voulais rentrer.

Pen est partie dans la maison et dès qu'elle a disparu, Bee s'est avancée vers moi en tapant des pieds par terre et a dit :

— À moi.

Puis elle a tendu la main pour que je lui donne mon portable.

Je l'ai ignorée.

— C'est mon tour !

Elle avait raison : je lui devais une partie. Ce matin-là, j'avais perdu un pari contre elle sur le nombre de couleurs que contient un sachet de M&M's. J'avais dit sept, elle six. Elle avait gagné, le violet n'existant que dans les pubs. C'était une vraie arnaque, du Bee tout craché. Sa récompense était une partie de *Fortnite* sur mon téléphone, un jeu auquel elle pouvait seulement jouer quand on était seuls, parce que les jumelles n'avaient pas le droit de l'utiliser. Autrement dit, elle devait le faire quand Pen n'était pas dans les parages.

— Pas maintenant, ai-je répondu, concentré sur un coffre d'armes caché dans la jungle.

Elle a agité la main devant l'écran et réussi à me faire perdre ma partie.

— Sale conne !

— Tricheur !

Je l'ai fusillée du regard. Elle m'a tiré la langue.

— C'était un pari pourri.

— J'ai gagné sans tricher.

— Va-t'en.

Elle s'est éloignée d'un pas lourd et j'ai commencé une nouvelle partie. Alors qu'elle se chargeait, j'ai entendu un plouf au moment où Bee a sauté dans la piscine.

C'est seulement lorsque j'ai eu terminé, ratant mon record d'une demi-douzaine de points, que j'ai levé les yeux et l'ai vue du côté profond, un bras pendant de son brassard et le reste du corps immergé. L'autre brassard, en partie dégonflé, avait dérivé quelques mètres plus loin.

— Linguine ou spaghettis ? demande papa, me tirant de mes pensées.

— Les deux, répond Pen. Des linghetti.

Je regarde fixement l'arrière de sa tête en me demandant si elle a dit à papa que j'étais rentré. Parce que c'était ce que je m'apprêtais à faire, et c'est à cause de ça qu'il a compris l'histoire de travers. Bee était connue pour désobéir aux règles, alors tout le monde était prêt à croire qu'elle était retournée se baigner toute seule.

Ce matin-là, quand il est entré dans ma chambre, j'aurais pu le reprendre, mettre les choses au clair. Mais je ne l'ai pas fait. Quand il a dit : « C'est juste une question de malchance. Elle n'aurait pas dû y retourner sans que tu sois là », sans ma permission, j'ai hoché la tête. Et voilà, c'était le pire mensonge de toute ma vie, de tout l'univers. Et il est resté. Chaque fois que je me rends compte que je m'en suis tiré, je me sens à la fois nauséeux et soulagé.

— Bren ?

Je m'aperçois que je me suis encore arrêté.

Je me dépêche de les rattraper, puis je jette un nouveau coup d'œil par-dessus l'épaule en espérant que le monstre va apparaître pour que je puisse le détruire à grands coups de bâton.

7
Davina

Je regarde le couteau dans ma main et le sang sur mes gants. Mon premier réflexe est de courir après la fillette et de la rassurer, mais je comprends ce que mon apparence provoque chez les gens, et je sais que ça ne fera qu'aggraver les choses.

Teddy se frotte contre ma jambe et lève vers moi des yeux implorants, dans l'espoir que je laisse tomber un morceau de lapin frais à ses pieds. Ce matou est toujours prêt à mendier. Non loin de là, Laverne et Shirley se lissent le pelage, tandis que Cleopatra m'observe, perchée sur le balcon. Les trois reines surveillent la situation, mais le font avec beaucoup plus de distance ; bien trop fières pour quémander, mais prêtes à recevoir un cadeau si je leur en offre un.

Quel âge avait-elle ? Sept ans ? Huit ? Maigre comme un clou, mais le front large. Huit ans, à mon avis.

Elle venait sans doute de la maison du colonel, une enfant de la famille qui, d'après Rock, est venue passer l'été ici.

Je baisse les yeux vers le lièvre et son œil vide, rond comme une bille, me dévisage. J'ai trouvé cette pauvre créature prise dans un piège à raton laveur il y a une heure. Ce machin se trouve maintenant au fond du fleuve, et j'ai laissé un mot gravé sur un morceau de cuir à sa place :

Vois la cruauté et la souffrance,
Que tu as provoquées une fois de plus,
J'inverse les rôles trois fois trois,
Mets tes actes au jour,
Je serai libre.
Quand la lumière faiblira et que la pénombre arrivera,
La souffrance que tu as causée se retournera.
J'adresse ce sort au karma ce soir,
Je suis sorcière, je me lève et je me bats.
Que la cruauté, la douleur et la méchanceté
Suivent ce méchant toute sa vie,
Inversent le tourment qu'il provoque,
Afin que se retourne contre lui un destin plus cruel.

Je me sers de ce sort depuis que je l'ai découvert sur Internet il y a une douzaine d'années. Quand je suis rentrée chez moi, je trouvais des pièges partout – des animaux agonisants dans ces dispositifs de torture ou tués par des moyens encore plus atroces. Mais au fil des années, ma réputation a grandi, et désormais, la plupart des chasseurs me craignent.

Avant d'écrire le mot, j'ai frotté le morceau de cuir avec du sumac vénéneux, alors toute personne qui le manipulera sera frappée d'une crise d'urticaire en moins de vingt-quatre heures. J'ai découvert que la superstition était un puissant moyen dissuasif pour les vauriens trop cruels et paresseux pour chercher de quoi se nourrir de façon plus noble.

C'est ma mère adoptive, la véritable sorcière de rivière de la région, qui m'a enseigné ses pouvoirs.

Mais elle était connue comme une gentille sorcière, alors que, comme tout le monde le sait, il m'arrive de dépasser les limites de temps à autre. Mon excuse, c'est que j'ai fait la guerre, pas elle.

Je pousse un soupir et repose mon couteau. Avant que la fillette apparaisse, je passais une journée tout à fait charmante. Mes petites farces m'amusent beaucoup, et je me réjouissais de manger un ragoût de lapin, un plat que je prépare rarement ces temps-ci, puisque j'ai perdu l'envie de chasser moi-même il y a des années.

Que faire à propos de cette fillette ?

Je lui ai causé une belle frayeur. Ses yeux étaient grands comme des soucoupes, et sa bouche s'est ouverte pour pousser un cri silencieux. C'est l'effet que mon apparence a tendance à provoquer, car mon visage est assez repoussant.

Je reprends le couteau et recommence à dépouiller le lièvre.

Si tu réfléchis assez longtemps à un problème, tu risques de ne pas trouver la réponse, mais au moins tu connaîtras la question. C'est une phrase que répétait souvent ma mère adoptive.

Je devrais peut-être me présenter à sa famille et expliquer ce qui s'est passé. Cette idée fait battre mon cœur à toute vitesse ; rencontrer des inconnus m'est difficile, c'est quelque chose que je n'aime pas beaucoup.

Je tire d'un coup sec sur la fourrure pour la détacher de la carcasse et la dépose dans le bain de picklage. Quand elle sera prête, je la donnerai à Rock pour qu'il la remette à sa mère. Linda fabrique toutes sortes de choses avec les peaux qu'elle achète aux chasseurs du coin : des couvertures, des chapeaux, des mitaines. Pour mon cinquantième anniversaire, elle m'a offert une couverture en fourrure de lapin. C'est une des choses les plus précieuses que je possède, et depuis huit ans, je me couche le soir en pensant à sa gentillesse. C'est ce qu'il y a de magnifique avec les cadeaux : les sentiments qu'ils portent en eux.

J'entreprends de découper la viande sans cesser de penser à la fillette. Impossible de l'ignorer. Elle pourrait bien faire des cauchemars. Et si sa famille est là pour l'été, je vais devoir l'informer que je vis ici. Peut-être que je laisserai un mot pour expliquer ma difformité et ce qui s'est passé. Ensuite, ces gens retourneront à leurs vies, et moi à la mienne.

8
Hannah

Ma tête m'élance toujours, mais j'ai une chose à faire qui ne peut pas attendre. En arrivant des bois avec Pen et Brendon, papa a dit qu'ils allaient en ville pour pouvoir utiliser Internet. Ils partent dans quelques minutes, et il faut que je les accompagne.

Marchant avec précaution pour ménager mon cerveau, je me dirige vers une table de pique-nique ombragée à côté de la grange. Chaque pas provoque une douloureuse onde de choc sous mon crâne, mais j'ai juste besoin de me concentrer quelques minutes. Il ne manque que la conclusion à mon e-mail, et je l'ai trouvée pendant notre trajet en voiture.

Mon obsession pour les lettres à Juliette a commencé pendant les vacances que nous avons passées l'année dernière en Italie. Tandis que ma mère faisait une fixation sur l'art et la mode, que mes sœurs et mon père se passionnaient pour la grande et la petite histoire, et que mon frère s'intéressait seulement à son portable et à ses jeux, je suis tombée amoureuse de l'idée que des gens se confient sur leurs peines de cœur ou sur un amour non partagé dans des lettres adressées à une héroïne de Shakespeare. Chaque année, des dizaines de milliers sont envoyées ou déposées sur la tombe de Juliette à Vérone, chacune demandant conseil au sujet d'une affaire de cœur. Et ce qui est incroyable, c'est que chaque lettre reçoit une réponse écrite par une armée de bénévoles appelée le Club de Juliette.

Fascinée, je suis allée en lire plusieurs sur Internet et elles m'ont totalement captivée. Les lettres viennent du monde entier et sont écrites par toutes sortes de personnes. Certaines sont longues, presque autant qu'un livre, d'autres ne font que quelques lignes. Beaucoup demandent des conseils, mais la plupart semblent seulement en quête d'un témoin, et j'ai trouvé que les lire, c'était comme regarder de l'autre côté du miroir dans le cœur d'une personne.

Plus j'en découvrais, moins je me sentais seule avec mes sentiments, alors j'ai eu envie de participer. J'ai envoyé ma candidature pour devenir secrétaire en me faisant passer pour une étudiante de vingt-six ans qui proposait de répondre aux lettres écrites en anglais envoyées par e-mail. J'ai été stupéfaite que le club accepte mon offre. Depuis près de six mois, j'en reçois deux ou trois par semaine auxquelles je réponds ensuite. Je rédige mes courriers très soigneusement, car j'ai le sentiment qu'on m'a confié une grande responsabilité. Mon but est de rendre chaque réponse personnelle, de faire sentir à la personne qui l'a écrite combien sa lettre est importante et que je comprends ses sentiments.

Ce qui est vrai. Oh ! comme je les comprends.

Même si je n'ai jamais été amoureuse, je suis passionnée par l'amour depuis mes quatre ans. J'ai lu toutes les histoires classiques, depuis *Les Hauts de Hurlevent* à *Autant en emporte le vent*, et je suis tellement accro à *The Bachelor*, *Love Island* et *Love is Blind* que c'en est embarrassant.

La lettre à laquelle je suis en train de répondre vient d'une étudiante en Californie. Elle affirme avoir rencontré le grand amour, un homme nommé Devyn qui, écrit-elle, est aussi important que l'air qu'elle respire. Ils sortent ensemble depuis deux mois, et il lui a demandé de laisser tomber la fac pour partir vivre avec lui au Texas. Elle ne sait pas quoi faire et attend mes « conseils avisés ».

Je lui réponds essentiellement que le véritable amour ne connaît pas de limites, et que si l'amour de Devyn est aussi sincère que le sien, il attendra qu'elle ait terminé ses études. Je conclus en lui expliquant que leur vie sera bien plus heureuse si elle n'abandonne pas un rêve pour un autre, car le risque, c'est que, plus tard, elle finisse par se demander à côté de quoi elle est passée.

Souvent, quand je rédige mes réponses, je me surprends à me connecter à l'esprit de mes parents, surtout à celui de mon père : je pense à ce qu'il dirait, puis je le reformule avec des mots plus délicats, moins directs. Il n'approuverait pas qu'une personne laisse tomber la fac, quelles que soient ses raisons, mais encore moins si c'est pour un petit ami.

Je tape la dernière ligne qui m'est venue pendant le trajet jusqu'ici :

> Épouse heureuse, vie heureuse – c'est ce que dit toujours mon père, et cela semble fonctionner pour mes parents.
> Bien affectueusement,
> Juliette

Chacune de mes réponses aux lettres se termine par ces mots.

Je clique sur « Sauvegarder » alors que ma mère sort sur la galerie avec Banjo. Elle a pris une douche, car ses cheveux sont humides sur ses épaules. Elle porte un ample sweat-shirt gris et un t-shirt de Nirvana, et je souris en la voyant dans une tenue aussi décontractée. Chez nous, elle est toujours tirée à quatre épingles, même quand elle traîne à la maison, inquiète de ce que pourraient penser les gens qui la verraient par hasard.

Elle sirote une tasse de thé en contemplant la pelouse. La raison pour laquelle nous sommes ici, c'est qu'elle veut préparer cette maison à la vente. À la fin de l'été, nous partirons vivre à Farmington, une ville huppée à vingt minutes de notre maison actuelle à Hartford et, avec un peu de chance, suffisamment loin pour que personne n'y soit au courant de notre histoire tragique ou du rôle de Brendon dans l'accident.

Je plains terriblement mon frère. La seule raison pour laquelle il surveillait les jumelles ce jour-là, c'était que j'avais la migraine et que mon père était parti courir. C'est affreux pour lui. Mais ça aurait pu arriver à n'importe lequel d'entre nous – Bee était comme ça : elle faisait toujours ce qu'on lui interdisait. Mais il a tiré la courte paille ce jour-là et s'est avéré être le responsable.

Tout le monde est au courant, ce qui n'arrange rien. Même les journaux en ont parlé : *Noyade d'une fillette de huit ans dans une piscine*. L'article ne citait pas le prénom de Brendon, mais indiquait que c'était son frère aîné qui l'avait sortie de l'eau, et Brendon était le seul frère de Bee. Il fait comme si cette histoire ne le perturbait pas, mais je vois bien que si. Il ne sort plus avec ses copains, quitte à peine la maison, et on dirait que son sourire a disparu pour toujours, que la culpabilité et la colère sont les seuls sentiments qu'il s'autorise à éprouver.

C'est une des principales raisons de notre déménagement : que nous prenions tous, mais surtout Brendon, un nouveau départ. Mais même si je comprends la logique de ma mère, je ne suis pas totalement convaincue que ça va marcher. Ce n'est pas comme revendre une voiture. Il ne suffit pas de remplacer son ancienne vie par une nouvelle pour que tout soit réparé. J'ai l'impression que, où que nous allions, nos blessures nous suivront et qu'il faudra plus qu'une nouvelle maison dans une nouvelle ville pour arranger les choses.

9

Davina

Le mot est simple et direct :

Chers voisins,
Je m'appelle Davina Lister et j'habite au bord du fleuve. Votre petite fille m'a aperçue par hasard ce matin et j'ai bien peur de lui avoir causé une belle frayeur. Je suis une ancienne militaire, et une partie de mon visage a été brûlée à la guerre. Ça peut effrayer certaines personnes, surtout les enfants. Je tenais à vous informer de ce qu'elle a vu afin que vous puissiez la rassurer.
Bien à vous,
Davina

Comme je n'avais pas de papier à lettres, j'ai écrit sur la page d'un carnet. Je n'avais pas non plus d'enveloppe. Avec un peu de chance, ils ne me jugeront pas là-dessus.

Je m'arrête à l'orée des bois et m'accroupis derrière un buisson d'achillées de peur d'être vue, surtout par la fillette. J'ai l'intention de coincer le mot dans la porte. Le problème, c'est qu'une fois que je serai sortie des bois, il n'y aura plus aucune cachette.

Sur la véranda se trouvent une femme aux cheveux dorés, la fillette, un labrador noir et un homme mince et alerte aux cheveux roux qui ressemble beaucoup à l'enfant. Je m'apprête à battre en retraite en songeant que je reviendrai plus tard, lorsque j'aperçois une autre silhouette à la table de pique-nique à côté de la grange. Elle est dans l'ombre, mais je parviens à distinguer des cheveux blonds longs jusqu'aux épaules comme ceux de la femme. Je la regarde fermer son ordinateur, se lever en flageolant légèrement et coincer l'appareil sous son bras. Tandis qu'elle se dirige vers les autres, je remarque son expression déterminée et le plissement de douleur de ses yeux.

Une migraine.

Elle est à cet âge où les hormones peuvent chambouler l'organisme. Il arrive qu'elles détraquent la chimie du corps et provoquent toutes sortes de problèmes, y compris des maux de tête chroniques incapacitants. Je perçois sa souffrance, et une idée me vient en l'observant.

Je m'apprête à faire demi-tour lorsqu'un garçon, blond et robuste, sort en courant de la maison. L'homme, la fillette et lui montent dans une voiture d'un modèle étrange, et trente secondes plus tard, l'adolescente les rejoint à l'intérieur.

Ils s'éloignent, laissant la femme seule. Elle regarde les feux arrière disparaître, puis se retourne et contemple la propriété. Au moment où son regard balaye mon côté, un frisson – une prémonition ou un avertissement – me parcourt.

10

Marie

J'avais oublié combien cet endroit est beau et paisible. La chaleur retombe à mesure que s'écoule l'après-midi, et tout est si silencieux que j'ai l'impression d'être en transe.

Leo et les enfants sont partis en ville. Ils ont tenu moins d'une heure sans wifi. Ce n'est pas grave. Nous trouverons notre rythme. J'ai demandé à Leo de rapporter des jeux de société et des puzzles. Ma cousine Izzy et moi pouvions en faire pendant des heures. D'autres nous rejoignaient de temps en temps, mais les reines des puzzles, c'étaient nous. Un été, nous en avons terminé seize. Je me souviens de notre préféré, un bulldog entouré d'une pile de donuts couverts de glaçage. Son expression était trop drôle, et nous avons toutes deux déclaré que nous voulions découvrir ce genre de bonheur un jour.

Izzy était une romantique, son rêve était de tomber follement amoureuse d'un poète ou d'un écrivain et de voyager à travers le monde en quête de nouveaux endroits où il pourrait écrire ; et partout où ils iraient, elle serait sa muse. Elle a épousé un podologue, et ils vivent à Syracuse. Mon rêve était plus réaliste : être mère d'une ribambelle d'enfants dont mon mari s'occuperait pour que je puisse gagner des milliards de dollars et changer le monde.

Les enfants, évidemment, m'ont demandé plus de travail que je le pensais. Nous avons eu Hannah, puis Brendon et, débordés à cause de nos carrières et de nos deux enfants en bas âge, nous avons décidé d'attendre avant d'en avoir d'autres. Une erreur qui aurait pu nous être fatale. Il a fallu deux séries de FIV et une mère porteuse pour que les jumelles voient le jour.

Cette période a failli nous mettre sur la paille. Cependant, comme l'a dit Leo un jour, nous aurions pu continuer à gagner toujours plus d'argent, mais nos enfants sont des denrées rares et précieuses. Je lui ai répondu que j'adorais quand il parlait économie. C'était une petite blague entre nous, étant donné que nous avons décroché tous deux un doctorat en économie à Yale.

L'an dernier, nous avons suffisamment renfloué nos comptes pour partir en vacances en Italie. Cette année, nous projetions de découvrir Hawaï. J'ai annulé nos vols et nos réservations d'hôtel il y a deux semaines. À mon avis, aucun d'entre nous n'était d'humeur à partir en vacances aussi rapidement. En plus, à cause de la perte de mes revenus due au congé que j'ai été obligée de prendre au travail et l'acompte pour la maison de Farmington, nous sommes à nouveau fauchés. Mais ça va aller. La vente de cette maison nous remettra solidement à flot et, à la fin de l'été, je reprendrai le travail et nous retrouverons un flux de trésorerie positif. Il faut juste que nous la vendions. *En avant. En avant. En avant.*

Je regarde la pelouse en soupirant et note dans un coin de ma tête qu'il faudra ajouter le semage du gazon sur la liste de choses à faire qui ne cesse de s'allonger. Après vingt années de négligence, le jardin est grillé et envahi par les mauvaises herbes.

J'ai du mal à croire qu'autant de temps s'est écoulé. Le décès de mon grand-père est encore si frais que le regret et la nostalgie me pèsent autant que lorsque ma mère m'a appelée pour m'annoncer la nouvelle. Si seulement j'avais su qu'il me restait très peu de temps pour me faire pardonner ! Cet homme truculent m'avait toujours semblé immortel. Mais aujourd'hui, je sais que personne ne l'est. Pas même les plus indomptables. Bee n'avait que huit ans. Mon grand-père a vécu presque dix fois plus longtemps. Deux personnes intrépides et effrontées. Il l'aurait adorée, notre petite abeille.

Je n'aurais jamais cru que nous vendrions cet endroit. Pendant des années, j'ai secrètement rêvé de recréer les étés magiques de ma jeunesse avec la génération suivante. Mais tout le monde est si occupé de nos jours – le sport, les activités, les engagements – que je ne parviendrai sans doute jamais à convaincre quiconque de venir passer ici un week-end, encore moins plusieurs semaines ou mois, comme le faisait ma famille quand j'étais jeune.

C'est la fin d'une époque. Transmise de génération en génération du côté de ma grand-mère, cette propriété appartient à ma famille d'aussi loin qu'on s'en souvienne. Mais c'est mon grand-père qui a décidé de construire la maison afin d'en faire un lieu de réunion familiale, un rêve qui a duré moins d'une décennie.

Si seulement j'avais pu lui dire combien ces étés ont compté pour moi. J'en garde les souvenirs les plus précieux et une grande proximité avec ma sœur et mes cousines qui s'est forgée au cours de ces semaines fugaces et merveilleuses.

Mais le temps passe, et la nostalgie ne paye pas les factures. J'essaie de ne pas penser à sa déception s'il savait que nous vendons. S'il était là, je lui expliquerais que nous n'avons pas le choix ; ce projet est né d'une nécessité.

C'est le jour de la fête des Mères, une date particulièrement cruelle, que m'est venue cette idée.

Leo se préparait à se coucher.

— Marie, a-t-il dit, le dos tourné.

C'était étrange qu'il m'appelle par mon prénom. Depuis notre rencontre, il me surnomme Jags, le diminutif de Jaguar, car c'est la marque de la voiture stationnée dans laquelle je suis rentrée avec un quad en poursuivant un frisbee, un jour de notre première semaine d'université. J'ai arraché l'emblème de la calandre et cabossé le capot en continuant à essayer d'attraper le disque. Leo était sur le trottoir. Il m'a remis en guise de trophée la tête du féroce félin en chrome au-dessus de laquelle était gravé le nom de Jaguar.

— Bien joué, Jags.

Le logo est aujourd'hui exposé dans un cadre sur notre cheminée, cadeau de Leo pour notre premier anniversaire. Sur la plaque en dessous est gravée l'étymologie du mot : « Bête sauvage qui tue d'un bond. »

Avec un soupir, il a posé sa montre sur la commode, puis a gardé le silence un long moment. Finalement, il s'est retourné, ses yeux habituellement pétillants si fatigués que c'était douloureux à voir.

— Promettons-nous de nous en sortir.

Mais comment ? ai-je eu envie de hurler. Cependant, je me suis retenue, baissant la tête pour regarder mes mains entortillées sur la couette, leurs ongles cassés et leurs contours sanglants à force d'être rongés.

— Il le faut, a-t-il poursuivi. Pour les enfants.

Les enfants. Quatre moins une. Deux plus la moitié de deux.

— Soit nous trouvons le moyen d'avancer, soit nous laissons ce deuil nous tuer à petit feu.

J'ai levé les yeux avec l'impression d'être déjà à l'agonie, de m'être noyée avec Bee. C'était comme si seul mon corps continuait à vivre.

Mais il me regardait avec un tel désespoir que j'ai hoché la tête. Ma réponse n'était pas vraiment sincère. Je voulais simplement mettre fin à cette conversation. Mais lorsque le soulagement a envahi son visage, quelque chose s'est fissuré en moi. C'est ce qui arrive quand on aime une personne et qu'elle souffre : on ne peut pas s'empêcher d'être touché aussi.

Il m'a rejointe dans le lit et, ce soir-là, nous avons fait l'amour. D'une façon étrange qui manquait de naturel, comme si nous scellions cette promesse. Mon esprit semblait séparé de mon corps : j'avais l'impression de regarder deux étrangers, tout en me demandant comment avancer quand une partie essentielle de soi a disparu.

Plus tard, les yeux fixés au plafond, j'ai décidé que nous allions déménager, comprenant que c'était le seul moyen. Leo avait raison ; il fallait que nous nous en sortions, et la seule issue qui me venait à l'esprit, c'était de laisser le passé derrière nous. J'avais toujours rêvé d'habiter à Farmington, une petite ville entourée de collines ondoyantes, aux grandes maisons sur d'immenses pelouses, entourées de sentiers équestres sinueux, de forêts et de cours d'eau – un endroit offrant de vastes espaces où nous pourrions guérir et respirer. C'était financièrement risqué, mais si nous vendions l'exploitation forestière, ce serait gérable.

Cette pensée m'a rendue presque heureuse. C'était la première lueur de légèreté que j'apercevais depuis l'appel que j'avais reçu au sujet de Bee. Et je m'y suis accrochée, les yeux fermés, imaginant la maison que nous achèterions, les meubles que je choisirais, les couleurs dont nous peindrions les murs. J'y ai réfléchi toute la nuit. C'était comme frotter une brûlure avec de la glace, une distraction anesthésiante et apaisante.

Le lendemain, je me suis mise au travail. J'ai commencé par examiner les annonces immobilières et découvert que nous avions de la chance. La construction d'un nouveau lotissement était presque achevée, et il restait une maison à vendre. Elle serait terminée d'ici la fin de l'été. J'ai déposé l'acompte le matin même.

Banjo se laisse tomber à côté de moi, épuisé après avoir passé la journée à courir à travers les bois. Je l'ai toujours plaint de vivre aussi à l'étroit à la maison. Il est sans arrêt enfermé ou en laisse et a rarement le droit de mener une simple vie de chien. Mon grand-père en a toujours eu cinq ou six. Ils couraient en liberté et étaient follement heureux.

— Salut, toi.

Je m'agenouille et lui gratte le menton. Il lève ses yeux ensommeillés vers moi.

— C'est décidé, nous déménageons.

Il repose la tête sur le sol et ferme les yeux. Je me rapproche pour sentir sa chaleur contre ma cuisse et continue à caresser son pelage. *En avant, en avant, en avant…* Chaque respiration, chaque pas me demandent un énorme effort. Mais j'y arriverai, un centimètre ou un millimètre à la fois. Pour Pen, Hannah, Brendon et Leo – pour ceux d'entre nous qui sont toujours là.

11

Hannah

À mon réveil ce matin, Pen était roulée en boule à côté de moi, et la douleur dans ma tête avait diminué de moitié depuis la veille au soir. Je me sens toujours mieux le matin.

Quand je suis descendue, mon père partait courir et ma mère et Brendon étaient déjà partis en ville – elle pour parler à l'agent immobilier, Brendon pour jouer à ses jeux vidéo.

La maison est donc merveilleusement tranquille, et depuis une heure, je m'affaire dans la cuisine, préparant des muffins à la myrtille tout en vérifiant le superbe assortiment d'appareils laissés par mon arrière-grand-père, que ce soit dans la cuisine ou dans l'immense sous-sol. Il devait aimer cuisiner, car il possédait tous les gadgets culinaires jamais inventés et suffisamment de saladiers, de casseroles et de poêles pour nourrir toute une armée. Papa, les jumelles et moi… enfin, papa, Pen et moi… nous adorons ça. J'aime surtout préparer des gâteaux, alors que leur truc, c'est d'inventer des recettes de plats.

Lorsque la minuterie sonne, je sors les muffins du four et inspire à fond la délicieuse odeur qui s'élève du moule. Banjo se redresse et observe chacun de mes mouvements en gémissant. Je le surnomme mon copain de régime. Il mangera un demi-muffin et je mangerai l'autre moitié. C'est plus facile que d'en attaquer un entier et de s'obliger à s'arrêter.

— Il faut qu'ils refroidissent, dis-je, ce qui le fait évidemment gémir encore plus.

Je détache le dessus d'un muffin, jongle quelques secondes avec, puis souffle dessus et le laisse tomber devant ses pattes. Il l'engloutit d'un coup de langue et reprend sa pose suppliante. Je m'apprête à lui donner un deuxième morceau lorsqu'un mouvement attire mon regard à travers la fenêtre. Je tourne la tête et vois un garçon décharger du bois de l'arrière d'une camionnette pour le déposer dans la grange. Il semble à peu près de mon âge, mais il est forcément plus vieux s'il a le permis de conduire. Il porte une casquette de baseball bleu foncé, un jean Wrangler usé et un t-shirt gris qui met ses muscles en valeur. Ses jambes sont aussi épaisses que des troncs d'arbres et son cou est invisible, ses cheveux blond sable s'arrêtant juste au-dessus des épaules. *Bien charpenté*, me dis-je, et cette expression me fait rire bêtement. Ça me rappelle une des lettres à Juliette que j'ai reçues, celle d'une veuve qui écrivait à propos de son mari décédé combien il lui manquait.

> Mon gaillard, j'ai passé toute ma vie à manœuvrer autour de lui et à m'en plaindre, et maintenant qu'il est parti, bon sang, il y a trop de place. C'est comme si j'errais dans un grand trou vide. Comment m'y habituer ? Comment faire sans cette énorme présence dans ma vie ?

Bon, ce garçon ne correspond pas totalement à cette description. Il y a une légèreté enjouée dans sa démarche qui lui donne presque l'air dynamique.

Regarder la lumière en face me donne mal à la tête, alors je me détourne, puis je regarde ma main avec désarroi, car elle est vide. J'ai avalé le muffin pendant que j'observais le garçon. *Grr !* Les sucreries sont mon point faible. Mes os étant déjà gros, elles contribuent à me transformer en vache. Une vache migraineuse ! Depuis que je suis née, on me fait remarquer combien je ressemble à ma mère, un compliment qui m'a toujours fait très plaisir. Mais il y a deux mois, mon prof de biologie, après l'avoir rencontrée à la Fête des sciences, a déclaré :

— Tu es sa réplique exacte, mais en plus grosse.

Rhââ !

Entendant la camionnette démarrer, je regarde par la fenêtre et la vois s'éloigner.

Puisque le garçon est parti et que je dois éviter les muffins, j'attrape mon ordinateur et retourne à la table de pique-nique. Hier, quand j'étais en ville, j'ai vérifié mes e-mails et découvert deux nouvelles lettres.

Il fait incroyablement chaud aujourd'hui, et le temps d'atteindre la table, je transpire déjà, ce qui provoque une nouvelle vague de douleurs migraineuses – la chaleur est un déclencheur, tout comme le stress, la lumière vive, le bruit, les odeurs fortes et l'effort physique –, en d'autres termes, tout ce qu'il y a de moins excitant ou marrant.

Je m'assieds sur le banc et pose la tête sur mes bras en espérant que la douleur passe. Je prends de lentes inspirations profondes par le nez et souffle par la bouche, une technique que m'ont apprise plusieurs médecins pour m'aider. Elle fonctionne un peu, car l'élancement intense et lourd diminue jusqu'à un battement moins vif.

Quand le pire est passé, je tourne la tête sur le côté et c'est à ce moment-là que je vois la ficelle. Blanche et fine, le genre qu'on utilise pour ficeler un rôti. Une extrémité est nouée à la planche du milieu de la table. Puis la ficelle disparaît dans les bois.

Je repense au garçon et me demande si c'est lui qui l'a attachée là. La curiosité prenant le dessus sur la douleur, je me relève afin de voir où elle mène. Je la suis à travers les arbres, ce qui me donne l'impression de participer à une chasse au trésor. Elle serpente entre plusieurs troncs, passe sous des buissons, puis aboutit derrière un rondin couché. À son extrémité est attaché un sac en plastique sur lequel est scotchée une page de carnet pliée.

Je la déplie. Le message est rédigé d'une main précise en caractères serrés qui couvrent une ligne sur deux.

Si tu sens venir une migraine, dépose une demi-cuillère à café de cette teinture sous ta langue.
Si tu as déjà la migraine, bois une tasse de cette tisane.
Pour un soulagement immédiat, glace pour la tête et chaleur pour les pieds.
Pour un mal de tête vraiment sévère, ajoute de la moutarde en poudre au bain de pieds.
J'espère que ce sera utile.
Amitiés,
Davina
(Connue dans le coin comme la sorcière de rivière.)
P.-S. - Pourrais-tu dire à ta sœur que je suis désolée de lui avoir fait peur ? Je ne suis effrayante qu'en apparence.

Je regarde fixement ces mots un long moment en essayant de les comprendre. Pen se comportait bizarrement hier soir, encore plus que d'habitude. Elle a insisté pour dormir dans ma chambre, mais j'ai pensé que c'était parce qu'on était dans une nouvelle maison et que Bee lui manquait. Maintenant, je me demande si ça avait quelque chose à voir avec cette femme qui l'a effrayée.

Du sac, je sors un petit bocal de liquide transparent, un sachet d'infusion et une boîte de moutarde en poudre. Je dévisse le couvercle du bocal et l'approche de mon nez. Le contenu sent l'alcool, le citron et une odeur que je ne reconnais pas. J'ouvre le sachet. L'infusion dégage un parfum de terre et de curcuma.

Une sorcière m'offre des potions parce que, comme par magie d'une certaine façon, elle est au courant de mes migraines. Cette histoire semble tout droit sortie d'un conte de fées. L'idée est si merveilleuse que je ris, ce qui provoque un vif élancement à travers mon cerveau.

Après avoir refermé le couvercle, je range les cadeaux dans le sac et les emporte à la maison.

Je commence par préparer la tisane. Pendant qu'elle infuse, je remplis d'eau chaude la plus grande marmite que je trouve, y ajoute une cuillère à café de moutarde en poudre et la pose à côté de ma chaise. Ensuite, je place des glaçons dans une serviette et pose ce paquet sur la table.

Lorsque tout est prêt, je plonge les pieds dans l'eau, bois une gorgée de tisane et pose la poche de glace sur ma tête. Après tous ces efforts, je suis sûre d'être malade. Je dois me concentrer de toutes mes forces pour ne pas vomir.

Je compte mes respirations en priant pour qu'un miracle se produise, et lorsque mon organisme s'est suffisamment calmé pour que la nausée soit passée, je reprends ma tasse de tisane. Comme elle a tiédi, je l'avale d'une traite et recommence à respirer en priant. Je sens les sensations de chaud et de froid qui se battent en duel : la chaleur et la moutarde attirent la douleur vers le bas, tandis que le froid aide à la faire partir. Ces forces opposées travaillent avec un étrange synchronisme, jusqu'à ce qu'étonnamment, les coups de poignard sous mes paupières se transforment en battements à peine perceptibles.

— Qu'est-ce que tu fais ?

La poche de glace glisse de ma tête, tandis que je bats des paupières et vois Pen en pyjama devant moi. Elle m'observe d'un air intrigué, ses boucles en pagaille d'un côté et aplaties de l'autre.

— Je me débarrasse de mon mal de tête, dis-je, étonnée de prononcer ces mots.

— Ça sent mauvais.

Je souris. Elle a raison. La cuisine sent la moutarde, le curcuma et la terre, un parfum unique que j'associe déjà au soulagement de mes douleurs et qui pourrait bien devenir rapidement mon préféré au monde.

— Est-ce que ça marche ?

— Oui.

Pen exécute ce qu'elle appelle sa danse de la joie en agitant ses bras maigrichons en l'air tout en tortillant son derrière.

— Tu veux bien jouer avec moi ?

Je repense au mot de la sorcière.

— Et si on allait se promener ? On pourrait aller voir le fleuve ?

Elle écarquille les yeux et secoue la tête.

Je m'apprête à lui demander ce qui s'est passé lorsque la sonnette retentit.

12
Penelope

Je suis Banjo en sautillant. Il aboie comme un fou, aussi excité que moi par cette visite. Je trouve qu'un coup de sonnette inattendu est un des sons les plus agréables au monde, c'est le signe qu'une surprise est arrivée.

Hannah attrape Banjo par son collier et j'ouvre la porte en grand sur un garçon... ou une espèce de garçon... Son visage est jeune, mais il est plus grand que papa et a une silhouette rectangulaire.

— Euh, bonjour, dit-il en nous regardant tour à tour toutes les deux, avant de fixer ses yeux bleus sur ma sœur et de les détourner.

Les yeux d'Hannah font toujours cet effet aux gens. Elle a hérité de ceux de maman, que papa décrit comme deux lagons caribéens. Je les ai toujours enviées parce que les miens sont juste un mélange ennuyeux de brun et de vert.

— Salut, dis-je en agitant la main. Je m'appelle Pen.

— Salut, Pen, dit-il en me répondant avec le même geste. Moi, c'est Rock.

— Comme un roc ?

— Ouais. Je suis aussi stupide, bouché et inébranlable qu'un gros caillou.

Il m'adresse un grand sourire qui me fait glousser.

Il regarde de nouveau Hannah, dont la peau a rosi comme de la barbe à papa, et je me retiens de rire parce que, même si Rock et elle viennent de se rencontrer, il est assez évident qu'ils se plaisent.

— Euh, dit-il, j'aide à l'entretien de votre propriété, et votre maman a appelé pour dire qu'elle voulait faire repeindre la maison. Est-ce qu'elle est là ?

Votre maman. Ça me fait sourire.

— Elle est en ville, répond Hannah.

— Est-ce que tu t'appelles vraiment Rock ?

Je trouve ce prénom à la fois bizarre et merveilleux.

Il s'accroupit pour laisser Banjo renifler sa main.

— Oui. La première chose que la sage-femme a dite quand je suis né, c'est que j'étais solide comme un roc, alors c'est comme ça que ma maman m'a appelé.

— La sage-femme ?

En entendant ce mot, je visualise une vieille dame très sage et toute ridée.

— C'est une sorte de médecin, mais qui aide à faire naître les bébés. Enfin, Davina ne se contente pas de ça, elle...

— Davina ? l'interrompt Hannah.

— Ouais. Vous l'avez rencontrée ? Elle habite dans la cabane au bord du fleuve.

Je me rapproche de ma sœur, qui passe un bras autour de mes épaules comme si elle sentait ma peur.

— On est seulement arrivés hier. Alors on n'a pas vraiment eu l'occasion de rencontrer des gens.

— Elle reste toujours près du fleuve, c'est ça ? dis-je en repensant à ce qu'a dit papa.

— Davina ? demande Rock, avant de se gratter le menton comme s'il réfléchissait. Pas vraiment. C'est là qu'elle vit, mais c'est avant tout une vagabonde, elle passe son temps à se balader d'un endroit à un autre, à farfouiller dans les bois ou à rendre visite aux personnes dont elle s'occupe. Je ne l'ai jamais vraiment vue rester un moment au même endroit.

Davina. Le monstre a un nom. Et papa avait tort. Elle peut s'éloigner du fleuve. Et apparemment, elle le fait même tout le temps.

13
Marie

Mon rendez-vous avec l'agent immobilier s'est extrêmement bien passé, beaucoup mieux que je ne m'y attendais. Le marché est à la hausse, et la valeur de la propriété a augmenté exponentiellement depuis sa dernière estimation il y a neuf ans, lorsque nous avons contracté un deuxième emprunt pour la dernière série de FIV qui a donné naissance aux jumelles. La vente nous rapportera largement assez pour acheter la maison de Farmington, la meubler et compenser ma perte de revenus due à mon congé.

Au moment où je franchis la porte, je me sens plus heureuse que je ne l'ai été depuis... depuis l'accident... Enfin une lueur au bout de ce sombre, très sombre tunnel. La maison sent délicieusement bon, ce qui ne fait qu'accentuer ma bonne humeur. Une odeur de champignons et d'ail rôtis passe sous mon nez et fait gargouiller mon estomac. Les yeux fixés sur son portable, Brendon entre dans le salon tandis que je tourne vers la cuisine, où je trouve Pen perchée sur une chaise, occupée à mélanger quelque chose dans une poêle. De son côté, Leo émince des légumes sur le plan de travail.

— Bonjour tout le monde ! dis-je gaiement.

— Salut, toi ! répond-il en me rendant mon sourire.

Il porte un tablier sur lequel est écrit : *NIXON PRÉSIDENT !* C'était manifestement celui de mon grand-père. C'est très drôle de le voir sur mon mari, un pur écolo de gauche. Dans le fond, Ella Fitzgerald fredonne.

— Joli tablier.

Il pose son couteau, lève les bras et fait le V de la victoire des deux mains avec un sourire mielleux à la Nixon.

Je ris.

— Qu'est-ce que vous cuisinez ?

— Des linghetti au champignon chaga, annonce Pen. Je l'ai trouvé sur un arbre dans les bois.

Je regarde Leo.

— Tu es sûr qu'il est comestible ?

— Presque. J'en ai donné un morceau à Banjo et il est toujours vivant, alors je suppose que oui.

Je regarde le chien, qui frappe trois fois le sol avec sa queue en entendant son nom.

— Où est Hannah ?

— Je ne sais pas trop, répond Leo avant de recommencer à trancher des tomates.

Je laisse tomber ma serviette à côté de la table et monte à l'étage en espérant qu'elle ne souffre pas d'une nouvelle migraine.

J'entre dans la chambre des filles et me hérisse à la vue du lit défait et des vêtements éparpillés sur le sol. J'ai dit à Leo que nous devions rendre les enfants plus responsables, mais à l'évidence, ça n'a pas servi à grand-chose. Nous avons décidé il y a longtemps que je ne devais pas être obligée de jouer au gendarme vu le peu de temps dont je dispose avec eux. Le problème, c'est que l'affrontement n'est pas le fort de Leo. Je l'imagine parfaitement leur dire : « Eh, les enfants, vous ne pensez pas que vous pourriez donner un petit coup de main de temps en temps à la maison ? » ou : « Et si on faisait le ménage pour que tout soit bien rangé quand maman rentrera ? » Ce à quoi ils ont dû répondre par un hochement de tête, mais sans vraiment agir pour que ça change.

Je tire sur le drap et tends la main vers la couette. C'est alors que je remarque un petit bocal sur la table de chevet, à côté d'un sachet contenant ce qui ressemble à... *de l'herbe ?*

Je me redresse, stupéfaite. *Hannah ? Vraiment ?* Elle qui est si sage.

J'approche le sachet de mon nez et m'aperçois que je me suis trompée. Les feuilles séchées sont plus brunes que vertes, et leur odeur est terreuse et puissante, comme une épice indienne. Je dévisse le couvercle du bocal et l'odeur reconnaissable de la vodka qui emplit mes narines me surprend. Je découvre ensuite le morceau de papier plié.

En le lisant, je sens mes poils de maman ourse se dresser. *Mais qui est cette femme, bon sang ? Une sorcière de rivière ? Qui a déjà entendu un truc pareil ? Et pourquoi donne-t-elle de l'alcool à une adolescente de quinze ans ? Et puis qu'est-ce qu'elle a fait pour effrayer Pen ?*

Ding, ding, ding – une sirène se déclenche dans ma tête tandis que je renifle à nouveau le liquide en me demandant si Hannah en a bu, et si c'est le cas, l'effet qu'il a pu lui faire. Où est-elle maintenant ? Le bocal est presque plein, alors elle n'a pas dû en avaler beaucoup. Mais quand même, imaginons que ce breuvage soit empoisonné ou hallucinogène. Imaginons qu'elle soit en plein trip à l'heure qu'il est et ne comprenne rien à ce qui se passe.

Je descends l'escalier quatre à quatre.

— Leo, tu as vu ça ?

Je lui tends le bocal et le sachet d'un geste brusque.

Mais c'est Pen qui répond.

— Ces trucs font du bien à Hannah quand elle a mal à la tête.

— Elle en a pris ?

Mes oreilles se mettent à bourdonner.

Ne voulant pas dénoncer sa sœur, elle regarde le sol, mais la vérité se lit sur son visage.

Je m'efforce de rester calme, mais ma voix est tendue.

— Poussin, personne n'aura de problèmes. Je veux juste savoir si elle va bien. Est-ce que tu sais où elle est ?

Elle secoue la tête, les yeux toujours baissés.

Leo prend le mot et le lit. Ensuite, il soulève le bocal, l'ouvre et renifle.

— Rien d'inquiétant, à mon avis. Ça sent la vodka et le gazon.

— Mais si, c'est inquiétant ! Nous n'avons aucune idée de ce qu'il y a là-dedans. Et qui est cette femme qui lui a donné ces trucs ?

Il cligne rapidement des yeux, paralysé par mon emportement, et je vois son regard s'agiter tandis qu'il cherche la meilleure façon de réagir.

— Poussin, dit-il en se tournant vers Pen, ce mot vient apparemment d'une certaine Davina qui dit t'avoir fait peur.

Elle redresse brusquement la tête pour regarder Leo avec des yeux écarquillés.

— Tu t'es trompé ! Tu as dit qu'elle ne pouvait pas s'éloigner du fleuve, mais c'est faux ! Rock dit qu'elle se promène partout !

— Rock ?

Cette conversation prend une tournure bizarre qui tape sur mes nerfs déjà à vif.

— Qui est ce Rock qui t'a parlé de la sorcière ?

Elle secoue la tête.

— Le garçon qui va repeindre la maison.

— Oh !

Maintenant que j'y pense, ce nom me dit quelque chose.

— Quand est-ce que je t'ai dit que la sorcière ne pouvait pas s'éloigner du fleuve ? demande Leo, aussi perdu que moi.

— Pas la sorcière, le monstre.

— Le monstre ? dis-je, tandis qu'un mal de tête démarre entre mes yeux.

— Le monstre était réel ? demande Leo, comme si cette question avait du sens.

— Je te l'ai dit : elle habite dans un triangle au bord du fleuve et n'a que la moitié du visage.

Je commence à comprendre.

— Tu veux dire que la femme qui a donné ces choses à Hannah vit dans une maison au bord du fleuve ?

Pen hoche la tête.

Je me tourne vers Leo.

— Il y a une cabane où les équipes de bûcherons dormaient pendant la récolte du bois là-bas.

J'ignore totalement ce que Pen entend par « la moitié du visage », mais je préfère ne pas relever, cette conversation étant déjà assez bizarre comme ça. Je lui demande :

— Et elle t'a fait peur ?

Elle hoche à nouveau la tête.

— Elle tenait un couteau et avait tué un lapin.

Couteau. Tué. Sorcière. Monstre. Hannah !

Je me tourne vers la porte à l'instant même où elle s'ouvre. Hannah est de retour.

14
Leo

Marie est coupée dans son élan lorsque Hannah fait irruption dans la maison, les cheveux mouillés et les joues rouges, comme si elle venait de courir sous une brusque averse estivale. Je regarde par la fenêtre, mais il n'y a pas un nuage dans le ciel du soir.

— Où étais-tu ? demande sèchement Marie, son affolement transformé en colère.

Hannah nous regarde tour à tour sans comprendre. Lorsque je lève le bocal, sa peau rose devient écarlate. De nos quatre enfants, c'est la moins capable de mentir. Il suffit que l'idée d'un mensonge l'effleure pour que son sens moral fasse rougir son teint d'Irlandaise.

— Je... je...

— Dis-moi que tu n'en as pas bu, dit Marie en désignant le bocal d'un signe de tête.

Je prie pour que sa réponse soit négative. Mais même si elle ne répond pas, son sentiment de culpabilité crève les yeux.

— C'est pour mes maux de tête, répond-elle, le regard baissé.

— Une inconnue qui se fait passer pour une sorcière te donne un breuvage à base de Dieu sait quoi, et toi, tu le bois ? Sans réfléchir ? Sans même te demander ce qu'il y a dedans ou s'il est dangereux ?

— Jags...

Elle me lance un regard noir pour me faire taire, visiblement aussi fâchée contre moi que contre Hannah. Elle a raison, bien sûr. C'est moi qui m'occupais des enfants aujourd'hui, et je n'ai pas imaginé un instant ce qui se passait. Depuis la mort de Bee, je me sens souvent en décalage, comme si j'agissais machinalement au lieu de me concentrer sur ce que je fais.

Marie se dirige vers l'évier et ouvre le sachet.

— Non ! s'écrie Hannah. Ne fais pas ça, maman !

Mais elle ne s'arrête pas. Sans cérémonie, elle jette les herbes dans le broyeur. Ensuite, elle tend la main et je lui remets docilement le bocal, qu'elle vide à son tour.

Lorsque c'est fait, elle se tourne vers nous.

— J'irai lui parler demain et lui ordonnerai de partir.

— Comment ça ? demande Hannah d'une voix aiguë.

— Eh bien, elle ne peut pas continuer à vivre ici.

— Mais pourquoi ?

— Parce que la cabane ne lui appartient pas, et que nous vendons la propriété.

— Mais ton grand-père lui a dit qu'elle pouvait y habiter.

Marie et moi sursautons. Je n'ai jamais rencontré cet homme, mais d'après ce qu'elle m'a raconté, c'était un personnage hors du commun qui faisait les choses à sa façon et ne se préoccupait pas beaucoup de ce que pensaient les autres.

— Tu lui as parlé ? demande Marie, tandis que mes poils se dressent.

Je n'arrive pas à croire que j'ai pu être aussi aveugle. L'une de nos quatre enfants est morte à cause de ma négligence, et il y a quelques instants, une autre discutait avec une inconnue qui habite une cabane abandonnée dans les bois, et je n'en avais absolument aucune idée.

— Tu l'as vue ? demande Pen en descendant de sa chaise.

Hannah s'approche et pose la main sur son épaule.

— Elle est vraiment désolée de t'avoir fait peur. Si son visage est comme ça, c'est parce qu'elle a été brûlée lors d'un accident.

— Et le lapin alors ?

Le menton de Pen tremble lorsque revient sa peur de la veille.

— Il était mort quand elle l'a trouvé. Elle le dépeçait pour que sa fourrure ne s'abîme pas. La mère de Rock fabrique des choses avec des peaux.

Pen la dévisage d'un air sérieux.

— Comment il est mort ?

— Il s'est pris dans un piège. Qui n'avait pas été posé par Davina. Tu es simplement arrivée au mauvais moment.

— Alors ce n'est pas un monstre ? demande Pen, encore hésitante.

Je me sens terriblement coupable de ne pas l'avoir crue. Je pensais vraiment qu'elle avait eu peur d'une ombre ou d'un arbre tordu.

— Non. Juste une vieille dame très gentille qui a été blessée à la guerre.

— Elle était militaire ? dis-je, alors que les pièces du puzzle s'assemblent enfin.

Voilà qui explique pourquoi elle n'a que la moitié du visage.

Hannah lève les yeux vers moi.

— Elle était infirmière dans l'armée.

Je perçois à son ton qu'elle est déjà attachée à cette Davina.

Elle connaît mon admiration pour les hommes et les femmes qui protègent notre pays. Mon père et mon grand-père étaient marines, et je me sentirai coupable toute ma vie de ne pas avoir marché dans leurs pas.

— Et c'est sa mère qui lui a tout appris sur les plantes médicinales, poursuit-elle. Les femmes de sa famille pratiquent la médecine traditionnelle depuis des générations.

Marie s'esclaffe.

— Et tu crois que ça la rend plus qualifiée que les meilleurs médecins du Connecticut ?

Elle et moi sommes en désaccord au sujet des méthodes et des approches alternatives. Elle se dit totalement moderne, tandis que j'éprouve un profond intérêt pour le passé et la notion selon laquelle l'histoire et les légendes sont imprégnées d'une sagesse non conventionnelle qui non seulement est rarement dénuée de sens, mais admet aussi l'inconnu et l'inexplicable. Je regarde l'évier et me demande ce qui composait les remèdes qu'elle a jetés. C'étaient probablement des préparations traditionnelles transmises de génération en génération qui ont fait leurs preuves.

Hannah a la sagesse de ne pas répondre. Elle se tourne plutôt vers Pen.

— Davina te plairait. Elle a des chats, des poules et elle sait plein de choses, un peu comme toi.

Marie me lance un regard inquiet. La situation s'aggrave à chaque mot prononcé par Hannah. Cette femme n'est manifestement pas une vagabonde.

D'après ce que je comprends, elle habite dans la cabane depuis un certain temps et est convaincue d'en avoir le droit.

— Il faut qu'elle parte, dit Marie, connaissant ma tendance à l'empathie.

Je hoche la tête, même si le cœur n'y est pas. Je déteste l'idée d'expulser une ex-militaire blessée, une « vieille dame très gentille » qui vit avec ses chats et ses poules dans une cabane où elle a probablement passé plus de temps que Marie et moi n'avons été mariés.

— J'irai lui parler demain matin, je réponds.

Bien que je redoute de le faire, je me suis proposé pour plusieurs raisons. Premièrement, il n'est pas question que je laisse Marie annoncer seule à une ex-militaire armée d'un couteau qui vit comme une ermite dans les bois qu'elle est expulsée. Deuxièmement, j'ai manqué à mon devoir aujourd'hui, et je tiens à me rattraper. Troisièmement, je suis plus en mesure qu'elle d'accomplir cette tâche. Si Marie a le cœur d'une lionne dès qu'une personne qu'elle aime est en danger, elle peut se montrer aussi délicate qu'un rhinocéros dans le domaine des affaires. Elle est efficace et directe, au point d'être parfois trop franche. Je la vois très bien se diriger vers cette femme et lui annoncer, en lui disant à peine bonjour, qu'elle a trois jours pour plier bagage.

Hésitante, elle serre les lèvres.

— Tu lui feras bien comprendre qu'elle devra être partie avant que la maison soit mise en vente ?

Je hoche la tête.

— Autrement dit, dans moins d'un mois ?

J'acquiesce à nouveau.

— Et tu lui demanderas bien de ne plus s'approcher des enfants ?

Elle lève le bocal.

J'opine du chef comme un jouet qui balance la tête, tandis que mon cœur se serre un peu plus à cette pensée.

15
Davina

Hannah est une fille super – intelligente, drôle et très gentille. En faisant la vaisselle après avoir dîné d'un ragoût de lapin, je repense à notre conversation, un sourire dans le cœur. Je plantais de l'ail d'automne quand elle est arrivée avec une corbeille de muffins aux myrtilles pour me remercier des remèdes contre la migraine que je lui avais laissés.

Je l'ai invitée à boire un verre de thé glacé avec moi, et nous avons passé presque une heure à débattre de la plus belle histoire d'amour jamais écrite. Elle adore les classiques du XIXe siècle – les sœurs Brontë, Louisa May Alcott, Jane Austen –, tandis que je préfère les écrivains révolutionnaires qui ont suivi, ceux qui ont pris des libertés et repoussé les limites – Tolstoï, Pasternak, Márquez.

— Il faut que tu lises *L'Amour aux temps du choléra*. Tu me diras si ce n'est pas une des plus grandes histoires d'amour de tous les temps. Tes romans, même s'ils sont bons, sont si prévisibles. On sait comment ils vont se terminer.

— Exactement. C'est pour ça que je les adore.

Elle a gloussé, ce qui m'a fait sourire. Son rire contagieux commence comme un gloussement et s'achève par un gros rire, comme un point d'exclamation à la fin de son amusement.

Teddy, qui sait très bien cerner les gens, l'a lui aussi bien aimée. Il s'est pelotonné contre sa cuisse sur la balancelle, fouettant l'air avec sa queue tandis qu'elle se balançait. De leur côté, les trois reines se prélassaient à côté de la glacière dans l'ombre de cette fin d'après-midi, moins promptes à se faire des amis.

Hannah avait meilleure mine qu'hier, ses mouvements étaient moins prudents et son visage, moins crispé. J'ai pris un autre muffin, même si j'en avais déjà mangé deux – j'ai un penchant pour le sucré, et ils étaient délicieux –, puis je lui ai tendu la corbeille, mais elle a secoué la tête.

— Pourquoi ? ai-je demandé, sentant qu'elle se retenait.

— Mes hanches risquent de s'en souvenir.

Je l'ai dévisagée sans comprendre.

— Je suis grosse, a-t-elle lâché.

J'ai ouvert des yeux ronds.

— Ah bon ? D'après qui ?

— La balance. Le miroir.

— La balance et le miroir t'ont regardée et ont dit : « Tu es grosse » ?

J'ai secoué la tête.

— Je crois qu'ils sont bons à jeter.

Cette fille est grande et bien bâtie : des épaules larges et des jambes fortes. Son corps s'affaissait comme si la gravité l'alourdissait, mais plutôt qu'une fille en surpoids, c'était un organisme déréglé que je voyais. Son corps était avachi et sa vivacité qui, à quinze ans, aurait dû être à son maximum, paraissait faible, comme si elle manquait de carburant. Des conséquences de la douleur chronique.

— Un corps sait ce dont il a besoin, ai-je dit. S'il a faim, il a besoin de nourriture, c'est aussi simple que ça, quoi qu'en dise ton miroir sans cervelle.

Au lieu de répondre, elle a caressé Teddy sous le menton, tandis qu'il la regardait avec des yeux ensommeillés.

— Comment va ta tête ? ai-je demandé, préférant changer de sujet.

— Mieux. Beaucoup mieux même.

— Mais ce n'est pas parfait.

— Ça ne l'est jamais.

— Ce dont tu as besoin, c'est d'un redémarrage.

Elle a esquissé un sourire en coin.

— Ça me semble une bonne idée. Montrez-moi l'interrupteur, et je m'éteindrai, puis je me rallumerai.

— Eh bien, c'est une option. On pourrait te tuer, puis te ressusciter. Ou bien… je crois que j'ai une meilleure idée… Tu pourrais aller nager.

J'ai désigné le fleuve d'un signe de tête.

— Nager ?

Elle m'a regardée, l'air de me prendre pour une folle, comme si je lui avais fait une proposition scandaleuse, par exemple enfiler des ailes de fée et sauter d'une falaise.

— Tu sais nager, je suppose ?

— Oui.

— Eh bien, je n'ai jamais vu un saumon se plaindre de maux de tête.

— Et vous avez parlé à beaucoup de saumons ?

J'ai souri. Cette gamine était géniale. L'esprit vif et maligne comme un singe.

— En fait, on se fréquente depuis très longtemps, les saumons et moi. Et je vais te dire une chose, ils ne nagent pas à contrecourant juste pour faire les malins.

— Je n'ai jamais nagé ailleurs que dans une piscine.

À mon tour, je l'ai regardée avec stupéfaction.

— C'est vrai ?

Quel dommage ! Tourner en rond, se baigner dans des produits chimiques, tout en étant entouré de murs. Où est la joie dans tout ça ?

— Il n'y a rien d'autre là où nous habitons.

— Eh bien, tu es là maintenant, et ce dont tu as besoin, c'est de nager pour de vrai, jusqu'à en avoir le souffle coupé. Littéralement. Ce qu'il faut faire, c'est nager de toutes tes forces, le plus longtemps possible. Quand tu te sens totalement épuisée, tu te retournes et tu laisses le courant te ramener.

À nouveau, j'ai agité la tête en direction du fleuve.

— Maintenant ?

— Pourquoi attendre ? Personne ne sait de quoi demain sera fait.

Elle s'est figée, ces mots touchant une corde sensible.

— Je n'ai pas de maillot de bain.

— Il n'y a que Dieu et moi ici, et on a tous deux vu plus de corps nus qu'on ne peut en compter. En plus, tu as interrompu mon jardinage. Va nager. Moi, je retourne à mes plants. On verra comment tu te sens après.

J'ai fait tomber les miettes de muffins de mon pantalon en me levant, puis j'ai pris le chemin du jardin. J'ai fait semblant de l'ignorer, et, quand j'ai entendu ses pas se diriger vers le fleuve, j'ai crié de joie intérieurement, sachant combien il est difficile pour certaines personnes de croire aux méthodes de soin alternatives. Pourtant, le fait de nager dans l'eau froide pour guérir un mal de tête est loin d'être révolutionnaire. Tout comme une poche de glace aide à désenfler, l'immersion dans l'eau froide provoque la contraction du système vasculaire. Et comme un afflux sanguin excessif vers le cerveau joue un rôle majeur dans le déclenchement des migraines, il paraît logique de faire baisser la température du corps. En outre, l'effort fourni en nageant à contrecourant ouvre les glandes surrénales et stimule la production d'endorphines, ce qui réduit la perception de la douleur. Si on pousse l'effort jusqu'à l'épuisement, une réinitialisation chimique peut se produire. Comme un ordinateur, tout ce dont a besoin un corps parfois, c'est d'un redémarrage.

J'ai planté le reste de l'ail, puis je suis retournée à la cabane, où j'ai pris un bocal de teinture pour la migraine. Quand je suis arrivée sur la berge, j'ai été surprise de voir qu'Hannah nageait toujours. Sa tête n'était qu'un petit point au loin. Sa force était impressionnante. Je nage dans cette rivière depuis des dizaines d'années, et elle avait presque atteint l'endroit où je m'arrête chaque jour.

Je me suis assise sur la chaise longue de la plage et j'ai contemplé l'eau. C'était mon moment préféré de la journée, cet agréable temps intermédiaire où la lumière est douce et l'air, encore chaud. J'ai levé le visage vers les rayons déclinants du soleil et laissé leur chaleur m'envahir.

Lorsque j'ai levé les yeux, Hannah s'était arrêtée. J'ai deviné son essoufflement, puis je l'ai regardée se tourner sur le dos et se laisser ramener par le courant. N'ayant pas conscience de la vitesse à laquelle elle avançait, elle a failli me dépasser, mais à la dernière seconde, elle a agité les bras et barboté jusqu'à la rive. Elle est sortie de l'eau d'un air ravi, les bras pudiquement croisés sur son soutien-gorge, un immense sourire aux lèvres.

Je lui ai tendu une serviette, et elle s'est enveloppée dedans.

— Ouah !

Son sourire était si large que j'ai pensé qu'elle devait avoir mal aux joues.

— C'est la chose la plus dingue que j'aie jamais faite.

Elle a regardé l'eau par-dessus son épaule.

— C'était... c'était... ouah !

J'ai ri de son étonnement, incapable de m'en empêcher. Normalement, je m'efforce de me retenir devant les gens que je viens de rencontrer, car je sais que mon rire est particulièrement repoussant, ma bouche se transformant en trou béant. Mais soit elle n'a rien remarqué, soit ça ne lui a rien fait, parce qu'elle a ri avec moi, son gloussement de pur plaisir s'achevant par son gros rire caractéristique.

La réaction d'une personne devant mes cicatrices m'en apprend beaucoup sur elle. Certaines n'en supportent pas la vue, parce qu'elles éprouvent trop d'empathie ou trop peu. Les premières grimacent ou fondent en larmes, les deuxièmes ricanent ou regardent ailleurs, comme si ces blessures pouvaient être contagieuses. Ensuite, il y a celles qui font trop d'efforts pour prétendre ne pas être affectées ; elles pensent que ne pas réagir est un signe de bonté. Elles rient trop fort à tout ce que je dis et me complimentent sans arrêt sur mes cheveux ou mes yeux. Et puis il y a les rares personnes comme Hannah qui remarquent mes brûlures, mais n'y font plus attention au bout de quelques minutes. Elles me regardent naturellement dans les yeux. C'est comme si elles avaient rempli les blancs et ne voyaient plus mes parties blessées, mais juste moi.

J'ai ouvert le bocal de teinture, rempli le compte-gouttes et le lui ai tendu.

— C'est le moment où il faut la prendre. Le mieux est de la garder sous la langue et de la laisser se mélanger à ta salive.

Elle a fait couler le liquide dans sa bouche, plissé le nez et grimacé ; ensuite, elle a serré les paupières et tapé des pieds par terre, déterminée à ne pas la recracher, mais ne voulant pas non plus l'avaler.

Au bout de quelques secondes, elle a ouvert les yeux, secoué la tête et henni comme un cheval.

— Beurk.

J'ai lâché un petit rire.

— La grande camomille a un goût un peu amer.

— La grande camomille ?

— C'est une fleur qui ressemble à la marguerite et qui fait des miracles en cas de migraine.

Elle a demandé comment je connaissais toutes ces choses, alors je lui ai raconté que j'avais été infirmière dans l'armée, et que ma mère adoptive m'avait transmis son savoir sur les herbes et les remèdes.

— Comment va ta caboche ? ai-je demandé lorsque nous avons atteint la cabane.

Elle a incliné la tête de chaque côté, puis l'a secouée rapidement d'avant en arrière comme pour la tester. Quand elle s'est arrêtée, elle m'a regardée d'un air émerveillé, ses grands yeux bleus écarquillés.

— La douleur est partie ! C'est incroyable ! Mon cerveau ! Je ne le sens plus !

J'ai gloussé à nouveau.

— Merci !

Elle a passé le bras qui ne portait pas la serviette autour de moi pour me faire un câlin. C'était si inattendu que j'ai sursauté, alors elle s'est éloignée d'un bond.

— Oh ! pardon. Je vous ai fait mal ?

J'ai cligné rapidement des yeux et secoué la tête, puis j'ai regardé ailleurs pour qu'elle ne voie pas mes yeux humides. Je me suis aperçue que ça faisait longtemps qu'on ne m'avait pas touchée.

— Il vaut mieux que tu prennes la teinture le matin, ai-je dit pour cacher mon embarras. Après avoir nagé.

— Attendez. Je ne suis pas guérie ?

— Si tu la prends chaque jour, elle montera petit à petit en puissance dans ton organisme et fonctionnera comme traitement préventif. Mais pour le moment, ce n'est qu'un remède temporaire. Natation, puis teinture : plus tu le feras régulièrement, plus vite ton organisme s'adaptera.

Elle a affiché un air déterminé.

— Compris.

Puis elle m'a regardée dans les yeux et dit solennellement :

— Merci. Vous êtes extraordinaire.

Non, me dis-je en rangeant mon assiette dans le placard, le cœur encore illuminé par la joie de sa visite. *C'est la grande camomille qui est extraordinaire. J'ai simplement eu la chance d'apprendre son pouvoir grâce à ma mère.*

16
Penelope

Je regarde la lumière du matin qui passe entre les rideaux et repense à la dame que j'ai prise pour un monstre. Son visage effrayant n'était pas ce que je croyais. J'ai mal au cœur pour elle, une petite brûlure est déjà tellement douloureuse.

— Hannah ? dis-je au dos de ma sœur.

— Je dors, marmonne-t-elle.

— Tu crois que je pourrais la rencontrer ?

— Qui ça ?

— Davina.

— Pourquoi ?

— J'en sais rien.

Ce n'est pas vrai. Je sais pourquoi. D'abord, même si Hannah a essayé de me rassurer, j'ai toujours peur de cette femme. On dirait que la frayeur que j'ai ressentie fait encore partie de moi. Ensuite, à cause du papillon. C'est Bee qui m'a amenée là-bas, et je sais que ce n'était pas par hasard.

— Maman ne veut pas qu'on lui parle, grogne-t-elle avant de s'éloigner.

Elle espère que je vais la laisser tranquille et qu'elle va pouvoir se rendormir.

— Maman a seulement demandé à papa de lui dire de ne plus s'approcher de nous. Elle ne nous a pas interdit d'aller la voir.

Hannah ne répond pas, ce qui veut dire qu'elle réfléchit. C'est surprenant parce qu'elle obéit toujours aux règles. Elle est toujours à l'heure, ne jette jamais un coup d'œil aux réponses des mots croisés à la fin du livre et compte toujours jusqu'à vingt quand on joue à cache-cache. Son silence signifie qu'il se passe quelque chose.

— Hannah ?

Elle se tourne vers moi, les yeux ensommeillés.

— Ça a marché, dit-elle.

— Quoi ?

— Le truc que maman a vidé dans l'évier. J'en ai pris hier quand j'étais chez Davina et mon mal de tête est parti.

En voyant qu'elle a les larmes aux yeux, je la plains sincèrement. Je n'arrive pas à imaginer à quel point ces maux de tête sont douloureux, si violents qu'elle a du mal à ouvrir les yeux. Et elle en a si souvent en ce moment, presque tous les jours.

Une larme s'échappe et coule de sa joue sur l'oreiller.

— Je sens déjà la migraine revenir, dit-elle d'une voix tremblante. J'ai l'impression d'être couchée là, à attendre qu'un train me percute la tête.

Je suis en colère. Je déteste ces stupides migraines. Et ce qui m'énerve encore plus, c'est qu'il existe un remède pour la guérir et que maman a trop peur du monstre... enfin, de Davina... pour laisser Hannah le prendre.

— Alors il faut qu'on aille lui demander un autre bocal, dis-je.

— On n'a pas le droit.

— Si.

Contrairement à elle, je n'ai aucun mal à désobéir aux règles.

— Pen...

— Arrête ! On va juste aller raconter à Davina ce qui s'est passé, que maman l'a vidé dans l'évier et qu'il t'en faut un autre.

— J'en sais rien...

Je devine qu'elle hésite.

— Et si on allait juste là-bas pour que je la rencontre ?

Je m'agenouille sur le lit et me penche au-dessus d'elle.

— S'il te plaît ?

Elle se mord le coin des lèvres.

— Disons que ce serait sympa de la revoir avant qu'elle soit obligée de déménager.

Je bondis du lit.

— Exactement ! Allons-y.

— Maintenant ?

— Oui. Il faut partir avant que papa et maman se réveillent.

Je suis très forte pour ne pas me faire remarquer. Nous nous habillons puis, nos chaussures à la main, nous sortons de la maison sur la pointe des pieds.

— Bonjour !

Le son de cette voix me fait presque hurler de peur. Nous nous retournons en même temps pour voir Rock perché sur une échelle, un grattoir à la main.

— Où vous allez comme ça de si bon matin ?

— Voir Davina, je réponds.

— Alors vous l'avez rencontrée ?

Il descend de l'échelle.

— Hannah, oui. Et j'ai envie de faire sa connaissance avant qu'elle parte.

Il me regarde sans comprendre.

— Qu'elle parte ? Où ça ?

— Elle ne peut plus habiter dans la cabane.

— Ah bon ? Pourquoi ?

Cette fois, c'est Hannah qui répond. Elle pose brièvement ses yeux sur les siens avant de les baisser vers le sol.

— Parce qu'on va vendre la propriété, mais c'est impossible tant qu'elle vit dans la cabane.

— Vous allez la chasser de chez elle ?

Toute la gentillesse de Rock a disparu.

— Dans les faits, cette cabane nous appartient, marmonne-t-elle en grattant la terre avec son pied nu.

— Mais elle habite ici depuis bien plus longtemps que vous ! rugit-il, ce qui fait reculer Hannah d'un pas, tandis que je file me cacher derrière elle.

— Désolé, grogne-t-il.

Mais elle secoue la tête, m'attrape par la main et m'entraîne vers la forêt.

Les morceaux de bois et les cailloux écorchent mes pieds nus, mais elle ne s'arrête que lorsque nous sommes entourées d'arbres et que Rock ne peut plus nous voir.

Avec colère, elle enfile ses baskets et je me demande si c'est à maman ou à lui qu'elle en veut.

— Allons-y, dit-elle d'un ton agacé en se levant.

Nous suivons le sentier. Même si c'est moi qui ai voulu aller voir cette femme, chaque pas me donne envie de faire demi-tour et de rentrer en courant à la maison. Au moment où j'aperçois le sommet pointu du toit à travers les arbres, je perds tout mon courage et m'arrête. Mon cœur bat si fort que je l'entends dans ma tête.

Hannah se retourne.

— Pen ?

Je secoue la tête.

Elle vient vers moi.

— Ça va aller. Je te le promets.

Elle me prend par la main.

— Fais-moi confiance.

Je serre les doigts autour des siens et la laisse m'emmener, mais au moment où nous prenons le virage et que je vois la femme sur sa véranda, les pieds sur la balustrade et une tasse à la main, je m'arrête à nouveau, le souffle bloqué dans ma gorge. Son visage est exactement comme dans mes souvenirs : rouge et écorché, avec une moitié de nez et un trou à la place de la bouche. J'essaie de libérer ma main, mais Hannah la tient fermement.

— Bonjour, Davina ! dit-elle gaiement.

— Bonjour !

La femme se lève et pose sa tasse sur la table.

— Voici ma sœur, Pen. Elle voulait vous rencontrer.

Davina marche vers nous, puis s'arrête en semblant deviner ma peur.

— J'allais préparer le petit déjeuner. Vous aimeriez peut-être vous joindre à moi, toutes les deux ?

— Avec plaisir, répond Hannah, tandis que je secoue la tête.

Ma sœur me regarde.

— Pen…

Ensuite, elle dit quelque chose que je n'entends pas, car un papillon passe devant moi, bleu avec une trace de blanc sur les ailes. Le cœur battant, je le regarde voler vers un jardin à côté de la cabane, où il rejoint des douzaines, peut-être même des centaines d'autres papillons.

— Pen, tu pourrais m'aider à ramasser des œufs pendant qu'Hannah va nager ? demande Davina.

— Excellente idée, dit ma sœur, qui me force à lâcher sa main.

— Par ici.

Davina se tourne vers la cabane tandis qu'Hannah descend un chemin qui mène probablement au fleuve.

Davina récupère un panier à côté des marches, puis continue à marcher vers une basse-cour clôturée où se trouvent au moins une douzaine de poules. Je regarde à nouveau les papillons, prends une profonde inspiration et me force à la suivre.

Les poules se dispersent lorsque nous entrons dans le poulailler et nous dirigeons vers une tour de caisses colorées tapissées de foin.

— C'est notre jour de chance, dit-elle. Les poules devaient savoir que nous aurions de la compagnie.

Elle se penche, tend la main vers la caisse bleue du bas, puis elle en sort deux œufs marron, les pose dans le panier et me le tend.

— Elles ont le don de deviner les choses avant qu'elles arrivent.

Je regarde les œufs posés sur un torchon au fond du panier, émerveillée. Tous ceux que j'ai vus ou touchés dans ma vie sortaient d'une boîte en carton achetée à l'épicerie.

Elle vérifie les caisses les unes après les autres et ajoute huit œufs aux premiers ; ensuite, nous repartons vers la cabane.

— Laisse le panier ici, dit-elle en pointant les marches du doigt.

Je le pose, tandis qu'elle en prend un autre, puis elle m'emmène vers le jardin.

— Comment ça se fait que vous ayez autant de papillons ?

— Mes plantes leur plaisent. Tu aimes les papillons ?

J'hésite avant de répondre.

— Quand j'en vois un, je sais que c'est ma sœur qui me rend visite.

J'attends qu'elle me lance le même regard que les autres, chaque fois que je dis que Bee est toujours là. Ils pensent que je m'invente des histoires parce que sa mort me rend triste. Mais Davina ne le fait pas. En fait, elle ne réagit pas du tout, et je me demande si elle m'a entendue.

Quand nous arrivons au jardin, elle pointe du doigt une rangée de longs bâtons fins sur lesquels sont attachées des plantes grimpantes maigrichonnes.

— Il nous faut dix tomates cerises.

Je cherche les plus mûres et les cueille en comptant.

— Une fois, c'était un oiseau, dis-je lorsque je prends la dernière.

Elle continue ce qu'elle fait en hochant la tête.

— Piquants ou doux ? demande-t-elle en s'arrêtant devant les piments.

— Peut-être pas trop piquants, je réponds, ne voulant pas être impolie, même si je ne les aime pas.

Elle pointe le doigt vers de longs piments jaunes.

— On va en prendre deux.

Je les cueille et les ajoute au contenu du panier.

— Ma sœur aurait été contente. Elle adorait cuisiner et inventer des recettes.

— Elle semble avoir l'esprit ouvert.

Je m'arrête. *Semble*, pas *semblait* ? Je ne sais pas trop si elle l'a fait exprès.

Mon cœur bat étrangement, et je regarde à nouveau les papillons.

— Oui, dis-je en me dépêchant de la rattraper. Mais elle est morte maintenant, alors elle ne peut plus faire des choses comme la cuisine.

Elle hoche la tête, l'air de comprendre.

— Donc je suppose que tu dois la faire pour deux. Cite-moi une recette qu'elle préparait.

Je souris, car la réponse me vient aussitôt à l'esprit.

— L'année dernière, pour l'anniversaire de maman, nous avons préparé des œufs verts au jambon, parce que c'est son livre préféré de Dr. Seuss.

Davina rit.

— Personnellement, je suis une fan d'*Horton entend un chou*. J'ai toujours eu un faible pour les éléphants. Mais j'aime bien celui-là également.

— C'est aussi mon préféré !

Je n'en crois pas mes oreilles. Tout le monde choisit toujours *Le Chat chapeauté*, *Les Œufs verts au jambon* ou *Comment le Grinch a volé Noël*. Mais Zouville est super, et Horton est le héros le plus génial au monde.

— Comment étaient les œufs verts ?

— Très verts, je réponds en rigolant. Le colorant alimentaire était costaud. On a fini avec des œufs verts, des patates vertes, du jambon vert, un plan de travail vert, et nous, tout verts.

« On a cru que maman allait nous tuer. Papa a presque tout nettoyé avant qu'elle arrive, mais il restait quelques taches vert clair sur les placards, et on a dû jeter la spatule, l'assiette, et nos t-shirts.

— J'ai l'impression que c'était une merveilleuse surprise.

Je hoche la tête. Comme elle sourit, je m'aperçois que je la regardais, et même si elle a toujours un trou à la place de la bouche, je n'ai plus peur.

— Bon, il ne nous manque plus qu'un oignon.

Nous marchons jusqu'au bout du jardin où, dans un carré, de fines tiges vertes sortent par touffes du sol.

— On sait qu'un oignon est mûr quand il sort de terre et que sa première peau est jaune et tombe.

J'en désigne un qui ressemble à ce qu'elle décrit, et elle hoche la tête. Je le déterre et il est parfait, presque de la taille de ma main, la peau dorée et tachée de terre. Bee aurait vraiment adoré être là.

— Quelque chose ne va pas ?

— Bee n'aimait pas les oignons, dis-je en le regardant fixement. Moi, si. Et c'est bizarre parce que nous sommes… étions… jumelles.

— C'est toujours ta sœur jumelle, répond-elle, avant de prendre l'oignon, de l'approcher de son nez et d'inspirer profondément. Ce n'est pas parce qu'une personne n'est plus là qu'elle ne fait plus partie de nous.

— J'ai peur de l'oublier, dis-je sans me rendre compte que je prononce ces mots à voix haute.

Comme si elle ne m'avait pas entendue, elle pose l'oignon dans le panier et commence à repartir vers la cabane. Je me dis que j'aurais peut-être mieux fait de me taire. Les gens, surtout les adultes, ne savent pas comment réagir aux choses bizarres que je ressens à propos de Bee maintenant qu'elle n'est plus là.

Je la suis d'un pas lourd en continuant à penser aux piments, aux oignons, au fait qu'elle aimait les uns, mais pas les autres, et moi le contraire.

— Le meilleur moyen que j'ai trouvé pour me souvenir d'une personne est de la garder près de moi, dit finalement Davina.

Elle pose le panier de légumes à côté de celui des œufs, puis me tend la main.

— Viens avec moi.

Je suis surprise de me sentir assez à l'aise pour la prendre. Sa peau est chaude et sa paume, rêche.

Elle me ramène au jardin où se trouvent les papillons. Au moins une centaine de Petits Sylvains et de monarques volettent et se posent sur les plantes couvertes de fleurs violettes, roses et bleues.

— C'est de la monarde, dit-elle en désignant de la tête un buisson aux fleurs couleur barbe à papa qui ressemble à un feu d'artifice. Les papillons en sont fous.

Cette plante est merveilleuse. On dirait qu'elle est couverte de petites explosions.

D'un étui en cuir à sa ceinture, elle sort un canif et le déplie. La lame scintille au soleil et me rappelle la première fois que je l'ai vue, même si ce couteau n'est pas aussi effrayant, car sa lame est à peine aussi grande que son doigt. Elle prend une des fleurs par sa tige et la tire vers elle.

— Quand on prélève une bouture, il faut couper sous une touffe de feuilles et pas à plus de quinze centimètres du sommet de la tige.

Le couteau doit être très tranchant, car il la coupe proprement.

— Ensuite, on retire les feuilles du bas.

Elle me montre comment faire.

— Quand on rentrera à la cabane, je tremperai la tige dans du miel et la mettrai dans un pot d'eau. Chez toi, tu devras la poser dans un endroit ensoleillé et changer l'eau tous les quelques jours.

Elle attend que je hoche la tête pour continuer.

— Quand les racines mesureront quelques centimètres, tu pourras la planter.

Elle replie le canif et le remet dans son étui, puis me donne la fleur.

— Lorsque ma mère adoptive est morte, je ressentais les mêmes choses que toi.

— Adoptive ?

J'approche la fleur de mon nez, surprise de découvrir qu'elle sent la menthe.

— La première est morte quand j'avais six ans, alors une femme m'a ensuite adoptée.

— Oh !

Comme je la plains. Je suis incapable d'imaginer combien ma vie serait affreuse sans maman.

— Quand celle-ci est morte, j'étais très triste, et comme toi, j'avais peur de l'oublier. Alors j'ai décidé de la garder près de moi.

— Mais comment ? Elle est partie.

Je sens ma colère monter. Comment garder Bee près de moi alors qu'elle s'est noyée dans une stupide piscine ?

— Oui et non. Aucun être cher ne disparaît pour de bon. Et si nous le gardons dans notre cœur – Davina pose le poing sur sa poitrine –, il reste avec nous. J'ai trouvé le moyen de garder ma deuxième maman près de moi en collectionnant les choses qu'elle aurait aimées.

Elle désigne la fleur de monarde, et comme si ses mots étaient un sort, je le sens. Regarder la fleur me fait penser à Bee comme si elle était là.

— Je collectionne toutes sortes de choses. Des pommes de pin, des pierres en forme de cœur, des citations de livres que j'ai envie de partager.

— Vous continuez à le faire ?

À sa façon d'en parler, sa deuxième maman est morte depuis longtemps.

— Ouais. Pas plus tard qu'hier, j'ai gardé une des pattes du lapin que j'avais trouvé. Ma mère était convaincue qu'on n'a jamais trop de porte-bonheur.

Je repense au lapin. Il avait quatre pattes, mais ça ne lui a pas vraiment porté chance. Bee aurait trouvé ça très drôle.

— Je conserve ma collection dans une sacoche qu'elle utilisait. Je dois y faire le tri de temps en temps. On ne peut pas faire rentrer toute une vie dans un sac pas plus grand qu'un seau. Mais j'aime sortir ces objets autant que les y mettre.

Je repense à toutes les choses que j'ai envie de raconter à Bee, surtout sur cette matinée : les poules, le jardin, Davina, la monarde. Nous commençons à repartir vers la cabane, et je dois me retenir de partir en courant à la maison avec ma fleur pour commencer ma collection. Déjà, je sais où je conserverai nos nouveaux souvenirs. Pour nos six ans, notre grand-mère a offert à Bee un coffre de pirate avec un cadenas. Moi, j'ai eu une fourmilière. Le coffre est sous le lit, et sa clé est scotchée sur le fond du premier tiroir de notre commode. Ce sera parfait. En attendant que nous rentrions à la maison, je garderai nos trésors dans mon sac à dos.

Hannah apparaît, toute mouillée et souriante.

— Bonne baignade ? demande Davina.

— Incroyable !

Je n'ai pas vu ma sœur rayonner comme ça depuis très longtemps.

— Il nous faudrait un autre bocal de votre médicament contre la migraine, dis-je en me rappelant l'autre raison de notre venue.

Davina regarde Hannah.

— Qu'est-ce qui est arrivé à celui que je t'ai donné ?

Comme ma sœur regarde le sol sans répondre, je le fais à sa place.

— Notre mère l'a vidé dans l'évier.

— Oh !

Davina reste silencieuse un instant, avant de répondre exactement ce que je craignais.

— Je suis désolée, mais si ta mère ne veut pas que tu prennes cette teinture, j'ai bien peur de ne pas pouvoir t'en redonner.

Hannah plisse le front, et je sens presque son mal de tête revenir.

— Peut-être qu'un petit déjeuner te fera du bien, dit Davina.

Mais je devine qu'elle en doute au son de sa voix.

Elle soulève les deux paniers et entre dans la cabane.

Hannah et moi nous asseyons à table, puis le chat que j'ai aperçu le premier jour arrive tranquillement et se frotte contre ma jambe. C'est le plus gros matou que j'aie jamais vu, il fait presque la taille de Banjo. Son pelage est coloré de tous les tons de gris imaginables, et il a la tête d'un lion.

— Salut, Teddy, dit Hannah.

Et il passe de moi à elle.

J'entends Davina fredonner par la fenêtre ouverte, tandis que la délicieuse odeur des oignons et des œufs flotte sous nos nez. Je regarde Teddy, puis Hannah.

— On ne peut pas lui dire de partir, dis-je. C'est chez elle ici.

17
Brendon

Je traverse les bois en direction de la cabane dont tout le monde parle. Dans mon sac à dos, il y a mon ordinateur portable et de quoi grignoter. Banjo trotte à côté de moi en agitant la queue. Il tourne la tête de tous les côtés, excité par les nombreux sons qui nous entourent.

Il y en a au moins un qui est heureux. Cet endroit est idéal pour les chiens, mais à part poursuivre les écureuils et courir après les papillons, il n'y a rien à faire ici. Nous sommes arrivés depuis deux jours et j'ai déjà l'impression de perdre la tête. Maman est en train de lire. Papa est parti courir. Les filles font un puzzle. D'après maman, je devrais commencer une activité comme la guitare ou la peinture. Honnêtement, je préférerais regarder du fromage fondre.

Mais soudain, il y a quelques minutes, j'ai vu une lueur d'espoir. Mes sœurs discutaient en faisant leur puzzle, et Pen a demandé à Hannah comment la femme qui squatte la cabane au bord du fleuve avait entendu parler du dernier *Danse avec les stars*. Hannah a répondu qu'elle avait Internet par satellite.

Ce qui veut dire... que si je m'approche suffisamment... et que si le réseau n'est pas protégé par un mot de passe… je pourrai m'y connecter. Fini de s'ennuyer !

Le sommet pointu du toit apparaît à travers les arbres, ainsi que deux antennes satellites fixées au côté gauche. *Yes !* Cherchant un endroit où m'asseoir, je me dirige vers un rondin couché à ma gauche. Au même moment, un bruyant feulement me fait sursauter et je fais volte-face. Sur le chemin, à trois ou quatre mètres de moi, le plus gros chat que j'aie jamais vu fait face à Banjo en faisant le gros dos, son long pelage gris hérissé. Mon chien grogne en montrant les crocs.

J'ouvre la bouche pour l'appeler, mais sans me laisser le temps de prononcer un mot, le chat bondit et se jette sur lui en sortant ses griffes acérées. Il donne un coup de patte au museau de Banjo, qui hurle. Pivotant sur lui-même, il tente de le mordre, mais le chat esquive son attaque et lui redonne un coup de patte. Il lui griffe la patte arrière, ce qui lui arrache un nouveau cri de douleur.

J'avance vers eux pour m'interposer, mais lorsque le chat furieux pose ses yeux jaunes sur moi, je m'arrête.

Espèce de lâche !

Le chat retourne à la bagarre et donne un nouveau coup de patte à Banjo.

C'est un de ces moments, me dis-je, les larmes aux yeux. *Encore un !* Le genre de moment qui vit en nous et qu'on n'oublie jamais.

— Ouste !

Une femme court vers nous en brandissant un balai au-dessus de sa tête. Son visage est exactement comme l'a décrit Pen, couvert de cicatrices du nez jusqu'au menton. Lorsqu'elle abat son balai, je pousse presque un cri de soulagement avant de me rendre compte qu'elle a visé Banjo.

— Arrêtez !

Elle lui donne des coups dans les flancs, le repoussant comme si elle essayait de le chasser vers les bois.

Puis elle laisse tomber le balai et prend le chat dans ses bras. Il se tortille contre elle, mais elle le tient fermement.

— Calme-toi, dit-elle dans sa fourrure. Ce chien s'en va.

Blessé, Banjo s'éloigne en boitant vers les arbres.

La femme m'adresse un signe du menton, m'ordonnant de le suivre.

Je lui lance un regard haineux, puis me dépêche de rejoindre Banjo qui m'attend en tremblant sur le chemin. Une partie de son oreille droite pend, et il tient sa patte arrière gauche au-dessus du sol. Je le prends dans mes bras et rentre en titubant à la maison, rongé par la honte et la rage.

— Tout va bien, dis-je en haletant. Je vais te ramener chez nous, et maman t'emmènera chez le vétérinaire. Ça va aller. Je te le promets. Je suis désolé. Je suis vraiment, vraiment désolé.

Lorsque nous sortons des bois, maman, qui est sur la galerie, nous voit et se précipite vers nous.

— Qu'est-ce qui s'est passé ? demande-t-elle en prenant Banjo.

— La sorcière, je réponds à bout de souffle.

— La sorcière ?

— La femme de la cabane.

— C'est elle qui a fait ça ?

Elle regarde Banjo qui se tortille pour descendre de ses bras.

Je me penche en avant et pose les mains sur les genoux en inspirant, gêné par un point de côté.

— Son chat. Il l'a attaqué.

— Oh Banjo !

Elle l'embrasse sur la tête.

— J'ai essayé de l'en empêcher !

— Tu es blessé ?

Mon t-shirt et mes mains sont couverts du sang de Banjo. Je le regarde et me sens aussitôt nauséeux. Je commence même à voir flou. Je recule en titubant et me rattrape avant de tomber.

— Bren, est-ce que le chat t'a griffé ?

J'ai le tournis, je crois que je vais vomir.

— Elle… elle avait un balai…

Je recommence à chanceler.

— Et elle a frappé Banjo.

— Quoi ? s'écrie maman d'une voix aiguë.

— Elle l'a frappé.

Elle pose Banjo sur le sol, puis examine sa tête et sa patte.

— Ton père va bientôt revenir. Quand il sera là, demande-lui d'emmener Banjo à la clinique vétérinaire.

— Pourquoi on n'y va pas maintenant tous les trois ?

Je reprends peu à peu mon souffle, mais j'ai toujours la tête qui tourne.

— Parce qu'il faut que j'aille dire à cette femme de foutre le camp de notre propriété.

18

Marie

Maintenant, ça suffit ! Si Leo ne veut pas s'en occuper, je le ferai. Je pénètre dans les bois d'un pas rageur, presque contente de pouvoir me défouler sur quelqu'un. Ce matin, il m'a expliqué qu'il voulait aller courir avant de lui parler. Mais il est presque dix heures et il n'est toujours pas rentré. Maintenant, Banjo est blessé, et Brendon bouleversé. Comme si les enfants n'en avaient pas assez bavé.

Leo et ses stupides footings.

Il courait aussi au moment où Bee s'est noyée.

Je souffle rageusement par le nez en essayant de chasser cette pensée, consciente de me montrer injuste.

Pas sa faute. Pas la faute d'Hannah. Pas la faute de Brendon.

Personne n'est responsable.

Je me répète ces mots en boucle, sachant de façon rationnelle que c'est la vérité. Leo a besoin de faire du sport. Les maux de tête d'Hannah sont réels. Brendon surveillait les jumelles comme il était censé le faire. Bee est retournée se baigner sans sa permission, mais elle n'avait aucun moyen de savoir que son brassard était percé.

Un coup de malchance. Un malheureux concours de circonstances. La faute de personne. Les choses se sont simplement passées comme ça. Affreux. Horrible. Regrettable. Mais aucun coupable. Rââh !

J'ai beau essayer de m'en convaincre, c'est impossible. J'ai le sentiment qu'un événement aussi terrible doit avoir une cause, une genèse, une source. On ne peut pas se contenter d'attribuer une souffrance aussi profonde au hasard, à un coup du destin arbitraire, sans intentions ni erreurs.

Des larmes me piquent les yeux tandis que je me demande pour la millième fois : *Pourquoi ? Pourquoi nous ?* S'il n'y a aucun responsable, alors qu'est-ce que nous avons fait pour mériter ça ?

Le jour où c'est arrivé, je n'ai absolument rien vu venir. La matinée avait commencé comme toutes les autres. Les jumelles mangeaient des céréales à table. Pen lisait un des tomes d'*Harry Potter*. Bee déchiffrait les inscriptions au dos de la boîte. Avachie, elle mâchait, le menton sur l'avant-bras.

— En avant pour la bataille des budgets, ai-je dit joyeusement en levant le poing en l'air, comme pour sonner la charge.

Puis j'ai déposé un baiser sur leurs têtes et poursuivi mon chemin vers la porte.

Ce sont les derniers mots que je lui ai adressés : *En avant pour la bataille des budgets.* J'y repense constamment. Si seulement j'avais dit quelque chose de moins stupide. Une larme coule sur ma joue, et je l'essuie.

En avant, en avant, en avant…

Six heures plus tard, la mélodie de *Super Mario Bros* a tinté sur mon portable – la sonnerie de Leo, un clin d'œil aux heures que nous avons passées à jouer à ce jeu dans sa chambre de résidence universitaire quand nous étions étudiants. Je me rappelle avoir été agacée parce que je n'aime pas être dérangée au travail.

« Hôpital » et « Bee » sont les seuls mots que j'ai entendus, même si je sais qu'il en a prononcé d'autres.

J'ai filé aux urgences, encore convaincue qu'elle allait s'en sortir, puisque j'avais refusé d'entendre l'inconcevable : « noyée », « tenté de la ranimer ». Il a fallu qu'il me répète plusieurs fois ce qui s'était passé pour que les mots restent.

Brendon les surveillait. C'est ce détail qui continue à me tracasser. *Si c'était le cas, comment a-t-elle pu se noyer ?*

Je secoue la tête pour m'éclaircir les idées, mais cette pensée perfide refuse de s'en aller. Surveiller, ça veut dire tenir quelqu'un à l'œil dans le but d'assurer sa sécurité. Ça veut dire se montrer vigilant. J'ai bien compris que Bee était retournée dans la piscine après en être sortie. Je sais également qu'il m'est arrivé plein de fois de perdre de vue l'un ou l'autre de mes enfants. Surtout Bee, qui avait tendance à prendre la poudre d'escampette, à contourner les règles et à essayer d'échapper à l'autorité. Malgré tout, un léger doute persiste. Parce qu'au final, mon abeille est partie. Et chaque fois que j'y pense, mon cœur s'arrête et dans mon cerveau se rejoue l'horrible moment de sa mort. Je n'arrive plus à respirer, comme si je me noyais avec elle, et mon cœur se gonfle de douleur jusqu'à ce que je pense qu'il va éclater.

Je suis terrifiée que Brendon le sache, qu'il entende les pensées que je m'efforce de refouler. C'est en grande partie la raison pour laquelle nous devons déménager. C'était tellement pire quand nous étions chez nous, la piscine juste à l'extérieur et des souvenirs de Bee partout. Mes pensées ricochaient entre Bee et Brendon chaque fois que j'apercevais l'eau.

L'esprit en feu, j'atteins la clairière. La cabane est devant moi, presque comme dans mes souvenirs. Elle a été légèrement transformée : il y a une véranda délabrée à l'avant, avec un parasol jaune, une table avec deux chaises. Une femme est assise sur l'une d'elles, les pieds croisés sur la balustrade, un livre dans une main, une tasse fumante dans l'autre. Son air satisfait me rend folle de rage.

Elle se lève en remarquant ma présence. Plus grande que je le pensais, elle fait au moins ma taille et se tient droite comme un piquet. Je l'avais imaginée petite et semblable à une ermite – voûtée et le corps tordu… comme une sorcière. Elle a les cheveux longs, raides et noirs. J'aperçois juste quelques mèches argentées. Et ses cicatrices sont exactement comme les a décrites Hannah : le bas de son visage a été ravagé par des brûlures.

Elle s'approche de moi et me tend la main.

— Bonjour, je suis Davina.

Elle se présente comme si nous étions censées devenir amies. Je la prends aussitôt pour une folle. Il y a seulement quelques instants, je portais mon chien couvert de sang et je consolais mon fils traumatisé par sa violence. Comme j'ignore sa main tendue, elle la laisse retomber le long de son flanc.

— Désolée pour votre chien, dit-elle, semblant comprendre la situation. Malheureusement, le chat qu'il a croisé a tendance à vouloir protéger son territoire.

Je plisse les yeux, tandis que ma colère monte. *Son* territoire ? Le nôtre, plutôt. Ce sont *nos* terres. *Notre* cabane.

— Si vous voulez, j'ai un cataplasme que vous pourrez appliquer sur ses blessures.

— Gardez vos remèdes de charlatan pour vous. Vous n'aviez aucun droit de donner ces stupides potions magiques à ma fille.

Elle n'a aucune réaction. Pas même un cillement.

— C'est vous, Marie, dit-elle au bout d'un moment.

C'est plus une constatation qu'une question.

— Votre grand-père parlait de vous.

— C'est drôle, il ne parlait jamais de vous.

Un tic agite le haut intact de sa joue gauche.

— Je suis arrivée ici avant que la maison soit construite, et à mon retour, votre famille avait cessé de lui rendre visite.

C'est peut-être le fruit de mon imagination, mais je crois percevoir du mépris dans ces paroles.

— Nous n'étions pas au courant que quelqu'un vivait ici.

Elle hausse les sourcils.

— Ça fait pourtant vingt-deux ans que je suis là.

J'ai dû mal dissimuler ma stupéfaction, car le muscle de sa joue tressaille à nouveau. *Vingt-deux ans !*

Quand mon grand-père est mort, Leo et moi avons envisagé de nous occuper du domaine, mais c'était notre dernier semestre universitaire et il nous était impossible de nous rendre à la fois à la propriété dans le New Hampshire et dans le Maine pour assister à son enterrement au cimetière des anciens combattants. Nous avons décidé que lui rendre hommage était plus important. J'avais prévu de venir ici l'été suivant, mais une fois diplômés, nous avons tous deux trouvé du travail à Washington, et à l'époque où nous sommes retournés vivre dans le Connecticut, nous avions des enfants et nous n'avons tout simplement jamais trouvé le temps.

— Si j'avais su que vous étiez là, dis-je en maîtrisant ma colère, j'aurais réglé le problème plus tôt.

Elle hausse à nouveau les sourcils d'un air interrogateur.

— Nous vendons la propriété, ce qui signifie que vous allez devoir partir.

Je n'ai jamais compris l'intérêt de tourner autour du pot dans le domaine des affaires. Comme mon grand-père me l'a appris, retirer doucement un pansement ne fait que prolonger la douleur ; ce n'est pas moins désagréable

Elle me regarde droit dans les yeux.

— Partir ?

— Cette cabane a toujours été un hébergement temporaire.

— Ce n'était pas l'avis de votre grand-père.

— Eh bien, malheureusement, il n'est plus là pour dire ce qu'il en pense.

Elle baisse les yeux, l'air de réfléchir.

— C'est tout ce que vous aviez à me dire ? demande-t-elle finalement.

— Non. Je vous serais également reconnaissante de ne plus vous approcher de mes enfants.

Ses narines s'ouvrent et se referment.

— Ce sont eux qui sont venus ici.

— Je vais leur dire de vous laisser tranquille.

Peut-être par empathie ou par respect pour mon grand-père, j'ajoute :

— N'hésitez pas à utiliser notre allée pour déménager vos affaires.

— Ce ne sera pas nécessaire.

Je désigne la cabane d'un signe de tête et le désordre qui l'entoure.

— Vous allez devoir tout emporter. Vous ne pouvez pas laisser ces trucs ici.

— Ce ne sera pas nécessaire, parce que je n'ai aucune intention de partir.

— Je ne me suis peut-être pas bien fait comprendre...

— Au contraire, vous avez été parfaitement claire. Mais comme je le disais, je vis ici depuis longtemps, et c'est chez moi : votre grand-père m'a donné la permission d'habiter dans cette cabane.

— Vous en avez la preuve ?

— J'ai sa parole.

— Il est mort.

— La parole d'un homme ne meurt pas avec lui.

— Eh bien, si.

Un silence.

— Dites-moi, Marie, pourquoi vendez-vous la propriété après toutes ces années ?

— Ça ne vous regarde pas.

Je regrette de m'être emportée et de l'avoir laissée prendre le dessus.

— Au contraire. Vous êtes venue me dire que je devais quitter ma maison, l'endroit où j'ai construit ma vie. Il me semble que je mérite une explication.

— Nous n'avons pas besoin de cette cabane.

— Mais elle ne vous coûte rien. La récolte de bois paie l'entretien.

— Nous achetons une nouvelle maison.

— Plus chère ?

— Ça ne vous regarde pas non plus.

Je soutiens son regard, déterminée à rester calme, même si le sang bat dans mes tempes. Cette conversation ne se passe pas du tout comme prévu.

— Il avait raison à votre propos, dit-elle.

— Vous ne savez rien de moi.

— Oh si ! Comme je le disais, votre grand-père parlait de vous. Vous étiez sa préférée, mais vous l'avez abandonné comme les autres.

Je frémis et le muscle de sa joue tressaute.

— Je n'ai pas à me justifier auprès de vous. La propriété a été léguée à ma famille et, contrairement à vous, j'ai un testament pour le prouver.

— Votre grand-père en a laissé un ? demande-t-elle avec un nouveau haussement de sourcils.

Manifestement, elle le connaissait bien. Cet homme n'a jamais compris l'utilité des contrats et des avocats. C'est ma grand-mère qui a légué la propriété en fiducie à leurs petits-enfants, et je suis tout à fait certaine qu'il n'en savait rien. Ma sœur et mes cousines n'étant pas intéressées, Leo et moi avons racheté leurs parts il y a des années.

— Par respect pour lui, je vous donne deux semaines.

Elle poursuit sans m'écouter.

— Il disait que vous aviez un esprit fort, et il était convaincu qu'un jour, vous feriez de grandes choses.

Ses yeux pétillent, presque comme si elle s'amusait.

— Le problème, selon lui, c'était que vous n'étiez jamais totalement satisfaite. Selon ses termes, vous aviez toujours les yeux sur la récompense plutôt que sur la fortune qu'il y avait à vos pieds.

— Deux semaines, dis-je en bouillant de colère.

Cette femme sait comment me blesser. Ces mots éveillent l'écho douloureux de la voix de mon grand-père dans mon esprit. *Marie, il est inutile de courir après le bonheur. Il est tout le temps en toi, où que tu choisisses de regarder.*

— Deux semaines, un an, dit-elle avec un haussement d'épaules. Comme je le disais, je n'ai aucune intention de partir.

Elle se retourne tranquillement, me laissant fusiller du regard son dos droit comme un piquet. Elle marche jusqu'à la véranda, s'arrête pour prendre son livre et sa tasse, puis entre dans la cabane et ferme la porte derrière elle.

Notre porte. *Notre* cabane. Sur la propriété qui *nous* a été léguée.

19
Davina

Malgré le calme dont j'ai fait preuve devant Marie, mon cœur bat très vite. J'ai dû me rappeler mon entraînement militaire et mes années d'expérience comme infirmière en traumatologie pour cacher mes vrais sentiments, car cette conversation était profondément bouleversante.

Partir ? Impossible. Où est-ce que j'irais ?

Je ferme les yeux et inspire à fond en résistant à l'envie de gratter les bords de mes cicatrices qui ont commencé à me démanger. Ça arrive quand je suis stressée, les nerfs sectionnés essayant de se connecter avec ce qui a disparu.

Elle est venue ici pour me provoquer, arrivant vers moi le menton levé et les poings serrés. Elle a balayé mes blessures du regard, puis les a ignorées, ce que j'ai apprécié.

Je suppose qu'elle était contrariée à cause du chien, et je m'en veux vraiment de ce qui lui est arrivé, même si je n'aurais pas pu faire grand-chose d'autre. Teddy est un Maine Coon, plus sauvage que domestique, et comme moi, il est chez lui ici. Je suis intervenue dès que j'ai vu ce qui se passait : j'ai tapé le chien et pris Teddy dans mes bras. Mais il lui avait déjà donné quelques bons coups de griffes, alors le labrador était un peu amoché.

Je ne comprends pas pourquoi le garçon ne les a pas séparés. Quand on voit deux animaux se battre, on s'interpose. Évidemment, j'en ai vu de toutes les couleurs à la guerre, et il est quasiment impossible de deviner comment une personne va réagir face à une bagarre. J'ai vu les hommes les plus costauds, les plus mauvais se figer au premier signe de combat, et les plus craintifs se transformer en superhéros. Quelques coups de pied ou un coup de bâton à Teddy, et il se serait enfui. La plupart des chats ne sont pas assez stupides pour se bagarrer avec des humains.

Marie devait être extrêmement contrariée pour s'en prendre à moi de cette façon. Elle m'a donné deux semaines pour faire mes valises, puis m'a proposé d'utiliser son allée pour compenser, comme si elle me jetait un os.

Je n'aurais sans doute pas dû éveiller son hostilité avec ces histoires sur le colonel. Mais je n'ai jamais été douée pour éviter de riposter, surtout quand on a blessé une personne que j'aime. Le fait que Marie l'abandonne lui a vraiment fichu un coup. Les autres, il pouvait s'en remettre, mais sa relation avec elle était particulière, et quand elle l'a complètement exclu de sa vie, cet abandon lui a laissé une cicatrice sensible et durable.

Le colonel m'a sauvée. Deux fois. Je ne me rappelle pas très bien la première. Je n'avais que six ans et je ne l'ai pas vu plus d'une journée. Mais je me souviens de la deuxième comme si c'était hier. Lorsque je suis rentrée aux États-Unis, il m'attendait. Je ne pouvais toujours pas parler, les greffes sur mon visage étant encore fraîches, et on m'avait administré un puissant sédatif. Mais j'étais suffisamment consciente pour avoir les larmes aux yeux quand je l'ai vu – le premier visage familier depuis mon réveil, trois mois plus tôt.

Il avait beaucoup vieilli en deux ans. J'en avais trente-six, lui, soixante-quatorze. Toute ma vie, il m'avait semblé immortel, tel Neptune ou Zeus – haut en couleur et invincible. Mais ce jour-là, il m'a paru plus petit, voûté, et ses cheveux autrefois blonds avaient blanchi.

Il a pris ma main, et ses yeux bleu glacier, sans âge, se sont fixés sur les miens.

— Je suis venu te ramener à la maison.

Des larmes ont coulé ; pas de douleur, alors que je souffrais en permanence à l'époque, mais de soulagement. Depuis que j'avais repris connaissance et découvert que mon mari était parti avec notre fille, je me demandais ce que j'allais devenir. Ma mère n'était plus là, et je n'avais pas d'autre famille. Ma défiguration, ainsi que les blessures plus profondes que je portais en moi, m'empêcherait certainement de redevenir infirmière ou de vivre une vie normale. Mais il était là, comme ma mère me l'avait promis, m'attendant le cœur ouvert et avec la promesse d'un nouveau départ.

Plusieurs mois se sont écoulés avant que je sois capable de quitter l'hôpital, et les premières semaines à la cabane ont été presque insupportables. La douleur était constante et si intense que j'ai failli perdre la tête. Mais les cauchemars qui me hantaient chaque fois que je fermais les yeux étaient encore plus intolérables.

Le colonel n'a jamais quitté mon chevet. Il dormait sur un matelas gonflable à côté de l'échelle des combles, soignait mes blessures, me faisait manger et m'aidait à rester saine d'esprit. J'ai oublié la majeure partie de cette période. Mes journées s'écoulaient dans un brouillard de terreur et de souffrance, dissipé de temps en temps par un moment stupéfiant d'euphorie – un lever de soleil me faisant pleurer, le goût sucré d'une framboise sur ma langue abîmée.

J'aimerais pouvoir dire que je pensais à ma fille, Rose, et c'était parfois le cas, mais la plupart du temps, je songeais à ma mère adoptive. Je souffrais tant que j'avais désespérément besoin de son réconfort.

Presque deux ans jour pour jour après m'avoir ramenée à la maison, le colonel est mort. Il a quitté la cabane un soir, après un dîner composé de truites et de pommes de terre grillées sur le feu, et n'est plus jamais revenu. À ce moment-là, la douleur était supportable, et j'avais commencé à gagner ma vie. J'avais repris le travail de ma mère adoptive qui consistait à fournir des teintures et des tisanes à ses patients, en plus d'accoucher les femmes de la région qui n'avaient pas les moyens de payer un médecin ou d'aller à l'hôpital.

Je me sentais seule sans le colonel, et Rose me manquait en permanence, mais je m'en sortais. Ensuite, quelques années après son décès, Rock est arrivé, et soudain, j'ai fait partie de quelque chose de nouveau. Et me voilà aujourd'hui, des années plus tard, menant une vie remplie de raisons d'être, de beauté et d'amour. Une existence qui, je le croyais encore il y a quelques minutes, durerait jusqu'à la fin de mes jours.

Je pousse un soupir et ouvre les yeux, soulagée de voir par la fenêtre que Marie est partie. Mes brûlures continuent à me démanger. Je me précipite vers le fleuve, me déshabille et barbote dans le courant glacial. Plongeant sous la surface, je nage jusqu'à ce que je sente que mes poumons sont sur le point d'éclater, puis je remonte d'un coup et commence à nager la brasse. Le courant est fort, mais je suis contente de lutter, tandis que des images du colonel, de mes mères et du passé défilent dans mon esprit comme une pellicule de photos.

Quand je suis épuisée au point de ne plus pouvoir faire un geste, je me tourne sur le dos, lève les yeux vers le ciel bleu limpide et laisse le courant me ramener. *Ce qui doit arriver arrivera, tu n'y pourras rien du tout.* Je souris en entendant clairement la voix du colonel dans ma tête.

Je dépasse le saule et m'échappe du courant pour nager jusqu'à la berge. À mi-chemin, je lève les yeux et vois Rock sur la chaise longue, son corps épais pesant sur la structure en aluminium.

— Allez, retourne-toi, dis-je en rampant dans l'eau le long de la berge.

Il esquisse le sourire idiot qu'il affichait déjà bébé, puis se lève et pivote vers les arbres.

J'attrape une serviette dans le coffre de mon bateau et m'enveloppe dedans.

— Je remonte m'habiller à la maison. Tu veux un Coca ?

Il hoche la tête, puis se laisse tomber sur la chaise longue.

Je me dépêche de regagner la cabane, enfile mes vêtements, attrape un Coca et un Fanta pour moi, puis redescends au fleuve. Je m'assieds sur le bastingage du bateau et nous trinquons.

— Comment était l'eau ?

— Froide.

Il sourit en coin, puis baisse les yeux vers son Coca.

— Quelque chose te tracasse ?

Rock a le visage le plus traître au monde. Ses émotions passent sur son large visage ouvert comme des reflets sur un étang, et les lobes de ses oreilles deviennent écarlates chaque fois qu'il est contrarié.

— Tu as rencontré les gens qui habitent dans la maison ? demande-t-il.

— Tous, sauf le père.

Il paraît surpris.

— Même la mère ?

— Elle est venue me voir juste avant que j'aille nager.

Il doit remarquer le léger tremblement de ma voix.

— Tu es donc au courant qu'elle a l'intention de vendre l'exploitation forestière ?

— C'est ce qu'elle m'a dit.

— Et qu'ils veulent que tu partes ?

Lorsque je hoche la tête, ses oreilles roses deviennent aussi rouges que le costume du père Noël.

— Qu'est-ce que tu vas faire ?

— Ma foi, rien du tout.

Il fronce ses sourcils couleur sable, puis fait tourner la bouteille de Coca entre ses mains.

— Ne te tracasse pas comme ça. Tu vas te faire des trous dans le cerveau. Ce n'est pas parce qu'on nous donne un ordre qu'on est obligés d'obéir.

Même s'il n'a toujours pas de poil au menton, ses traits se font plus ciselés depuis quelques mois. On voit apparaître l'homme fort qu'il deviendra bientôt. Mais pour le moment, c'est toujours un garçon doux et naïf, innocemment convaincu que le monde est juste et que les gens sont généralement gentils.

— Donc tu ne vas pas partir ?

Il paraît tiraillé entre le soulagement et l'incertitude.

— Tout le monde doit s'en aller à un moment ou à un autre. Mais je ne prévois pas de le faire avant que mon vieux corps soit prêt à partir les pieds devant à Arlington.

Ne voulant plus en parler, je passe à un autre sujet.

— J'ai trouvé un lièvre pris dans un piège, il y a quelques jours…

— J'en ai entendu parler.

— Ah bon ?

— Danny Canton n'était pas vraiment ravi.

— Je me doutais que c'était lui.

Ce gamin me donne du fil à retordre depuis que sa famille a repris le magasin de pêche de Franklin, il y a six ans. Les parents ont cinq enfants, tous des sales gosses, mais l'aîné, Danny, est non seulement bizarre, mais méchant. Il n'a clairement pas la lumière à tous les étages, et depuis qu'ils ont emménagé ici, il a pris l'habitude de poser des pièges dans l'exploitation forestière. J'ai beau les balancer dans le fleuve ou lui jeter des sorts, rien n'y fait.

Je souris en coin.

— Est-ce que le sumac le démange ?

— Ce n'est pas drôle.

Il frotte sa paume libre sur son jean.

— Ce mec a un grain, et il est vraiment sur les nerfs.

Je hausse les épaules.

— Il s'en remettra.

— J'en sais rien.

Rock secoue la tête avec inquiétude.

— Il raconte à qui veut l'entendre que tu es une sorcière et que, si tu as ces cicatrices, c'est parce que tu t'es échappée du bûcher.

Cette histoire tirée par les cheveux pourrait être drôle, mais, si j'ai ces cicatrices, c'est parce que j'ai servi mon pays, et huit hommes courageux sont morts pendant cette mission, alors ces bêtises ne me font pas rire du tout.

— Dis à Danny de ne plus mettre un pied sur l'exploitation, fais-je d'une voix grave et grondante. Sinon, la prochaine fois, le sort que je lui jetterai sera bien plus embêtant que quelques démangeaisons.

Il regarde le sol entre ses grands pieds et frotte sa paume plus fort sur son jean, comme s'il essayait de le trouer.

— Il faut que tu sois plus prudente, Dav.

Je le fais taire d'un geste en feignant de ne pas être inquiète, mais mon cœur se met à battre un peu plus vite, et je note dans un coin de ma tête qu'il faudra que je glisse le Glock du colonel sous l'oreiller à côté de moi ce soir. Je tire très mal et je ne me suis pas servie d'une arme depuis des décennies, mais avec un peu de chance, je n'aurai pas besoin d'en arriver là.

— Bon, parlons de choses plus joyeuses. J'ai attrapé un poisson-chat hier, dis-je en désignant la glacière près du bateau. Tu crois que ça intéresserait ta mère ?

Son visage s'éclaire, l'inquiétude dissipée par la pensée des beignets de sa mère, un de ses plats préférés.

— Tu te joins à nous pour le manger ?

En temps normal, j'accepterais, mais malgré ma performance d'actrice digne d'un Oscar, je ne suis pas dans le bon état d'esprit pour un dîner en famille.

— Arleta s'est plainte d'avoir des contractions. Il faut que je reste près du bateau.

Je n'aide plus beaucoup de femmes à donner naissance ces temps-ci, car la plupart des jeunes choisissent d'accoucher à la maternité. Mais il y a une population assez importante de shakers et de mennonites dans le coin, ainsi que quelques femmes qui préfèrent toujours accoucher à la maison. Alors, de temps en temps, on fait appel à mes services de sage-femme. Arleta est un des premiers bébés que j'ai aidés à naître quand j'ai recommencé à travailler, et à présent, elle va avoir elle-même un enfant. La naissance n'est pas prévue avant plusieurs semaines, mais c'est un petit bout de femme et je suis certaine qu'elle n'ira pas jusqu'au terme.

— Pourquoi tu n'invites pas cette jeune fille ? dis-je innocemment, même si ma question n'est en rien anodine.

— Laquelle ?

Je devine qu'il sait de qui je parle à la couleur cramoisie que prennent ses oreilles.

Ce matin, Hannah m'a interrogée à son sujet. Elle a dit qu'elle l'avait croisé en venant me voir. Ses joues empourprées, de la même couleur que les lobes de Rock, m'ont révélé le reste.

— Je la connais à peine, dit-il.

— Le seul moyen de faire connaissance avec une personne, c'est de passer un peu de temps avec elle.

— Ce serait bizarre.

Mais en le voyant se mordre le coin des lèvres, je devine qu'il y réfléchit. Je hoche donc la tête sans insister. La graine est plantée. Tout ce qu'il reste à faire, c'est attendre de voir si elle va pousser.

20
Hannah

Je suis assise à la table de pique-nique où j'essaie de trouver quoi répondre à une personne qui a écrit à Juliette. Cette femme nommée Anna se demande si elle peut vraiment être amoureuse d'un homme qui ne l'attire pas physiquement.

Je n'en ai aucune idée. Je n'ai jamais été embrassée de ma vie. J'en ai rêvé. Je l'ai imaginé. Je me suis joué la scène d'une centaine de façons. J'ai lu sur le sujet – les papillons dans le ventre, les membres qui fourmillent, l'étourdissement, parfois même la nausée. Ça paraît à la fois affreux et merveilleux, comme ce moment où on arrive au sommet des montagnes russes, juste avant la grande descente.

Je regarde fixement les mots sur l'écran en réfléchissant à sa situation délicate : une femme rit avec un homme, ils ont le même humour, les mêmes centres d'intérêt, mais quand il se penche pour l'embrasser, elle se raidit… ou pire… recule. Peut-on quand même considérer que c'est de l'amour ?

À quelques mètres de moi, Pen est couchée à plat ventre dans l'herbe. Le menton sur ses bras croisés, elle regarde le bocal dans lequel trempe la bouture de monarde que Davina lui a donnée, et elle se remémore la matinée en parlant à la fleur comme si elle l'écoutait. C'est une enfant étrange, mais en même temps si belle. On dirait que son cœur est fait de poussière d'étoiles. Les jumelles sont nées ainsi, deux hurluberlues aux grands fronts et aux crinières roux flamboyant. L'esprit vif, comme notre père, le cerveau plus rapide que celui de la plupart des gens, elles ont… avaient… cette manie de passer sans arrêt d'une chose à une autre, et comme elles étaient toujours collées ensemble, ça créait un effet lance-pierres qui les propulsait vertigineusement de tous les côtés. Aujourd'hui, il n'y a plus que Pen, toujours merveilleuse, mais plus qu'à moitié extraordinaire maintenant que Bee et elle ne tournent plus comme des toupies l'une autour de l'autre.

— Coucou, Pen.

Je lève les yeux de mon ordinateur et vois Rock arriver des bois, un sac-poubelle blanc à la main.

— Qu'est-ce que tu fais de beau ?

— Je raconte ma journée à ma sœur. Pas Hannah. Mon autre sœur.

— Oh ! Et comment elle s'appelle ?

— Bee. Enfin, Phoebe. Mais tout le monde l'appelle Bee.

Il s'accroupit à côté du bocal.

— Salut, Bee. Enchanté. Moi, c'est Rock.

Pen lâche un petit rire.

— Elle ne peut pas t'entendre.

— Ah bon ?

Elle secoue la tête.

— Je suis la seule qu'elle entend parce que nous sommes jumelles.

— Oh ! Alors tu voudras bien lui dire bonjour de ma part ?

— D'accord.

Il se relève et se dirige vers moi. J'essaie de maîtriser mon rougissement, mais je sais que ça ne fait qu'aggraver les choses et que ma peau s'enflamme.

— Salut, dit-il en agitant la main.

Je lui réponds d'un geste, puis ferme mon ordinateur et tente de m'obliger à le regarder, mais je n'y parviens pas totalement.

— Désolé pour ce matin. Je ne voulais pas te parler sèchement. J'ai été surpris, c'est tout.

— Je déteste qu'elle soit obligée de partir.

En vérité, je suis même scandalisée. Depuis que j'ai vu Davina tout à l'heure, cette idée me bouleverse profondément. Je comprends le point de vue de mes parents : pour pouvoir partir vivre à Farmington, nous sommes obligés de vendre cette propriété, et c'est impossible tant que Davina vit dans la cabane. Mais ça me semble si injuste.

— Elle ne partira pas.

— C'est vrai ?

Mon cœur bondit d'espoir. Maman et elle ont donc trouvé une solution ? Ce serait surprenant, vu l'air mécontent de ma mère quand elle est rentrée après lui avoir parlé.

— Enfin, pas de son plein gré, dit-il avec un sourire en coin.

J'écarquille les yeux et secoue la tête, mais je souris aussi en pensant que maman a peut-être enfin trouvé une adversaire à son niveau. Il faut dire qu'elle intimide la plupart des gens. Elle est intelligente et sûre d'elle, et elle a presque toujours raison. Mais je n'imagine pas Davina se laisser intimider par qui que ce soit.

Rock sourit lui aussi, et je m'aperçois que je le regarde et qu'il me regarde. Il s'en rend compte à son tour et baisse les yeux. Sa timidité est si mignonne que j'ai un peu moins honte de la mienne.

— Qu'est-ce que c'est ? dis-je en montrant le sac qu'il tient.

Il le soulève.

— Un poisson-chat. Pêché par Davina.

Il me regarde.

— Dis-moi, tu as déjà mangé des beignets de poisson-chat ?

— Je n'ai jamais mangé de poisson-chat tout court.

— C'est vrai ?

À nouveau, nous nous dévisageons, mais cette fois, aucun de nous ne détourne le regard.

— Dans ce cas, qu'est-ce que tu dirais de te joindre à nous pour le dîner ? Ma mère fait les meilleurs beignets au monde.

Ses mots restent en suspens, et le monde cesse de tourner. *Est-ce qu'il vient de m'inviter à dîner ? Serait-ce un rendez-vous ? Non. Juste une invitation entre voisins. Mais adressée rien qu'à moi ?*

— Tu n'es pas obligée d'accepter, bafouille-t-il en baissant à nouveau les yeux.

— Mais si ! Avec plaisir. Je veux dire, ce serait super. J'adorerais goûter à ces beignets de poisson-chat. Merci.

Je ferme la bouche pour arrêter de dire des bêtises.

— Ouah ! D'accord. Super.

À quelques mètres de nous, Pen ricane. Quand je la regarde, elle nous observe d'un air amusé.

Je l'ignore et me tourne vers Rock.

— Est-ce que je peux apporter quelque chose ? Le dessert ? Je pourrais faire des cookies… ou une tarte… Est-ce que ta mère aime les gâteaux ?

Son grand sourire provoque une onde de picotements le long de mon échine comme je n'en ai encore jamais ressenti. Et je me demande si c'est de cette façon que ça arrive, si une simple invitation à manger des beignets de poisson-chat peut modifier la chimie d'un corps et court-circuiter le cerveau.

— Une tarte. Ma mère adore ça. Et la pomme ne tombe jamais loin de l'arbre. Ou la cerise. La pêche. La noix de pécan. La banane...

Il se frotte le ventre.

— J'ai compris, dis-je avant de laisser échapper mon rire idiot.

Il sourit de toutes ses dents, apparemment fan de tout ce qui est bizarre et inhabituel.

— N'importe quelle tarte, ce sera parfait. Je vais rapporter ce poisson chez moi pour que ma mère s'en occupe, puis je reviendrai peindre.

Faisant semblant de soulever sa casquette de baseball, tel un gentleman du XXe siècle qui saluerait une dame, il se dirige vers sa camionnette.

— Dix-huit heures, crie-t-il lorsqu'il l'atteint. On dîne à dix-huit heures en général.

Il a l'air presque aussi excité et surpris que moi, bien que cette invitation soit son idée.

Je me dépêche de rouvrir mon ordinateur.

Chère Anna,

Merci pour ta lettre. Bien que l'amour puisse certainement exister sans attirance physique, il n'y a rien de tel que le frisson qu'on ressent en rencontrant une personne avec qui l'alchimie est instantanée, électrisante.

L'absence d'attirance physique n'est peut-être pas un obstacle rédhibitoire, mais cela vaut le coup d'y

réfléchir. Je ne suis pas absolument certaine que cette folle sensation de magnétisme soit principalement basée sur l'apparence, comme nous avons tendance à le croire. C'est peut-être plutôt notre réaction à une personnalité – le sourire timide qui révèle l'humilité et la bravoure d'un homme, lorsqu'il prend son courage à deux mains pour vous inviter à dîner ; le silence prévenant qu'il s'impose pour écouter l'histoire fantaisiste d'une fillette, et qui démontre son infinie patience et sa tendresse ; la sincérité de son regard lorsqu'il présente ses excuses, conscient d'avoir eu tort. À mon avis, tu devrais réfléchir à ce qui ne t'attire pas. Et si c'est purement physique, alors peut-être que tu finiras par en faire abstraction ou qu'avec le temps, l'attirance viendra. Mais si votre absence de connexion est plus profonde, c'est que quelque chose te déplaît fondamentalement dans son caractère. Dans ce cas, il est important de le reconnaître et de tourner la page. Même un sourire imparfait peut faire fondre un cœur sincère. Si l'étincelle de son âme n'atteint pas la tienne, peu importe à quoi il ressemble, ce n'est probablement pas l'amour de ta vie. Je te souhaite bonne chance.
Bien affectueusement,
Juliette

21

Leo

Alors que nous roulons vers la maison, j'aperçois ce garçon, Rock, perché sur une échelle, en train de décaper la façade. Des éclats blancs tombent comme de la neige autour de lui. Je l'admire. Quand je suis parti courir ce matin, il était déjà au travail, et huit heures plus tard, il y est toujours.

En jetant un regard en coin à Brendon, qui n'a que quatre ans de moins, je me demande s'il deviendra un jeune homme aussi travailleur. Et je m'en veux d'entendre les mots « aucune chance » retentir instantanément dans ma tête.

— Dis donc, fais-je d'une voix insupportablement enjouée comme à mon habitude. Et si on allait se changer pour lui donner un coup de main ?

Je désigne Rock d'un signe de tête à travers le pare-brise.

— C'est une tâche titanesque de repeindre tout seul une maison aussi grande.

Brendon me regarde de travers.

— Ce mec est payé.

— Oui, mais ça ne veut pas dire que nous ne pouvons pas l'aider. C'est notre maison après tout, et ce n'est pas comme si nous étions débordés.

— Décaper par cette chaleur ? Compte pas sur moi.

Et voilà, fin de la conversation.

Coupant le moteur, je me sens perdu en tant que parent, comme ça m'arrive souvent. J'ai la nette impression de tout faire de travers et d'échouer à la tâche la plus importante au monde, chose que je ressens fréquemment depuis la naissance d'Hannah. Tout ce que je voulais dans la vie, c'était devenir père, avoir une magnifique femme et une belle maison remplie de rires d'enfants. Mais à l'époque où j'en rêvais, j'ignorais totalement que j'aurais si peu de contrôle sur les choses, que mes enfants viendraient au monde avec un caractère bien à eux et que je n'aurais pas vraiment mon mot à dire sur leur personnalité. C'est surtout avec Brendon que je suis perdu. Nous avons si peu en commun. Il est fou de sport et de jeux vidéo et ne s'intéresse pas du tout aux livres, ni aux petites choses que je trouve éternellement fascinantes.

Il y a deux ans, quand j'ai compris combien nous nous éloignions l'un de l'autre, j'ai essayé d'apprendre à jouer à un jeu vidéo pour recréer un lien entre nous. Et j'ai détesté ça. Il m'a semblé que c'était une perte de temps stupide, mais j'étais déterminé à m'accrocher. Quelques jours plus tard, j'ai essayé de lui en parler, pensant que nous aurions pu discuter de stratégie, des personnages et peut-être de la signification profonde du scénario. Ça l'a agacé et il m'a suggéré d'arrêter de jouer.

Je descends de la voiture tandis qu'il soulève Banjo de la banquette arrière et le pose sur le sol avec précaution.

— Bon chien. Voilà. Tu vas y arriver, dit-il alors que Banjo monte les marches en boitant.

Heureusement, ses blessures ne sont pas trop graves – une oreille déchirée, quelques plaies sur le museau et sa patte arrière, qui ont eu besoin de points. Le vétérinaire l'a bandée et a posé un cône autour de sa tête pour protéger ses sutures, mais il nous a assuré qu'il guérirait.

Je m'arrête devant la porte, redoutant de franchir le seuil et d'affronter Marie. J'étais censé aller trouver cette femme dans sa cabane dès ce matin, mais j'ai décidé de commencer par aller courir. Et puis l'incident est arrivé.

Inspirant à fond, j'affiche un sourire et entre, soulagé de voir que Marie n'est pas dans le salon.

— Salut, papa, dit Hannah.

Je me tourne et la trouve dans la cuisine avec Pen. Mon sourire se décrispe aussitôt, et mon cœur se réchauffe, comme chaque fois que je vois mes enfants.

— Salut, choupette. Salut, poussin. Qu'est-ce que vous préparez ?

— Une tarte aux mûres, annonce Pen, les lèvres violacées.

Je me demande quelle quantité de fruits a fini dans la garniture par rapport à celle qu'elle a avalée.

— Miam !

— Ce n'est pas pour toi, mais pour Rock et sa famille. Hannah est invitée à dîner chez eux.

Son ton est taquin, et lorsque je regarde Hannah, son visage est aussi rose que du *bubble-gum*.

— C'est vrai ?

J'essaie de ne pas paraître trop content à l'idée que ma fille dîne chez un garçon, mais ma voix me trahit totalement.

— Sa mère nous prépare des beignets de poisson-chat, dit Hannah. D'après lui, ce sont les meilleurs au monde.

— C'est vrai ?

Manifestement, c'est tout ce que je suis capable de dire. C'est alors que je remarque qu'elle plisse le front, malgré son rougissement et son enthousiasme.

— Mal à la tête ?

— Ça va.

Elle le dit comme si elle voulait que ce soit vrai, mais son mensonge saute aux yeux. Je comprends à quel point elle veut aller à ce dîner.

— À quelle heure dois-tu y être ?

— Dix-huit heures.

Je jette un coup d'œil à l'horloge. Il est un peu plus de seize heures.

— Tu sais quoi ? Prends donc un ou deux Advil et va t'allonger. Pen et moi, on va finir la tarte, et je te réveillerai dans une heure pour que tu te prépares.

Son menton tremble.

— Ce n'est pas grave, chérie. Va te reposer. Avec un peu de chance, tout ira mieux à ton réveil.

Il est inutile d'espérer. Du milieu à la fin de l'après-midi, entre quinze et dix-huit heures, c'est là qu'elle souffre le plus. Je déteste ces maux de tête. Ils la transforment en une personne qu'elle n'est pas. Elle était si vive et pleine d'énergie autrefois, toujours prête à participer, toujours partante pour l'aventure. Maintenant, elle ne peut plus faire grand-chose à cause de ses migraines.

Elle pose le rouleau à pâtisserie et s'éloigne en soulevant à peine les pieds du sol, ce qui prouve combien elle a mal.

— Il faut que tu dises à maman d'autoriser Davina à lui donner son médicament, dit Pen lorsque la porte de sa chambre se referme à l'étage.

Je mets quelques instants à me souvenir de qui elle parle – la femme de la cabane.

— Hannah m'a dit que ça marchait. Elle l'a pris, et son mal de tête a disparu.

Les bras croisés sur la poitrine, elle me regarde d'un air sérieux en plissant son visage taché de mûres. Elle ressemble beaucoup à Marie quand elle fait cette tête.

— Mais maintenant, Davina ne veut pas lui en redonner parce qu'elle sait que maman l'a vidé dans l'évier.

— Attends. Vous avez revu cette femme ?

Voyant une expression coupable passer sur son visage, je me dépêche d'ajouter :

— Ce n'est pas grave. Je suis content que tu l'aies rencontrée et que tu aies découvert qu'elle ne fait pas peur.

— Pas du tout ! Même pas un tout petit peu.

Les yeux écarquillés, elle secoue la tête avec enthousiasme.

— Elle nous a préparé une omelette avec les œufs de ses poules et des légumes de son jardin, et c'était tellement bon que ça ne m'a même pas gênée qu'il y ait des piments dedans.

À ce moment-là, je remarque le bocal à côté d'elle, dans lequel trempe une fleur rose vif. Il y a une goutte de miel au pied de la tige, une technique qu'utilisait aussi ma grand-mère pour ses boutures.

— C'est Davina qui t'a donné ça ?

— C'est une fleur de monarde, répond-elle, littéralement aux anges. C'est pour que je puisse commencer mon jardin à papillons. Ensuite, Bee pourra me rendre visite quand elle voudra.

Mon cœur se fend en deux – à la fois de tristesse et de joie. Pen ressent toujours une connexion intense avec sa sœur. Peu importe qu'elle soit réelle ou imaginaire, tant qu'elle l'aide à surmonter son chagrin.

— Une fleur de monarde, dis-je, tandis que mon respect pour l'habitante de la cabane augmente.

Je me demande comment cette femme qui a frappé Banjo avec un balai peut par ailleurs être aussi merveilleuse et gentille.

— Alors, tu parleras du médicament à maman ?

Comme je lui réponds d'un hochement de tête évasif, elle fronce les sourcils. De toute évidence, elle veut que j'aille parler à Marie immédiatement. Elle me rappelle encore tellement sa mère que je dois retenir un sourire.

Après un salut militaire, je monte à l'étage et trouve Marie sur le lit, entourée de catalogues de meubles. Elle lève les yeux de celui qu'elle feuillette et remonte ses lunettes de lecture sur sa tête.

— Comment va Banjo ?

— Bien. Je pense que c'est surtout sa fierté qui en a pris un coup.

Elle m'adresse un faible sourire. Je le lui rends avant de me diriger vers le placard pour y suspendre ma chemise. Mon père m'a appris à bien m'habiller pour un rendez-vous, et même si, de nos jours, le monde fait de moins en moins d'efforts vestimentaires, je continue à observer l'étiquette.

J'enfile mon t-shirt de Yale préféré.

— Désolé de ne pas être allé parler à la femme de la cabane dès ce matin, dis-je sans me tourner vers elle.

— Il valait sans doute mieux que je le fasse. C'est une sacrée bonne femme.

— Ah oui ?

Je prends mon temps pour enlever ma montre, afin qu'elle ne voie pas mon expression. Je suis certain qu'elle percevrait mes sentiments mitigés.

— Elle refuse de partir.

Je me retourne.

— C'est vrai ? C'est ce qu'elle a dit ?

— Ouais. Elle était plantée là, froide comme le marbre, et m'a répondu en gros d'aller me faire voir.

Je hoche la tête malgré moi.

— Leo, dit-elle sèchement.

— Évidemment. Il faut qu'elle parte.

— En effet.

— Qu'est-ce qu'on va faire ?

— J'ai appelé l'agent immobilier. Je me disais qu'il y avait peut-être un autre moyen de régler le problème. La cabane a manifestement accès à l'eau courante et à l'électricité, alors je me disais qu'on pourrait appeler ça un logement locatif, ce qui augmenterait sans doute la valeur du domaine.

— C'est une excellente idée !

Ce qu'elle dit ensuite anéantit rapidement ma joie.

— Mais j'ai une mauvaise nouvelle.

Elle soupire profondément.

— Non seulement ce terrain n'est pas considéré comme constructible, mais il s'avère en plus que la cabane enfreint au moins une douzaine de règles environnementales, ainsi que le Code de prévention des incendies, parce qu'elle est quasiment inaccessible et proche du fleuve.

— D'accord. On est mal barrés.

— Ouais. Et il y a pire. S'il arrivait quelque chose – un incendie, une fuite de la fosse septique –, nous serions tenus responsables.

Je soupire et secoue la tête. Cette journée est de plus en plus désastreuse.

— Qu'est-ce que ça veut dire ?

— Ça veut dire que nous devons démolir la cabane et embaucher des ouvriers pour qu'ils déterrent la fosse septique.

Elle regarde ses mains posées sur le catalogue sur ses genoux.

— Ce qui va nous coûter des milliers de dollars.

Mon estomac se contracte de douleur. Les ulcères qu'on m'a découverts après la mort de Bee libèrent leurs « enzymes de colère », comme les appelle mon médecin, chaque fois que je suis stressé. J'ai grandi dans une famille modeste, auprès de parents qui, par conviction, payaient tout comptant et n'achetaient que ce qu'ils pouvaient se permettre. J'avais quelques réserves concernant l'utilisation de nos économies pour payer l'acompte de la maison de Farmington, mais Marie m'a assuré que tout se passerait bien, que la vente de la propriété compenserait cette dépense, et même plus. Elle avait peut-être raison, mais après tous les frais imprévus auxquels nous avons dû faire face, le solde de notre compte en banque est dangereusement bas. J'enseigne à temps partiel dans un collège et mon salaire couvre à peine nos frais alimentaires, tandis que Marie ne travaille plus depuis l'accident. Contrairement à moi, elle a grandi sans un seul souci d'argent, et elle considère souvent comme normal d'acheter tout ce que nous voulons, puisque, selon elle, notre situation financière s'arrangera d'une façon ou d'une autre.

— Bon, qu'est-ce qu'on fait au sujet de cette femme ?

Elle pousse un fort soupir.

— Bonne question. La responsable de tout ce malheur. Donc, après avoir eu cette discussion avec l'agent immobilier, j'ai appelé l'avocat qui nous a aidés à liquider la succession, et il nous a obtenu une audience d'urgence après-demain.

— Tu vas la traîner devant un tribunal ?

— *Nous* allons la traîner devant un tribunal, dit-elle avec un froncement de sourcils. Je ne vois pas quelle autre solution nous avons. La cabane doit être démolie, ce qui signifie qu'elle est obligée de partir, que ça lui plaise ou non.

— Très bien, je réponds sans enthousiasme en repensant à la fleur rose dans son bocal.

— Leo, nous ne sommes pas les méchants dans cette histoire. Cette femme vit gratuitement sur nos terres depuis plus de vingt ans.

Comme je garde le silence, elle ajoute :

— C'est toi qui voulais que nous trouvions un moyen de nous sortir de cette crise.

Je hoche la tête. Elle a raison. C'est juste qu'en prononçant ces mots, je ne parlais pas de tourner le dos à notre ancienne vie, de tout recommencer dans un nouvel endroit et d'expulser une femme de sa maison au passage.

22
Marie

J'attends Brendon dans ma voiture pour que nous puissions partir en ville – lui pour jouer à ses jeux vidéo, moi pour préparer l'audience de demain avec notre avocat. À travers le pare-brise, je regarde Leo, Pen et Hannah donner un coup de main à ce garçon, Rock, en décapant la maison, avant qu'il la repeigne.

J'ai l'impression que, du jour au lendemain, chacun de nous a dû choisir son camp. Brendon et moi dans l'un, Pen et Hannah dans l'autre, et Leo, qui tente inutilement de rester neutre – ceux qui veulent vendre la propriété et partir vivre à Farmington contre ceux qui préfèrent retrouver notre vie d'avant et laisser Davina retourner à la sienne ; et mon mari, qui souhaite juste que tout le monde soit content.

Évidemment, rien de tout ça n'est aussi simple. Dans la vie, on ne peut jamais vraiment retourner en arrière. La vie que nous vivions incluait Bee. Et la cabane où s'est installée Davina ne peut plus exister dans ce monde moderne strictement réglementé. Je comprends que Pen et Hannah la plaignent, mais leur compassion ne change rien à la réalité.

Je les regarde danser en travaillant sur la musique que Rock a mise à fond dans sa camionnette. Les filles ont inventé une chorégraphie et décapent au même rythme – gratte, gratte, gratte, contact des hanches, rotation, et elles recommencent. Leur joie fait naître une envie et un chagrin douloureux en moi. Je voudrais me sentir comme elles, mais c'est encore trop tôt. Et mon cœur saigne parce que Bee devrait être là, avec elles.

Quelques mètres plus loin, Leo décape la façade d'un air satisfait, un sourire rêveur aux lèvres. À en juger par son regard vide, soit il a l'esprit totalement en paix, soit il réfléchit à un problème complexe.

— On pourra avoir une table de billard dans la nouvelle maison ? demande Brendon en montant dans la voiture.

Je cesse de regarder Leo et fais démarrer le moteur.

— Hein ? Une table de billard ? Peut-être.

À ses yeux, le seul intérêt de cette maison est sa salle de billard. Mon grand-père adorait y jouer, et quand je venais ici plus jeune, nous organisions toutes sortes de tournois. Ma mère était douée, elle seule pouvait rivaliser avec lui. C'était l'unique moment où ils laissaient leurs différends de côté et appréciaient simplement la compagnie de l'autre. Je les revois rire. Comme j'étais triste chaque fois qu'une partie se terminait !

Brendon et Leo y ont joué, et d'après Leo, notre fils est naturellement doué. Je suis contente qu'ils fassent quelque chose ensemble. Ils ont toujours été si différents.

— Il faudra voir si la salle de jeux est assez grande, je réponds, mon humeur s'améliorant à cette pensée.

Tandis que nous roulons, je réfléchis au type de table de billard que nous pourrions acheter – moderne ou traditionnel ? Et la couleur du feutre – rouge, bleu, vert ? Cette idée est si réconfortante et distrayante que je cesse peu à peu de penser à Bee.

— Maman !

Je cligne des yeux et suis le regard de Brendon. Au bout de notre allée, une douzaine de personnes sont plantées de l'autre côté de la rue. Au début, je ne comprends pas très bien ce que je vois. Une sorte de rassemblement… Non, une manifestation.

— C'est nous qu'ils attendent ? demande-t-il, à l'instant où je prends conscience de la même chose.

Certaines tiennent des pancartes. D'autres nous fusillent du regard. Une femme âgée corpulente aux boucles blondes compactes se tient juste en face de nous. Elle brandit une affiche blanche au contour en paillettes argentées sur laquelle est écrit en caractères rouge sang : *DAVINA ICI ! VOUS DEHORS !* À côté d'elle, une jeune tient un bambin dans un bras, une pancarte avec l'autre : *LAISSEZ NOTRE SORCIÈRE TRANQUILLE !!!* Un homme mince en costume porte une affiche jaune fluo sur laquelle sont peints une tête de cochon et les mots *PORCS CAPITALISTES* autour. Leur chant, « Davina restera ! », résonne dans l'habitacle.

— Maman !

Je tourne la tête juste au moment où un camion de livraison fait une embardée pour nous éviter. Son klaxon retentit tandis que j'écrase le frein et m'aperçois avec une pointe de panique que j'ai pris le virage en regardant le cochon.

Dans le rétroviseur, je vois les manifestants courir après nous, leurs pancartes brandies comme des armes. Lorsque j'appuie à fond sur l'accélérateur, les pneus soulèvent une pluie de gravier en dérapant sur la chaussée. J'ai le cœur qui bat à toute vitesse, et Brendon paraît figé à côté de moi.

— Ils étaient là à cause de la sorcière ? demande-t-il.

Je hoche la tête. J'ignore comment c'est arrivé, mais notre petit litige privé a pris de l'ampleur. Je regarde l'horloge de la voiture, puis le thermomètre. Il est un peu plus de neuf heures et la chaleur atteint déjà les trente degrés. Je songe au dévouement dont font preuve ces gens pour manifester par cette canicule : ils nous attendaient juste pour nous faire savoir combien ils étaient furieux et témoigner leur soutien à Davina.

— C'est elle qui a organisé ça, grogne Brendon en agitant son genou gauche, les poings serrés sur les cuisses.

— Je ne pense pas.

Je songe à Davina et l'imagine incapable de demander à qui que ce soit de prendre sa défense.

— Moi, si.

Je ne l'ai jamais vu éprouver une telle rage.

Je garde le silence. Il est contrarié. Il en veut à Davina pour des raisons personnelles. Les blessures de Banjo vont guérir, mais le pauvre chien broie du noir et souffre visiblement.

— Elle mérite de perdre sa maison. Et même pire.

23
Davina

La journée avait si bien commencé. Rock m'a apporté mes provisions à l'aube et m'a raconté qu'Hannah s'était finalement jointe à eux au dîner d'hier soir. Il en a parlé comme si ce n'était pas grand-chose, mais il a mentionné sa tarte aux mûres trois fois. Preuve que, pour conquérir le cœur d'un homme, le meilleur moyen est de satisfaire son estomac. Ce garçon adore manger.

Cette conversation m'a fait sourire jusqu'aux oreilles. Il n'y a rien de plus merveilleux qu'un premier amour. Cette perspective ne pourrait pas me réjouir davantage pour Hannah et Rock.

J'étais en train de ranger les provisions lorsque le mari d'Arleta, Lloyd, m'a appelée. Elle avait des contractions. Je me suis dépêchée de grimper dans mon bateau et suis arrivée chez eux juste au moment où apparaissait la tête du bébé. Un magnifique petit bout de chou, minuscule et fripé, avec dix doigts, dix orteils et toutes les parties du corps aux bons endroits.

L'accouchement s'est passé sans problème, exactement comme le voulait la nature, et a duré un peu plus de quatre heures. Au moment où je partais, Lloyd m'a tendu une poignée de billets – de dix, de cinq et une grosse liasse d'un dollar. J'ai secoué la tête en lui expliquant qu'avoir été témoin de la naissance de sa fille était un paiement suffisant. Il a paru soulagé. Arleta et lui sont jeunes, ils démarrent tout juste dans la vie, et ils ont maintenant une bouche de plus à nourrir. Il a promis de passer bientôt m'aider à changer le toit de ma remise à bois.

Je suis repartie l'âme comblée en songeant que tous les échanges devraient se passer ainsi : tu as besoin de ci, moi de ça, alors travaillons ensemble pour l'obtenir. Un bon marché.

Quand je suis arrivée chez moi, il était un peu plus de treize heures et je mourais de faim. J'ai pensé au reste de truite que j'avais dans le frigo : je pourrais me faire un sandwich avec la miche de pain que Rock m'avait apportée le matin. Un peu de mayonnaise, de poivre noir au citron, une portion de frites. J'ai tiré le bateau sur la berge, déjà l'eau à la bouche.

— Bonjour.

J'ai levé la tête et aperçu Cory Hester debout à l'ombre des bouleaux. Il portait son uniforme de shérif, et son visage normalement jovial affichait un air sérieux. Un mauvais pressentiment a fait disparaître ma faim. Lorsque Teddy s'est faufilé jusqu'à lui, Cory s'est penché pour le gratter derrière l'oreille.

— D'où tu viens comme ça ? a-t-il demandé en s'approchant.

— De chez Arleta et Lloyd. Leur bébé est né. Une petite fille.

— Magnifique.

Ses yeux se sont légèrement embués. Bien qu'il soit shérif et ait la carrure d'un joueur de football américain, c'est un grand sentimental.

— Comment ils vont l'appeler ?

— Ils ne savent pas encore. Je crois que Lloyd était persuadé d'avoir un garçon, alors il va lui falloir un peu de temps pour s'habituer à l'idée que c'est une fille.

Cory a souri faiblement, puis il a basculé son poids sur l'autre jambe, et mon mauvais pressentiment s'est accentué.

— Tu es là en tant que shérif ? ai-je demandé en remarquant l'enveloppe dans sa main.

— Je déteste devoir faire ça, a-t-il répondu avant de me la tendre. C'est Jeremy qui m'a demandé de te remettre cette lettre.

Ceux qui n'ont pas grandi avec lui connaissent Jeremy comme le juge Gaikwad. Cory et moi avons quelques années de moins que lui, mais nous faisions partie de la même bande.

J'ai pris l'enveloppe, mais ne l'ai pas ouverte, les yeux toujours fixés sur ceux de Cory.

— Les propriétaires du domaine ont obtenu une injonction d'urgence pour te faire expulser. L'audience a lieu demain.

Je n'ai pas réagi ouvertement, mais ma poitrine s'est serrée. Je savais que Marie ne plaisantait pas en m'ordonnant de partir ; simplement, je ne pensais pas qu'elle agirait aussi vite. Une petite partie de moi espérait qu'elle change d'avis et laisse tomber l'affaire.

— Tout le monde est mécontent, a-t-il dit en grattant la terre du bout du pied, les yeux baissés. Ça énerve même pas mal les gens.

J'ai hoché la tête. La population de Franklin est une petite communauté soudée, nous veillons tous les uns sur les autres.

— L'audience est à neuf heures, a-t-il poursuivi, l'air renfrogné. Tu veux que je te dépose ?

— Je prendrai le bateau.

Je savais que j'aurais besoin d'un moment sur l'eau pour me calmer. Mes cicatrices me démangeaient déjà, car les apparitions en public et les bains de foule sont toujours pénibles pour moi.

— Je demanderai à Jim de t'attendre à la porte de derrière pour te faire entrer.

Jim est le greffier du tribunal et un autre vieil ami.

— Merci.

J'avais l'esprit embrumé et mes doigts fourmillaient. J'ai à peine entendu la suite.

— Une dernière chose. Danny Canton recommence à faire des histoires, il raconte à qui veut l'entendre que tu es une sorcière.

J'ai hoché la tête sans vraiment l'écouter, ce gamin étant le cadet de mes soucis. Je ne pensais qu'à une chose : j'allais devoir traverser la ville et rester assise dans un tribunal résonnant de voix, de coups de marteau et d'autres bruits inattendus.

Lorsque Cory est parti, je me suis assise sur la chaise longue et je n'ai pas bougé depuis. Contempler l'eau me calme d'une certaine façon. Pendant des heures, mes pensées ont dérivé de-ci de-là. J'ai beau savoir que je devrais réfléchir à l'avenir et à l'endroit où je vais aller vivre, je ne peux pas m'empêcher de penser au passé – à mes deux mères, au colonel et à Rose.

La lumière de fin d'après-midi tire sa révérence en faisant scintiller l'eau, et je me demande pour la millième fois à quoi aurait ressemblé ma vie si je n'avais pas été dans ce véhicule ce jour-là, si le premier avait heurté le détonateur à la place du nôtre, ou, pour commencer, si je ne m'étais jamais portée volontaire pour retourner à l'étranger.

Ma vie aurait pris une tout autre tournure. J'imagine que je serais restée mariée, par loyauté, et pour le bien de Rose et des autres enfants que Moz et moi aurions peut-être eus. Nous aurions vécu une vie normale à Brooklyn, où j'aurais probablement travaillé comme infirmière à l'hôpital des anciens combattants. Ou peut-être que j'aurais repris mes études et serais devenue médecin, comme j'en rêvais autrefois. Nous aurions passé nos week-ends avec nos amis ou à déposer les enfants à leurs activités. La cuisine serait peut-être devenue mon passe-temps, ou quelque chose de plus intéressant, comme la poterie.

Ces différentes possibilités me traversent l'esprit, des pensées aussi furtives que des coups d'œil par la fenêtre d'un train en marche – des hypothèses sans fin, fantaisistes au début, mais qui me laissent finalement vide, anéantie par les perspectives offertes par la route que je n'ai pas prise, et par un désir intense pour ma fille et la vie que nous aurions pu partager. *La perte.* Elle se manifeste sous différentes formes : financière, physique, affective. Je les ai toutes expérimentées. Mais aucune n'a été aussi durable et douloureuse que l'écho persistant que ma fille a laissé dans mon âme.

— Bonjour ! fait une voix exagérément enjouée.

Je tends le cou et vois le père d'Hannah et Pen sortir des bois, la main levée.

N'ayant aucune envie de lui répondre, je lui adresse un sourire triste en me relevant.

Pen tient de lui. Ils ont tous deux les os fins, le teint clair avec des taches de rousseur, et leur démarche énergique donne l'impression qu'ils ont des ressorts dans les jambes.

— Je m'appelle Leo.

— Davina, dis-je en tendant la main.

À sa poignée de main ferme, amicale et douce, je devine que c'est un homme bien.

Sa gaieté disparaît lorsqu'il dit :

— J'espérais que nous pourrions parler.

— Et si nous montions chez moi ?

Je passe devant lui sur le sentier et demande, lorsque nous atteignons la cabane :

— Voulez-vous boire quelque chose ? Une bière ?

Il paraît surpris. Les gens le sont souvent quand ils me rendent visite et découvrent que je ne suis pas une ermite vivant de la terre. Parce que je suis une marginale qui habite seule dans les bois, on m'imagine généralement comme une sorte de recluse excentrique qui boit l'eau du fleuve et mâche de la mousse, ce qui ne pourrait pas être plus éloigné de la réalité. J'ai l'eau courante, l'électricité et Internet. Une cuisinière, un four et un réfrigérateur. Et j'aime bien avaler une bière fraîche et un paquet d'Oreo de temps en temps, comme tout le monde.

— Oui, c'est parfait.

Je lui fais signe de s'asseoir à la table de la véranda, puis j'entre et je reviens un instant plus tard avec deux Michelob, ainsi qu'un bol de Ruffles.

Il prend une chips, puis désigne d'un signe de tête le système de récupération d'eau de pluie que j'ai construit il y a quelques années pour le jardin.

— Belle installation.

— C'est peu de chose, mais c'est chez moi.

La chips s'arrête devant ses lèvres.

24
Leo

Je m'étais préparé à la vue des cicatrices de cette femme, mais je ne m'attendais pas à une telle beauté. Un mélange de Sophia Loren et d'Audrey Hepburn, avec les yeux d'Hedy Lamarr – belle comme les reines de l'âge d'or du cinéma. Impossible de ne pas imaginer quelle femme éblouissante elle devait être plus jeune et avant sa blessure.

À en juger par les installations qui m'entourent, elle est sans doute tout aussi intelligente qu'Hedy Lamarr également. Le domicile qu'elle s'est construit est tout à fait remarquable. Pas la structure elle-même – un simple triangle fait de murs de rondins et d'un toit à bardeaux qui semble avoir plusieurs siècles –, mais le monde qu'elle s'est créé autour. La cabane est à un kilomètre et demi de la route la plus proche et complètement hors réseau, et pourtant, elle ne semble manquer de rien. Il y a des panneaux solaires et des antennes satellites sur le toit. Un système d'irrigation par eau de pluie pour son jardin. Un poulailler qui héberge au moins une douzaine de poules caquetantes. Et à en croire le bourdonnement qui me parvient depuis l'arrière de la cabane, une ruche. La plupart d'entre nous ne tiendraient pas une journée sans un supermarché ou une épicerie, mais cette femme s'est créé un monde autosuffisant avec tous les conforts de la vie moderne. Je bois une bière fraîche tout en mâchant des Ruffles au milieu d'une forêt de bouleaux, et je suis sûr que si elle me proposait de rester dîner, je mangerais de la truite qu'elle aurait pêchée dans le fleuve et des pommes de terre de son jardin. Elle ressemble à une montagnarde new age, il est difficile de ne pas être impressionné.

Reposant la chips que je m'apprêtais à manger, je lève le visage vers le sien, déterminé à la regarder dans les yeux et à ignorer ses cicatrices. Mais je trouve ça difficile, mon attrait morbide est indéniable.

— Je crains que la situation ne soit devenue un peu ingérable, dis-je.

Elle plisse les yeux, l'air de ne pas comprendre, et je me demande s'il est possible qu'elle ignore ce qui s'est passé. Marie et Brendon sont arrivés à la maison il y a une heure, elle bouleversée, lui en rage. Quand ils sont partis ce matin, une douzaine de manifestants attendaient au bout de notre allée, une petite foule en colère brandissant des pancartes et les raillant à leur passage. À leur retour, cet après-midi, ils étaient cinq fois plus nombreux.

— J'espère que nous trouverons une solution ensemble.

— Une solution ?

Elle boit une gorgée de bière en renversant la tête. Lorsque je comprends que c'est parce qu'elle n'a pas de lèvres, ma fascination et mon empathie augmentent. Cette femme a surmonté tellement de choses.

Conscient de la dévisager, je baisse les yeux vers la table entre nous.

— Nous allons vendre la propriété.

— C'est ce que m'a dit Marie.

— Ce qui signifie que vous ne pouvez plus vivre ici.

Ignorant cette déclaration, elle désigne la cabane du menton.

— Vous savez que j'ai habité ici deux fois ?

Je pousse un soupir et secoue la tête. Cette conversation est déjà beaucoup plus difficile que je l'avais imaginé.

— La première, j'avais six ans.

À en juger par ses yeux, je dirais qu'elle a la cinquantaine. C'était donc il y a presque un demi-siècle.

— Ma première mère est morte ici.

Je sursaute légèrement et lève les yeux vers les siens, tandis que ma poitrine se serre. Cette phrase me fait penser à Bee et à ma réaction lorsque Marie m'a annoncé qu'elle voulait déménager. *Non !* J'étais incapable d'envisager d'abandonner nos souvenirs de Bee, sachant que c'était tout ce qui restait.

Sa joue gauche tressaute au-dessus des cicatrices.

— Vous me comprenez, dit-elle.

Je songe que ses talents de sorcellerie ne se limitent peut-être pas aux potions et aux herbes.

— Oui. Mais malheureusement, ça ne change rien. Nous n'avons pas le choix. La cabane ne respecte pas les normes.

— On a toujours le choix, répond-elle, les yeux fixés sur les miens.

Elle a raison, bien sûr. Si nous ne vendons pas la propriété, personne ne verra d'inconvénient à ce qu'elle continue à vivre comme elle le fait depuis une vingtaine d'années.

— Vous avez connu le colonel ? demande-t-elle.

— Je n'ai pas eu cette chance, hélas.

Lorsque Marie et moi avons commencé à sortir ensemble, elle m'a parlé de son grand-père, évoquant son souvenir avec révérence et regret. Elle était profondément tiraillée entre l'envie de le contacter pour renouer et celle de laisser les choses comme elles étaient. Elle craignait la réaction de sa famille. Son décès l'a profondément affectée, et je sais qu'elle était désolée de ne pas s'être fait pardonner.

— Il adorait cet endroit, dit Davina en regardant les arbres. Il disait que son cœur était ici.

Elle me regarde.

— S'il le pouvait, il sortirait de sa tombe pour vous empêcher de vendre.

Je baisse à nouveau les yeux, rongé par la culpabilité. Je la crois. Dans le bureau à l'étage, il y a un portrait de lui. Des bandes rouge et doré ornent ses épaules, et une flopée de rubans et de médailles décorent sa poitrine. Ses yeux bleu vif nous fixent fièrement depuis la toile, et sa bouche esquisse un sourire sardonique immortalisé avec talent par le pinceau de l'artiste. On dirait le type d'homme qui n'obéit qu'à ses propres règles, tout à fait le genre à offrir une cabane à une infirmière militaire blessée et à ne jamais renier sa parole.

Je me surprends à hocher la tête.

— Mais si le colonel était là, dis-je, il se trouverait face au même dilemme. La cabane enfreint le Code de l'urbanisme, et s'il arrivait quelque chose…

— Que voulez-vous qu'il arrive ?

— Je n'en sais rien. Un incendie, un blessé.

Elle boit une nouvelle gorgée de bière, pose la bouteille et fixe ses yeux sur les miens.

— S'il arrivait quelque chose, j'en assumerais l'entière responsabilité.

— Ce n'est pas comme ça que ça marche. C'est notre nom qui est inscrit sur l'acte.

— Alors changez-le. Donnez-moi la cabane. C'est ce qu'aurait voulu le colonel.

Je me hérisse en me demandant s'il est possible qu'elle manigance ce coup depuis le début.

— Nous ne le ferons pas.

Depuis plus de vingt ans, Marie et moi remboursons le prêt que nous avons contracté pour racheter les parts de sa sœur et de ses cousines. Nous ne pouvons quand même pas lui en donner une partie par bonté d'âme.

— Et si nous vous offrions une compensation pour vous aider à vous reloger ?

Marie et moi n'en avons pas discuté, et je sais qu'elle sera furieuse, mais j'entrevois la possibilité d'un compromis et je ne veux pas la gâcher.

— L'argent ne m'intéresse pas, répond-elle simplement, claquant la porte ouverte que j'avais imaginée.

Par frustration, je me passe une main dans les cheveux.

— J'essaie de vous aider ! L'audience à lieu demain, et si vous allez au tribunal, vous perdrez.

Elle lève sa bouteille, feignant de porter un toast.

— C'est vrai. Mais certaines batailles valent la peine d'être menées. Il est même glorieux de les perdre.

Je cligne des yeux de stupéfaction. Il y a quelques années, cette citation était une question à deux mille dollars du jeu *Jeopardy !* dans la catégorie « paroles éternelles de héros ». La réponse était : « Qui est Pandey ? » À l'époque, je l'ignorais totalement, alors je me suis renseigné sur lui. Le capitaine Manoj Kumar Pandey était le capitaine le plus décoré de l'armée indienne. Il est mort sur le champ de bataille à l'âge de vingt-quatre ans, et cette citation fait partie de son héritage. Je me demande si Davina sait qu'il est mort prématurément. Est-ce qu'elle changerait d'avis si elle l'apprenait ?

— Comment va la tête d'Hannah ?

Ce changement de sujet me déroute. J'ai le cerveau en ébullition à force d'essayer de trouver une solution pour nous empêcher de tourbillonner comme deux tornades vers une fin désastreuse. Mais tous les arguments qui me viennent aboutissent au même résultat : elle n'a aucune intention de partir. La seule chose à faire est donc de la traîner devant un tribunal, ce qui ne fera que déchaîner la tempête qui souffle déjà et s'achèvera de toute façon par son expulsion.

— Mal, je réponds, complètement abattu. D'après Pen, le remède que vous lui avez donné lui a momentanément fait du bien. Je vous remercie.

— Rien de très sorcier. La grande camomille soigne les maux de tête depuis des siècles.

La grande camomille. J'ai entendu parler de cette plante. Je pense que ma grand-mère en faisait pousser quelques buissons dans sa ferme en Pennsylvanie. Je revois ces fleurs à pétales blancs, semblables à des marguerites.

— C'était tout ce qu'il y avait dedans ? Des fleurs de camomille ?

— Macérées dans de la vodka pour en extraire l'essence. Mais ouais, c'est tout.

Je me sens idiot d'avoir fait un drame et laissé Marie vider le bocal dans l'évier.

— Je ne lui aurais rien donné de dangereux, dit-elle en voyant mon expression.

Je hoche la tête.

— C'est juste que, récemment, nous avons vécu…

— Pas besoin d'explication. Je peux vous en donner un autre bocal si vous voulez.

— Je vous paierai.

Je regrette instantanément ces mots quand elle plisse les yeux.

Elle se lève et disparaît dans la cabane. Je me frotte les paupières avec les poings en songeant que cette conversation n'aurait pas pu plus mal se passer.

— Rappelez-lui que le mieux est de prendre cette teinture dès le matin après avoir nagé.

Je redresse la tête et m'aperçois qu'elle me tend un bocal identique au premier.

— Nagé ?

Je revois Hannah entrer dans la maison à bout de souffle, les cheveux mouillés. L'idée qu'elle se soit baignée ne m'a pas effleuré. Elle n'a jamais raffolé de l'activité physique, ni des conduites à risques, et le Merrimack ne plaisante pas : son courant est puissant et son eau, glaciale.

Sans répondre, Davina me tourne le dos et rentre, me laissant seul.

Avec un soupir, je glisse le bocal dans la poche de mon short, mais je m'aperçois qu'il fait une bosse, alors je le sors, le coince sous l'élastique de ma ceinture dans le creux de mon dos et tire mon t-shirt par-dessus.

Depuis que nous sommes mariés, je ne me rappelle pas avoir volontairement dupé Marie une seule fois, et j'éprouve une forte sensation de vertige en comprenant que c'est ce que je fais maintenant. Mais je sais qu'elle désapprouverait la prise de ce médicament, et je ne supporte pas l'idée qu'Hannah continue à souffrir inutilement.

Lorsque Banjo me voit approcher de la maison, il accourt vers moi en boitant. Son cône se balance tandis qu'il agite la queue. Je me surprends – et ce n'est pas la première fois – à l'envier. Comme j'aimerais vivre davantage comme un chien, insouciant, profitant de l'instant présent ! La vie d'un humain peut être si pesante.

Pendant que le reste d'entre nous s'efforce de trouver son équilibre depuis la mort de Bee, Banjo est égal à lui-même. Ce n'est pas qu'il n'a pas remarqué son absence. Quand nous étions encore chez nous, il a pris l'habitude de dormir à côté de son lit et de renifler ses affaires. Mais même à ce moment-là, il n'était pas triste. Il battait de la queue comme si ses souvenirs d'elle ne lui procuraient que du bonheur. Sa vie continuait à se dérouler sans heurts. J'aimerais tellement trouver le moyen de l'imiter.

Je lui tapote le flanc, puis nous marchons ensemble vers la maison. Perché sur l'échelle, Rock est toujours au travail, décapant le dessous de l'avant-toit. Il me fait bonjour, et je lui réponds. C'est un jeune homme impressionnant, et même si je n'arrive pas à me faire à l'idée qu'Hannah ait un petit ami, il me semble plutôt bien pour un premier.

J'entre en traînant les pieds et songe à aller me chercher une deuxième bière.

— Alors ? demande Marie.

Je sursaute et tourne la tête. Elle me regarde depuis le canapé.

Ignorant ma soif, je la rejoins. Je m'assieds dans le fauteuil en face d'elle et pose les coudes sur les genoux, péniblement conscient de la présence du bocal qui tire sur l'élastique de mon short.

— Alors, elle part ?

Je soupire.

— Jags, il faut qu'on en parle. Elle refuse. Et peut-être qu'on ne devrait pas le lui demander.

— Tu plaisantes, j'espère ? Je savais que c'était ce qui allait se passer. Que tu la plaindrais dès que tu verrais ses cicatrices.

— Je la plains, en effet. Mais j'ai aussi l'impression que cette histoire va mal se terminer. Pour tout le monde.

— Qu'est-ce que tu suggères dans ce cas ? Elle ne peut pas continuer à vivre là-bas. Nous en avons déjà parlé.

— Elle propose que nous lui donnions la cabane.

— Pardon ?

Je baisse les yeux.

— Je sais que c'est beaucoup, mais...

— Beaucoup ! Tu veux que nous donnions à une inconnue un terrain qui vaut plus que ce que nous avons économisé pour les études des enfants ? Que nous mettions notre avenir en danger et tout ce pour quoi nous avons travaillé, afin de lui épargner l'embarras d'un déménagement ?

Je ne sais pas où j'avais la tête. C'est peut-être le don du bocal, ou bien je suis tellement crevé que je ne veux plus m'occuper de cette histoire. Ou alors… Un rougissement envahit mes joues, tandis que j'envisage la troisième possibilité… J'ai envie de la formuler à voix haute pour me débarrasser de mon sentiment de culpabilité, tout en étant certain que Marie ne sera pas d'accord.

— Ce n'est pas notre problème, dit-elle. Il y a des millions… des milliards de personnes dans le monde qui galèrent, et certaines ont vécu d'horribles tragédies. Mais même si c'est triste, déchirant parfois, nous ne sommes pas responsables d'elles, ni de cette femme. Nous ne lui demandons pas de se couper un membre ; tout ce que nous voulons, c'est qu'elle quitte un terrain qui ne lui appartient pas et une cabane qui, selon la loi, doit être démolie.

Je hoche la tête, mais le cœur n'y est pas.

— Eh bien, dans ce cas, nous devrions peut-être envisager de repousser un peu la vente. Le temps que les choses se tassent.

Je lui prends la main, mais elle la retire, le regard dur.

— Leo, l'audience a lieu demain. D'ici là, tu vas devoir décider de quel côté tu es.

— Le nôtre, je réponds sans hésiter.

Je m'aperçois trop tard que j'ai secoué la tête en le disant.

Furieuse, elle se lève et s'éloigne. La porte d'entrée claque, et je regrette de ne pas pouvoir remonter le temps d'un instant… d'une journée… d'une année. Mais quels que soient nos regrets, il avance, minute par minute, un jour après l'autre, et nous essayons de suivre son rythme en trébuchant, accablés par le poids des remords et de toutes nos erreurs.

25
Hannah

Lorsque la porte d'entrée claque au rez-de-chaussée, je pense que c'est mon père qui part. Quelques instants plus tôt, je les ai entendus se chamailler, maman et lui, mais je n'ai pas compris ce qu'ils disaient. Avant la mort de Bee, ils ne se disputaient jamais, pour la simple raison que mon père vénère ma mère et lui a toujours cédé. Mais le stress de ces derniers temps a légèrement fissuré leur relation parfaite.

En entendant un petit coup à ma porte, j'entrouvre les yeux dans la faible lumière de l'après-midi.

— Coucou, choupette, dit mon père à travers le bois. Je peux entrer ?

Surprise, je me redresse avec précaution pour ménager mon cerveau.

— Bien sûr.

La migraine a atteint son pic il y a quelques heures, en plein milieu d'une des plus merveilleuses journées de ma vie. Le dîner d'hier avec Rock et sa famille n'aurait pas pu mieux se passer. Sa mère, Linda, est aussi bavarde que lui, et comme ils n'arrêtaient pas de parler en même temps en agitant les mains, j'ai oublié d'avoir le trac. Le beau-père de Rock, Al, et moi les écoutions enchaîner les anecdotes en souriant et en riant. C'était un des meilleurs repas de ma vie : beignets de poisson-chat, chou cavalier à la crème, et pain de maïs au miel de ruche de Davina.

Après le dîner, nous avons joué au Scrabble tout en mangeant ma tarte aux mûres. Rock et moi faisions équipe contre ses parents. Il était si excité quand nous avons remporté la partie qu'il a renversé sa chaise en bondissant sur ses pieds et agité le poing en l'air. Il s'avérait qu'il n'avait jamais gagné à ce jeu de toute sa vie.

Ce matin, je me suis réveillée en l'entendant décaper la façade de la maison. Et tandis que je l'écoutais dans mon lit, je me suis surprise à penser à lui en souriant. Après le petit déjeuner, mon père, Pen et moi avons proposé de l'aider et j'ai trouvé ça tout sauf ennuyeux. Rock avait mis de la musique country à fond dans sa camionnette, et nous avons dansé en travaillant. J'ai été incroyablement heureuse jusqu'à ce que…

La migraine est arrivée si brusquement que j'ai à peine pu lui dire au revoir. Je me suis éloignée en titubant et je me suis sentie nulle, certaine que l'attirance que Rock ressentait peut-être pour moi avait été instantanément réduite à néant par mon attitude pathétique.

C'était il y a trois heures, et depuis, je me morfonds dans mon lit.

— J'ai quelque chose pour toi, dit doucement mon père.

Il chuchote presque, même si nous sommes seuls.

Il tend la main vers l'arrière de son short et en sort un bocal de teinture de Davina. Je regarde le remède et mon père tour à tour.

— Tu m'en as rapporté un ? C'est pour ça que vous vous disputiez, maman et toi ?

Son visage s'assombrit et il secoue la tête.

— Non. Mais il vaut peut-être mieux que ça reste entre toi et moi.

Je déglutis en m'apercevant à quel point les choses ont changé. Depuis que je suis née, mes parents ont toujours fait front commun, ne nous laissant jamais penser un instant qu'il valait mieux aller trouver l'un plutôt que l'autre.

Il me tend le bocal.

— Davina m'a dit que tu étais allée nager.

— La natation calme mes maux de tête.

Je lui souris autant que la douleur lancinante dans mon cerveau me le permet.

— Je comprends pourquoi tu es accro au footing.

Il incline la tête sur le côté, ce qui lui donne légèrement l'air d'un chien intrigué.

— C'est vrai ?

— Quand tu cours, c'est comme si le temps s'arrêtait. Tu ne penses plus à rien, tu es juste là, dans l'instant présent, et tu cours, cours, cours, comme si rien d'autre n'existait que ton souffle, ton corps, et ton désir de continuer à avancer.

Sa pomme d'Adam remue et sa mâchoire se serre. Je pense aussitôt aux lettres à Juliette. C'est une chance énorme d'être compris.

26

Brendon

La salle du tribunal est pleine : des dizaines de personnes sont venues soutenir la sorcière. Je regarde fixement les rayons de soleil qui tombent sur la table à laquelle est assise maman avec notre avocat, un homme sournois et nerveux qui a l'air de rêver d'être ailleurs.

C'est une matinée horrible, la deuxième pire de ma vie. Déjà, il y avait cette foule de manifestants qui nous attendait quand nous sommes partis de la maison, mais sur le chemin, ils étaient encore plus nombreux, et il y avait même des camionnettes garées le long de la rue, des journalistes avec leurs micros, et des équipes de télé qui ont braqué des caméras géantes sur nous au moment où nous sommes passés.

Une caravane nous a suivis jusqu'au tribunal, et quand nous avons quitté le parking, une nouvelle foule nous attendait sur les marches. Sans le shérif, qui a ordonné aux gens de nous laisser passer et nous a aidés à entrer, nous aurions été coincés. Maman serrait ma main si fort que ses ongles ont laissé des marques sur ma paume. Lorsque nous sommes enfin arrivés dans la salle où il a fallu attendre notre avocat, elle a murmuré :

— Je suis désolée. Je n'aurais jamais dû t'amener.

— C'est moi qui ai voulu venir.

C'était vrai. Et même si je trouvais la situation affreuse, j'étais content d'être là. Autrement, elle aurait été seule.

Je suis très en colère contre papa. Il a prétendu qu'il ne voulait pas laisser les filles à cause des manifestants, mais hier, je les ai entendus parler, maman et lui, et je sais qu'il est du côté de la sorcière. Il a dit qu'on devrait lui donner la cabane. Ce qui est stupide. Cette propriété nous appartient, elle n'a rien à faire là-bas.

Quelque part derrière nous, quelqu'un fait un bruit de cochon et je sursaute.

Il y a un deuxième grognement, sans doute de la même personne, et plusieurs l'imitent. D'autres rient. Ils nous traitent de cochons. Une allusion aux « porcs capitalistes », une expression que je ne comprends pas du tout. Les insultes pleuvent. Je sens la chaleur de leur haine, aussi cuisante que le soleil d'été, sur ma nuque. Maman regarde derrière elle d'un air inquiet, et je lui adresse le sourire le plus courageux possible. L'avocat remue sur sa chaise, clairement mal à l'aise. Plus je l'observe, plus je suis sûr qu'il n'est pas non plus totalement de notre côté.

Je jette un regard en coin à la table où la sorcière devrait se trouver, et je me demande si elle va venir. J'espère que non, que toute cette histoire va se terminer rapidement pour qu'on puisse partir.

— La cour ! dit un homme en uniforme qui montait la garde sur le côté de la salle.

Nous nous levons, et la porte à sa gauche s'ouvre.

Le juge entre et prend place sur l'estrade.

— Veuillez vous asseoir, dit l'homme en uniforme.

Plein d'espoir, je jette un nouveau coup d'œil à la table voisine. La sorcière n'est toujours pas arrivée. Mais un instant plus tard, mon espoir s'évanouit. L'homme pivote vers une porte à sa droite, et la foule se tait. Telle une reine, elle apparaît, et tout le monde retient son souffle, les yeux fixés sur elle.

Elle est si différente de la fois où je l'ai vue dans les bois que je suis stupéfait. Le corps raide et droit, elle se tient parfaitement immobile, le temps que ses yeux s'adaptent à la luminosité. Seuls ses globes oculaires bougent en balayant la salle. Ses cheveux sont tirés vers l'arrière, et ses pieds rapprochés, les orteils vers l'extérieur. Elle porte une jupe et une veste bleu foncé, ainsi qu'un chemisier blanc. En fait, on dirait une soldate prête à se mettre au garde-à-vous.

J'entends pratiquement battre son cœur, tandis qu'elle continue à balayer la pièce du regard, comme si elle cherchait un danger, ce qui n'a aucun sens. Cette salle ne fait pas peur du tout, et tout le monde ici, à part ma mère et moi, est de son côté. Finalement, les narines dilatées, elle prend une profonde inspiration et, les poings serrés, marche d'un air guindé jusqu'à la table et s'assied.

La femme qui tenait hier la pancarte à paillettes *DAVINA ICI ! VOUS DEHORS !* tend la main par-dessus la balustrade et lui touche l'épaule. La sorcière regarde derrière elle et elles échangent un petit signe de tête.

C'est étrange à observer. Dans les bois, elle était totalement différente. Son attitude était même à l'opposé de celle d'aujourd'hui, courant vers nous avec son balai, chassant intrépidement Banjo pour récupérer son chat.

— Commençons, maintenant que tout le monde est là, dit le juge.

Il s'apprête à poursuivre lorsque quelque chose tombe – un portable ou un appareil photo –, un objet solide qui atterrit avec un bruit métallique sur le sol. Ce son n'est pas vraiment fort, mais la sorcière réagit comme si une bombe avait explosé : elle recule brusquement sa chaise et lève les mains au-dessus de sa tête.

La salle se fige.

— Désolé, marmonne quelqu'un.

La sorcière s'est recroquevillée, les coudes plaqués sur les oreilles, et le corps plié si bien que sa poitrine est pressée contre ses cuisses.

La femme qui lui a touché l'épaule se penche en avant comme pour la réconforter, mais un brusque signe de tête du juge l'arrête.

La sorcière tremble, sa cage thoracique se gonfle au rythme de ses respirations.

— Davina, dit doucement le juge.

Elle hoche la tête pour lui indiquer qu'elle l'a entendu ; puis, au bout d'une longue minute, sous nos yeux attentifs, elle baisse les mains et se redresse. Je ne vois pas son visage, mais je devine au mouvement de ses épaules et de sa tête qu'elle continue à balayer la pièce, prête à replonger sous la table.

— Avez-vous besoin d'une suspension d'audience ? demande le juge d'un air inquiet.

— Non. Ça va. Merci. Enfin, merci, votre honneur.

Comme elle ouvre à peine la bouche, on a du mal à l'entendre.

Elle rapproche sa chaise et tout le monde recommence à respirer.

— Je peux faire sortir le public, propose le juge.

Elle tend le cou pour regarder l'assemblée derrière elle. Ses soutiens lui sourient d'un air encourageant. Quelques-uns lui font signe. Une femme lui envoie un baiser.

— On t'aime, murmure une autre.

Elle se retourne.

— Non, votre honneur. Ça va. Leur présence me fait plaisir. Merci.

— Madame Lister, dit le juge. Qui vous représente ?

— Moi seule, votre honneur.

— Très bien, dans ce cas, commençons.

Notre avocat présente notre version de l'affaire. Il n'y a pas grand-chose à dire. La propriété nous appartient. Nous avons un titre pour le prouver. La cabane viole toutes les règles concernant le fleuve et la prévention des incendies. Ce qui signifie que la sorcière doit partir, point final.

— Madame Lister, avez-vous des preuves pour réfuter cela ? demande le juge, lorsque notre avocat retourne s'asseoir.

Elle se lève.

— Seulement la parole d'un mort.

La foule se met à murmurer, alors le juge donne un coup de marteau.

— Le colonel Polster, poursuit-elle, à qui appartenait la propriété jusqu'à son décès, affirmait que je pourrais vivre dans la cabane aussi longtemps que nécessaire.

— C'est vrai ! crie quelqu'un.

Le juge redonne un coup de marteau.

— Si vous ne vous taisez pas, je vous ferai expulser de ce tribunal.

Il se tourne vers la sorcière.

— Est-ce que vous en avez la preuve ?

Comme elle secoue la tête, il soupire.

— Merci, madame Lister. Vous pouvez vous asseoir.

Elle obéit. Il se frotte la mâchoire, puis joint les mains devant lui.

— Avec les preuves que j'ai devant moi, le tribunal n'a d'autre choix que de statuer en faveur de la plaignante.

Il regarde ma mère, les sourcils froncés. Apparemment, même s'il se prononce en sa faveur, ce verdict ne lui plaît pas du tout.

— La prévenue doit évacuer les lieux sur-le-champ.

Quelqu'un retient un petit cri.

Il se tourne vers la sorcière.

— Madame Lister, malheureusement, en raison des circonstances inhabituelles de cette affaire, il ne s'agit pas techniquement d'une expulsion, mais plutôt d'une injonction. Il n'y a pas de bail, par conséquent vous n'êtes pas considérée comme locataire, ce qui signifie que vous ne bénéficiez d'aucun des droits légaux, ni de la protection normalement offerte à une personne dans votre situation. Autrement dit, si on vous trouve sur les lieux, vous serez coupable d'infraction. Est-ce que vous comprenez ?

— N'importe quoi ! dit quelqu'un.

Plusieurs personnes murmurent leur assentiment et la fureur envahit la salle, tandis que maman remue d'embarras sur son siège.

La sorcière incline la tête sur le côté.

— Vous voulez dire que je ne peux pas y retourner ?

— J'ai bien peur que non.

Le juge regarde à nouveau ma mère.

— Mais Mme Egide permettra peut-être à quelqu'un de récupérer vos affaires ?

Maman s'empresse de hocher la tête.

— Bien sûr. Et cette personne sera évidemment autorisée à utiliser notre allée.

Sentant que nous sommes à deux doigts d'une révolte, je me tends.

— Jim, veuillez raccompagner Mme Lister, dit rapidement le juge, qui semble avoir le même pressentiment.

L'homme en uniforme ouvre la porte par laquelle est entrée la sorcière et, comprenant que c'est elle qu'il attend, elle se lève.

Instantanément, les gens en colère se taisent, inquiets de la bouleverser à nouveau.

Redressant les épaules, si bien qu'elle ressemble de nouveau à un soldat, elle traverse la salle avec raideur, le corps droit, mais la tête oblique, comme si elle était encore confuse.

La porte se referme.

— Veuillez vous lever, dit l'homme.

Nous obéissons, et le juge quitte la salle.

Dès qu'il est parti, le public est invité à sortir. Plusieurs personnes manifestent leur mécontentement en nous lançant des insultes et des piques avant de partir. Courageusement, l'homme en uniforme reste planté dans l'allée, créant une barrière humaine entre eux et nous.

Lorsque nous sommes seuls, notre avocat murmure un « félicitations » amer, prouvant que j'avais raison : lui aussi aurait préféré que nous perdions.

— Il vaut sans doute mieux que vous sortiez par l'arrière, vous aussi, dit l'homme en uniforme, une fois que l'avocat est parti.

Il désigne la porte de la sorcière d'un signe de tête.

— Merci, répond maman d'une voix tremblante. Oui, je pense que c'est une bonne idée.

Nous le suivons dans un long couloir et atteignons la porte qui donne sur l'extérieur.

— Si vous voulez bien me donner vos clés, j'irai chercher votre voiture, dit-il.

— C'est très gentil de votre part, répond maman, les yeux sur le sol et la mâchoire serrée.

— Une histoire a toujours deux versions.

Il sort dans la chaleur de midi, nous laissant seuls, silencieux et stupéfaits, terrifiés d'avoir gagné.

27
Marie

Je suis dans le salon, les yeux fixés sur l'écran de mon ordinateur portable. On nous a installé Internet par satellite hier, et je commence à me demander si c'est vraiment une bonne chose. Nous sommes rentrés depuis moins de deux heures et, je ne sais comment, pendant ce court laps de temps, la nouvelle de notre bataille judiciaire a fait son chemin jusqu'aux informations nationales, et chaque chaîne du pays diffuse son « bulletin spécial » sur le jugement prononcé contre l'héroïne de guerre blessée qui vient d'être cruellement expulsée de chez elle.

En ce moment, CNN débat de l'engagement militaire et du sacrifice de Davina. Un psychologue spécialiste du syndrome de stress post-traumatique intervient en tant que consultant et spécule, avec beaucoup d'empathie, sur la pénibilité de sa situation, puis poursuit en expliquant ses troubles et leurs diverses manifestations. Nous avons même droit à une analyse détaillée de ce qui s'est passé au tribunal, les bruits soudains et un stress inattendu pouvant déclencher une crise chez une personne aussi traumatisée.

Je n'en crois pas mes oreilles. L'audience s'est bien plus mal passée que ce que j'avais imaginé.

Tous ces gens qui nous haïssaient, et puis cet affreux moment où le journaliste a fait tomber son dictaphone et où Davina s'est recroquevillée sous la table. Pourquoi s'être fait subir tout ça ? Elle devait bien s'attendre à ce que ce soit aussi dur.

« Nous avons tenté de joindre l'héritière de la propriété, Marie Egide, afin de recueillir son commentaire, dit le journaliste. Mais elle n'a pas donné suite à nos demandes. »

Je me retiens de lancer mon ordinateur à travers la pièce. *L'héritière.* Ah ! Leo et moi avons travaillé dur pour obtenir tout ce que nous avons. Nous nous sommes battus, accrochés et nous avons économisé. J'ai hérité d'un huitième de la propriété quand j'avais vingt-deux ans, et nous avons racheté le reste avec de l'argent durement gagné. De mes seize ans jusqu'à il y a deux mois, j'ai travaillé, cumulant parfois deux emplois. Peut-être qu'aux yeux du monde extérieur, la chance nous a été offerte sur un plateau, mais ça ne s'est pas passé de cette façon. Mes parents m'ont payé des études, ce dont je leur suis extrêmement reconnaissante. Mais ensuite, nous avons gagné cette vie. Qu'est-ce que nos détracteurs attendent de nous ? Que nous ignorions notre responsabilité éventuelle et autorisions Davina à rester ? Que nous ne vendions jamais la propriété, ce qui nous confrontera à un endettement considérable dont nous risquons de ne jamais sortir ? Est-ce qu'une seule de ces personnes si rapides à nous juger le ferait à notre place ? C'est facile de jeter la pierre quand on n'est pas la personne censée se sacrifier.

Je ferme les yeux et me masse les tempes avec les doigts en sentant venir un mal de tête. Je n'arrive pas à croire que ce soit devenu un tel cauchemar.

Le juge avait raison de craindre pour notre sécurité. Ma portière de voiture est maintenant cabossée, et un feu arrière est cassé, car on nous a jeté des pierres au moment où nous entrions dans notre allée.

Brendon a couru se réfugier dans la maison, plus en colère que jamais.

— Connards, a-t-il grogné, tandis que de la fumée lui sortait presque des oreilles.

Il a claqué la porte derrière lui.

J'ai appelé le shérif, qui a fini par poster un de ses adjoints sur la route, mais la foule est devenue si nombreuse que ce ne sera sans doute pas suffisant. C'est comme si un grand hommage à Woodstock avait été organisé dans le champ de blé de l'autre côté de la rue – des camions et des haut-parleurs diffusent de la musique à fond, de la viande grille sur des broches et des barbecues, et des enfants courent avec des cierges magiques. Une grande foire organisée en l'honneur d'une répulsion partagée pour l'argent et la cupidité, Leo et moi étant perçus comme leurs incarnations.

— Est-ce que ça va ? demande celui-ci en passant la tête dans le salon.

Je ferme mon ordinateur pour éviter qu'il voie ce que je regarde.

— Oui. Et toi ?

— Impec, dit-il avec un sourire en coin.

Les traits tirés, le visage mal rasé, il a l'air épuisé. Depuis que Brendon et moi sommes rentrés, il fait les cent pas dans la maison, tel un lion qui rôde, vérifiant et revérifiant les verrous sans cesser de parler tout seul. Il a envoyé les enfants dans leurs chambres et m'a demandé au moins une dizaine de fois de m'éloigner des fenêtres.

— J'ai appelé le shérif, dit-il. Il va envoyer un de ses adjoints monter la garde dehors toute la nuit.

Je hoche la tête et prie pour que les choses se tassent d'ici demain. Leo et moi avons parlé de faire appel à une entreprise de déménagement pour transporter les affaires de Davina. Elle doit juste nous dire où les déposer. En attendant qu'elle trouve un logement, les filles s'occuperont de ses poules et de ses chats. Nous en avons informé le shérif pour qu'il puisse la tenir au courant. Lui faire subir plus de stress est bien la dernière chose que nous souhaitons.

J'ai été stupéfaite lorsque le juge a annoncé le verdict et déclaré qu'elle ne pouvait pas retourner à la cabane. Je pensais qu'il lui accorderait un certain temps. Le jugement m'a paru tellement plus sévère. Ce n'était pas ce que nous voulions. Nous ne voulions rien de tout ça.

Je sursaute en entendant un bris de verre. Leo accourt pour s'interposer entre l'origine du bruit et moi. Derrière lui, j'aperçois des éclats de vitre sur le sol et une pierre aussi grosse qu'un melon en plein milieu.

— Non, Leo !

Il court jusqu'à la porte d'entrée et l'ouvre en grand.

— Si vous revenez ici, je vous fais sauter la cervelle ! hurle-t-il.

Sa fureur est encore plus effrayante que le jet de pierre. Je n'ai encore jamais vu mon mari crier comme ça. C'est l'homme le plus pacifiste au monde.

Il claque la porte, puis se dirige vers celle qui mène au sous-sol. Quand elle se referme derrière lui, je vais regarder le projectile de plus près. On a peint dessus la citation : « Romains 12,19. À moi la vengeance, à moi la rétribution. »

Lorsque la porte du sous-sol s'ouvre, je lève les yeux et découvre mon mari armé d'un fusil au moins aussi vieux que lui, une relique qui appartenait à mon grand-père.

— Leo...

Son regard féroce me fait taire.

— S'ils essaient encore de s'approcher de nous, je leur fais sauter la cervelle.

Passant devant moi à grandes enjambées, il sort et, un instant plus tard, j'entends la balancelle de la galerie grincer. Il s'y est installé pour les attendre.

28
Davina

Je suis dans mon bateau sur le fleuve, l'esprit errant dangereusement. Même si je remonte le courant en direction de la cabane, je sais que ce n'est pas ma destination. Je vais chez Linda, Al et Rock pour y loger jusqu'à ce que j'aie trouvé un autre endroit où habiter. Comme prévu, le verdict m'a condamnée à déménager de la cabane, mais le fait qu'on m'interdise d'y retourner m'a stupéfiée.

Je secoue la tête dans l'espoir de débarrasser mon esprit des toiles d'araignée collantes qui s'y sont formées, élastiques et épaisses. On dirait que les signaux ont du mal à les traverser. Cette journée a été trop éprouvante, je regrette de ne pas avoir écouté Leo. Têtue comme une mule. Essayer de marquer un point ? Mais pourquoi ? Par méchanceté envers Marie ?

Tous ces gens et ce raffut : j'aurais dû me rendre compte que ce serait insupportable. Plus de vingt ans se sont écoulés depuis l'explosion, mais je ne supporte toujours pas les bruits secs… ni la foule… ni les conflits.

Mes membres fourmillent et un picotement se répand de mes doigts jusque dans mes bras. J'ouvre et referme les mains en espérant que ça passe. Il s'agit d'une réaction différée au stress. *Trop*. Tout était trop.

J'ai le souffle court et le tournis. Il faudrait que j'ouvre le col de mon chemisier pour mieux respirer, mais les règles sont strictes à ce sujet. Un uniforme doit être porté avec respect : coutures repassées, collants droits aux mailles intactes, chaussures cirées, chemisier boutonné et rentré. Je porte mon uniforme, mais ne parviens plus vraiment à comprendre pourquoi. Baissant les yeux, je n'y vois aucun ruban ni aucune médaille et je me sens encore plus perdue. Où sont mes galons, mon badge et mes insignes du corps médical militaire ?

Comme mon vertige s'aggrave, je me dirige vers la berge, pose les coudes sur les genoux et laisse tomber mon visage dans mes mains. Je presse les os des paumes sur mes yeux jusqu'à voir des petits points. Inspirant par le nez, je force mes pensées à revenir, voyageant à travers le temps jusqu'à ce que je revienne au jour le plus horrible de ma vie. Bien que ce soit contraire à toute logique, j'ai découvert que me remémorer les pires moments du passé est l'antidote le plus rapide contre la panique du présent.

La chaleur.

C'est toujours la première chose qui me revient.

Ce matin-là, je me suis réveillée à l'aube, déjà trempée de sueur et la gorge sèche. La chaleur de l'Afghanistan est différente de celle de la Nouvelle-Angleterre. Là-bas, c'est comme si vous inspiriez de la poussière d'aciérie, tandis qu'un soleil de plomb assèche entièrement votre corps. La chaleur du New Hampshire fait naître la vie, verdoyante et humide. On la trouve presque rafraîchissante quand on n'a rien à faire.

Cette journée avait commencé comme la plupart des autres. Je me suis habillée rapidement, puis j'ai appelé Rose. Avec le décalage horaire, il était l'heure des devoirs à New York. Elle gardait toujours ses problèmes de maths pour que nous les fassions ensemble. Ce matin-là, elle devait s'entraîner à associer les nombres à leur nom : quarante-cinq pour 45, quatre-vingt-dix-neuf pour 99. Elle n'avait pas besoin de mon aide. C'était une enfant perspicace, et l'exercice était facile. Mais elle le faisait à voix haute pour moi en épelant chaque mot.

Nous avions presque fini lorsque le caporal qui assistait notre major est entré dans la caserne. Il m'a adressé un signe de tête qui signifiait qu'on avait besoin de moi.

— Chérie, il faut que j'y aille, ai-je dit à Rose qui commençait à épeler « treize ».

— T-R-E… Non !

— Je suis désolée, mais je n'ai pas le choix.

J'enfilais déjà mes bottes.

— Mais on n'a pas fini !

Rose avait du caractère, un esprit passionné qu'elle tenait de son père, et peut-être un peu de moi aussi.

— Des soldats ont besoin de moi.

La veille au soir, nous avions appris qu'un convoi avait été pris en embuscade sur la route de Kaboul au nord. Bien moins nombreux que leurs attaquants, ils avaient abandonné leurs véhicules et s'étaient réfugiés dans une tranchée sur le côté de la route, où ils étaient maintenant bloqués et attendaient un renfort aérien. Trois soldats avaient été tués, et huit autres souffraient de blessures qui nécessitaient des soins médicaux.

— Moi aussi, j'ai besoin de toi ! a hurlé Rose.

— Oui, mais ces personnes sont blessées, elles ont encore plus besoin de moi.

Ce sont les derniers mots que je lui ai adressés. Elle a raccroché sans me dire au revoir.

J'ai filé au quartier général. En tant qu'infirmière-chef en traumatologie, j'allais transmettre nos ordres à mon équipe. Notre sergent chargé de la logistique, Bill O'Timley, et mon commandant, Tim Reich, étaient déjà dans la tente, au repos devant notre major, Jeremy Pinkter.

Lorsque je les ai salués, tous trois m'ont répondu avec décontraction. À l'exception du major, qui était nouveau dans notre unité, nous étions tous amis.

Bill m'a regardée dans les yeux une fraction de seconde de plus que les autres, avant de se tourner vers lui.

— Nous devons attendre. Je comprends que vous vouliez leur prêter main-forte, mais nous n'aiderons personne si nous tombons à notre tour dans une embuscade.

Le visage du major était rouge ; des gouttes de sueur perlaient sur son front et sa lèvre supérieure. Il était jeune, à peine la trentaine, ce qui signifiait sans doute que d'illustres ascendants lui avaient permis de monter plus rapidement en grade.

— Ces hommes sont blessés et ont besoin de notre aide.

— Et ils vont la recevoir, a répondu Bill calmement. Dès l'arrivée du renfort aérien.

— À ce moment-là, il sera trop tard, a dit Pinkter, le cou de plus en plus rouge. Certains hommes ne survivront pas.

— Chef, est intervenu Tim. Sauf votre respect, si nous perdons notre équipe médicale, cette perte sera bien plus grave pour le présent et l'avenir que les vies que vous essayez de sauver.

Ces propos auraient pu passer pour ceux d'un lâche, mais Tim était un des hommes les plus courageux que je connaissais. C'était le meilleur chirurgien traumatologue sous le commandement duquel j'avais eu le privilège de servir, et il savait mieux que personne combien il est difficile de recruter des médecins et des infirmières.

— Nous ne perdrons personne ! a presque rugi Pinkter, ce qui prouvait à quel point il était naïf.

Des soldats meurent tous les jours, et les commandants ont très peu de contrôle là-dessus.

— Préparez vos équipes. Nous partons à sept heures.

On aurait dit un petit garçon qui criait « Chargez ! » J'ai immédiatement compris que nous étions dans le pétrin. La guerre n'est pas un jeu. Ce n'est pas une partie de paintball où vous avez une deuxième vie après avoir été touché. Dans la réalité, si vous faites une erreur, c'est terminé, *game over*. Mais nous étions tous soldats, et un ordre est un ordre. Nous l'avons donc salué, puis nous sommes partis informer nos équipes.

Cinquante minutes plus tard, j'étais dans le deuxième véhicule d'un convoi de trois se dirigeant vers le nord. Une heure après, le Humvee devant le nôtre a par hasard évité l'engin explosif planté dans le sol, et trois secondes plus tard, notre véhicule l'a touché. Mon dernier souvenir est celui d'une explosion assourdissante.

Éjectée du camion, j'ai été la seule survivante. L'unique raison pour laquelle j'étais assise à cette place à l'arrière, près du hayon, c'était que j'avais oublié d'emporter le porte-bonheur de Rose, un petit talisman en or en forme de rose que ma mère adoptive m'avait offert à sa naissance. J'avais dû retourner le chercher en courant à la caserne, et j'avais été la dernière à monter.

Chance ? Malchance ?

Difficile à dire. À l'époque, je penchais pour la deuxième option. Il m'a fallu des années pour reconnaître que chaque nouvelle journée était une bénédiction.

La rose se trouve dans ma chaussure maintenant, si lisse qu'elle ne ressemble plus à une fleur, mais à une petite pépite d'or. Pourtant, chaque soir, j'admire sa beauté, consciente qu'elle m'a sauvée, ma mère adoptive et ma fille joignant leurs forces pour me protéger.

Je me suis réveillée trois mois plus tard dans un hôpital militaire à Kaboul. Plus de trente pour cent de mon corps était brûlé. Les poumons endommagés, j'étais incapable de parler et pouvais tout juste respirer. Sans le savoir, j'avais survécu à plus de soixante opérations et failli mourir trois fois. D'après les médecins, j'étais une miraculée.

Ma première question a été au sujet de Rose. J'ai écrit sur une ardoise blanche : *Ma fille ? Elle est là ?*

Il n'est pas rare que la famille d'un soldat gravement blessé s'installe à proximité pour être présente pendant sa longue convalescence. Lorsque le médecin a secoué la tête, je n'ai pas vraiment été surprise. J'avais fait le mauvais choix en décidant de me marier, un choix sur un coup de tête, plus influencé par l'urgence que par l'amour.

Moz et moi nous étions rencontrés au cours de ma deuxième période de service. Il était beau et intelligent, et j'avais pris cette toquade pour de l'amour. C'était un consultant iranien qui n'avait pas la citoyenneté américaine. Le seul moyen de vivre ensemble était donc de nous marier.

Ce n'est qu'après les noces qu'il m'a révélé sa vraie nature, celle d'un homme égoïste et immature qui s'emportait à la moindre occasion. Au moment où j'ai compris mon erreur, j'étais enceinte, et même si je ne l'aimais pas, je ne voulais pas que mon enfant grandisse sans père, alors je suis restée.

Quelques jours après mon réveil, j'ai découvert que non seulement il ne s'était pas installé plus près pour me soutenir pendant ma guérison, mais qu'il avait disparu sans laisser de trace en emmenant Rose. Cette nouvelle a failli m'anéantir. J'ai cessé de m'alimenter et je me suis totalement fermée. Ma seule pensée était de m'échapper. C'est une lettre de ma mère adoptive, me rappelant ce qui avait été sacrifié pour m'offrir cette vie quand j'étais enfant, qui m'a remis les idées en place.

J'ai besoin de toi ! C'est toujours la voix fâchée de Rose et le bruit simultané de l'explosion qui me font revenir à moi. Je pousse un petit cri et rouvre brusquement les yeux. Puis je bats des paupières plusieurs fois, piégée quelque part entre le passé et le présent.

Je balaie la berge du regard en prenant de grandes bouffées d'air. Devant moi se dresse un buisson de chèvrefeuille, et à gauche, une épaisse touffe de souchet. Le souffle saccadé, je fais redémarrer le moteur et regagne le fleuve, consciente que je suis censée me souvenir d'une chose, mais incapable de me concentrer.

Lorsque j'atteins la plage, je tire le bateau sur la berge, monte à la cabane en titubant, grimpe dans les combles et m'effondre d'épuisement sur le lit.

29
Penelope

Hannah et moi, nous sortons en douce par la porte de derrière, aussi silencieuses que des souris, pour aller nous occuper des chats et des poules. Nous ne prévenons pas papa et maman, parce que si nous le faisons, ils ne nous laisseront pas sortir.

La soirée d'hier a été horrible. Papa était si fâché quand une pierre a été lancée à travers la vitre qu'il a dormi sur la galerie avec un fusil. Et maman était tellement bouleversée qu'elle n'a pas fermé l'œil de la nuit, à mon avis. Ils ont tous deux oublié de nous avertir que nous n'avions plus le droit de sortir de la maison pour aller nous occuper des animaux de Davina.

Je les plains, mais en même temps, je suis en colère. Nous aurions simplement dû laisser Davina tranquille. Je ne vois pas pourquoi nous devons aller habiter à Farmington. S'ils m'avaient demandé mon avis, ce qu'ils n'ont pas fait, je leur aurais répondu que je ne veux pas déménager. J'aime notre maison. J'aime mon école et mes copines. Et j'aime que Bee ait fait partie de cette vie.

Je me sens nerveuse pendant que nous marchons. C'est peut-être parce que tous ces gens nous détestent, ou à cause de la pierre, mais les bois, où je ne me suis jamais sentie en danger avant, ont l'air soudain étranges. Les arbres sont trop silencieux, comme si les oiseaux et les animaux se cachaient.

Regardant de tous les côtés, je chuchote :

— Hannah, tu crois qu'il y a quelqu'un ici ?

Elle jette un coup d'œil autour de nous à son tour.

— Non.

Mais elle accélère quand même le pas, et nous atteignons la clairière de la cabane avec un soupir de soulagement.

— Bonjour !

Je tourne immédiatement la tête vers la voix et vois Davina à son établi.

— Davina ! Tu es là !

Je cours vers elle et passe les bras autour de sa taille.

— Ma parole, quel accueil ! Où voulais-tu que je sois ?

Je lance un regard à Hannah, qui est restée plantée sur le chemin, l'air inquiète.

— Le juge n'a pas dit que tu n'avais pas le droit de revenir ?

Davina écarquille les yeux, regarde les feuilles sèches sur l'établi, puis Hannah, le front plissé comme si elle ne comprenait pas sa question.

— Tu as oublié ? demande ma sœur en s'approchant.

Davina fronce les sourcils, puis cligne des yeux plusieurs fois.

— J'ai bien peur que mes souvenirs de la journée d'hier soient un peu emberlificotés dans ma tête.

— Emberlificotés ? dis-je.

— Un vrai bazar que je n'arrive pas vraiment à remettre en ordre.

— Tu es allée au tribunal, dit lentement Hannah. Et le juge a déclaré que tu n'étais pas autorisée à revenir ici. Mes parents s'apprêtent à organiser ton déménagement pour t'aider.

Davina paraît toujours aussi perdue ; elle contemple à nouveau les feuilles.

— Il faut que je prépare cette infusion.

Elle prend une feuille et commence à la casser en petits morceaux ; puis elle me lance un regard.

— Tu veux me donner un coup de main, Pen ?

J'adresse un bref regard à Hannah pour la supplier de laisser tomber. La journée d'hier a été assez affreuse comme ça. Davina est occupée à préparer une infusion, et nous ne sommes même pas censées être ici, alors personne ne saura jamais qu'elle est revenue.

Hésitante, Hannah se mord le coin des lèvres et plisse les yeux.

— Tiens, dit Davina en me tendant une paire de gants.

Je les enfile et grimpe sur la caisse retournée à côté d'elle. Sans cesser de prier intérieurement, je prends une tige épineuse pour en retirer les feuilles. Finalement, j'entends Hannah marcher vers le fleuve et je pousse presque un ouf de soulagement.

— Quel genre d'infusion tu prépares ?

— Celle-ci empêche de faire caca, répond Davina.

L'éclat est enfin revenu dans son regard. Elle me lance un clin d'œil.

— Elle guérit la diarrhée.

Comme je ris bêtement, l'étincelle brille encore plus fort.

Ça me donne envie de lui faire un câlin. Je me moque de ce qu'a dit ce stupide juge. Je suis tellement contente qu'elle soit là.

— Comment ça se fait que tu ne portes pas de gants ?

Je continue à effeuiller la tige.

— Ces vieilles mains sont assez coriaces pour résister à n'importe quelle épine, répond-elle d'un air fier.

Elle s'apprête à ajouter quelque chose lorsque son portable se met à sonner. C'est un vieux modèle à clapet.

— Allô ?

Un silence.

— Oui. Bien sûr que je m'en souviens.

Comme elle bat rapidement des paupières, je devine qu'elle avait oublié ce qu'on vient de lui rappeler.

— Je suis chez moi.

Un silence.

— Ouais, à la cabane.

Elle continue à cligner des yeux en écoutant.

— Neuf heures, ce sera parfait. Ma plage est juste au sud d'un grand saule, à trois ou quatre kilomètres à l'intérieur de l'exploitation.

Elle rit de ce que dit l'autre personne.

— Je m'en réjouis. Je suis fan depuis ses débuts dans votre émission.

30

Hannah

Je nage jusqu'à ce que je sois à bout de souffle, puis je me tourne sur le dos et laisse le courant me ramener. Lorsque je me dirige vers la berge, Teddy m'attend.

C'est le plus gros chat que j'aie jamais vu et sans aucun doute le plus fier. Ses yeux jaunes m'observent tandis que je barbote jusqu'au bord. Je me laisse tomber sur la chaise longue et sors la teinture de la poche secrète de mon sac à dos.

Tandis qu'elle se dissout sous ma langue, je ferme les yeux et laisse le soleil levant me réchauffer. Son goût amer est affreux, mais réconfortant. C'est à la fois la pire chose que j'aie jamais goûtée et la plus merveilleuse puisque c'est la promesse d'une nouvelle journée sans migraine.

— Salut.

Je bondis presque de peur en entendant la voix de Rock. Je tourne la tête et le vois derrière moi.

Comme je suis en maillot de bain, les bourrelets de mon ventre nu sont visibles. Je regrette vraiment de ne pas m'être enveloppée dans une serviette.

Je tends le cou pour pouvoir le regarder sans me retourner.

— Salut. Qu'est-ce que tu fais là ?

— Ma mère m'a demandé de passer prendre des nouvelles de Davina. Puisqu'elle n'est pas venue chez nous hier soir, on s'est dit qu'elle avait dû rentrer chez elle.

— Ah ! Ouais.

Si seulement je pouvais trouver un moyen d'enfiler mes vêtements sans être obligée de me lever.

Il secoue la tête.

— Je savais qu'elle aurait du mal à encaisser le coup.

— Oui, elle m'a paru un peu secouée.

Plus qu'un peu, même. Son trouble était inquiétant. On aurait dit qu'elle ignorait totalement comment elle était rentrée à la cabane et ce qui s'était passé à l'audience. J'ai tout de suite voulu appeler mon père pour lui dire qu'elle était là, mais Pen m'a lancé un regard désespéré, l'air de me supplier de me taire, et je n'ai pu penser qu'à Bee.

Même si, contrairement à Pen, je ne crois pas que l'existence de notre sœur se manifeste aujourd'hui sous la forme de papillons et d'oiseaux, je suis consciente en permanence de l'empreinte qu'elle a laissée en nous quittant. C'est comme si elle était en chacun de nous et donnait son point de vue sur les choses. Sur le moment, je l'ai vue en Pen et l'ai sentie en moi, me dissuadant fortement d'intervenir.

Rock marche jusqu'au bord de l'eau, ramasse une pierre et la lance pour faire des ricochets. Elle rebondit trois fois sur la surface en faisant des ronds.

Je saisis l'occasion pour renfiler mon short en me dandinant et tire mon t-shirt rapidement pardessus ma tête.

— Ce n'est pas normal, marmonne-t-il, sans vraiment s'adresser à moi.

Je secoue la tête. Il a raison. Mais c'est la vie. Elle est injuste la plupart du temps.

Il lance une deuxième pierre qui ricoche cinq fois.

— Tu regrettes sans doute qu'on soit venus habiter ici.

J'ai le cœur lourd en pensant à tout ce que nous avons gâché sans le vouloir.

Rock s'arrête et, l'espace d'un instant, il ne dit rien. Puis doucement, d'une voix à peine audible, les yeux toujours fixés sur l'eau, il répond :

— Au contraire. C'est comme si j'avais souhaité quelque chose trop fort et que tout avait foiré à cause de ça.

C'est la chose la plus terrible et la plus belle que j'aie jamais entendue. Mon cœur se serre et explose de joie en même temps.

Comme s'il venait de s'apercevoir de ce qu'il a dit, il paraît embarrassé. Ses oreilles rougissent. Il ramasse une nouvelle pierre et effectue son plus beau lancer : huit ricochets qui atteignent presque le milieu du fleuve.

— Comment tu fais ?

Il cesse de contempler les ondulations qui s'effacent peu à peu, et nous nous regardons dans les yeux comme nous ne l'avons jamais fait. C'est à la fois terrifiant et merveilleux.

— Je peux t'apprendre si tu veux.

31
Leo

Toute cette histoire a complètement dégénéré. Cette nuit, j'ai dormi sur la galerie avec un fusil. Moi, le pacifiste convaincu qui milite régulièrement pour le contrôle des armes et a même publié une étude économique sur l'impact financier de la violence armée sur notre société.

Je rince mon rasoir dans le lavabo et recommence à raser les poils étonnamment gris de mon menton, en essayant d'éviter de regarder le reste de mon visage de trop près, ainsi que les traces laissées par ces deux derniers mois. Le stress peut diminuer l'espérance de vie. C'est pour cette raison que les présidents ont une mine aussi terrible à la fin de leur mandat. Je n'arrive pas à croire que notre famille est haïe à ce point et à quelle vitesse c'est arrivé. Avant de venir vivre ici, on nous avait toujours appréciés. Nous étions exactement ce que les autres appellent « des gens bien » ou « une famille sympathique ». J'étais le genre d'homme sur qui ils savaient qu'ils pouvaient compter. On m'appelait souvent en renfort à l'école pour entraîner les élèves ou accompagner une sortie. Marie était admirée et respectée, on lui demandait constamment de participer aux conseils et aux comités, parce qu'elle est intelligente, fiable et juste.

Le fusil est retourné dans son placard du sous-sol. Au réveil ce matin, je me suis senti incroyablement idiot. Il n'était pas chargé. Je n'avais trouvé aucune munition. De toute façon, je n'aurais pas su les introduire dans la chambre. J'ignorais même totalement si le fusil fonctionnait encore. Mais lorsque la pierre a fait voler la vitre en éclats, quelque chose s'est emparé de moi, un instinct primaire me poussant à faire le maximum pour protéger ma famille. J'ai été possédé par une rage inhabituelle qui m'a donné envie de traquer nos harceleurs et de me venger. Toute cette histoire est ridicule.

Je secoue la tête et me rince le visage.

J'ai dû finir par m'assoupir, car je me suis réveillé à l'aube au son d'un hélicoptère qui nous survolait en décrivant des cercles. Dans l'ouverture, un caméraman braquait son objectif sur moi. J'ai lâché le fusil sous la balancelle, ce qui n'a sûrement fait qu'aggraver mon cas. Maintenant, je suis terriblement embarrassé et je regrette de ne pas pouvoir remonter le temps.

Marie a parlé du jet de pierre au shérif, qui a promis de demander au propriétaire du champ d'en face de chasser les manifestants de son terrain. Il lui a assuré que ce serait fait, d'une façon ou d'une autre. C'est un homme bien, il semble comprendre les conséquences de ce fiasco sur notre famille.

La porte d'entrée s'ouvre.

— Vous plaisantez ? lance Marie. Où est-ce que vous étiez passées, toutes les deux ?

Je m'essuie rapidement le visage avec une serviette et descends l'escalier quatre à quatre.

— Vous êtes sorties de la maison ? poursuit-elle. Après ce qui s'est passé ! Vous savez à quel point c'est dangereux ?

Les filles sont toujours dans l'entrée. Hannah a les cheveux mouillés et regarde le sol, la tête baissée. Quant à Pen, elle fusille sa mère du regard, les bras croisés sur la poitrine d'un air de défi.

— Il fallait qu'on donne à manger aux poules et aux chats. Sinon ils risquaient de mourir de faim.

Sa colère fait sursauter Marie. Son ton dur lui fait l'effet d'un coup de fouet.

Je m'approche de Marie et pose une main sur son épaule.

— J'aurais dû vous rappeler que c'était trop dangereux, dis-je. Je n'y ai pas pensé. En attendant que les choses se calment, il vaut mieux que tout le monde reste à la maison.

— Comme des prisonniers ? demande Pen, dirigeant sa colère sur moi.

— Poussin, je réponds le plus calmement possible. Je sais que c'est dur…

— Non ! Tu veux savoir pour qui c'est dur ? Davina. Je ne veux pas aller vivre dans cette stupide ville de Farmington ! Et je ne veux pas que vous la chassiez de chez elle ! Ce n'est pas normal. Et vous le savez très bien !

Elle passe en courant devant nous et grimpe l'escalier.

Je sens Marie frissonner et me tourne vers Hannah.

— Il s'est passé quelque chose ?

Tandis qu'elle rougit comme un thermomètre plongé dans une cuve d'eau bouillante, je perçois son hésitation. Elle est confrontée à un dilemme : faut-il dire ou non la vérité ?

— Davina était là-bas. À la cabane.

Elle nous regarde à travers ses cils.

— Mais elle ne l'a pas fait exprès. C'est comme si elle était perdue. Je crois qu'elle ne se souvient même pas qu'elle n'a pas le droit d'y être.

Je me tends, et mon cœur se serre. État de stress post-traumatique. Mon père et mon grand-père en souffraient différemment, mais de manière tout aussi inquiétante. L'un s'emportait contre tout ce qui l'entourait, tandis que l'autre refoulait ses sentiments si violemment qu'il était impossible de savoir s'il ressentait quoi que ce soit. Tous deux semblaient souvent désorientés, comme s'ils étaient à la traîne et essayaient péniblement de nous rattraper.

Marie secoue la tête.

— Cette femme va avoir raison de nous.

— J'irai lui parler.

Elle me regarde par-dessus son épaule, ses yeux bleus transparents cerclés de rouge à cause de l'épuisement et d'une nuit de pleurs.

— Non. Je m'en occupe. Il faut que tu restes ici avec les enfants.

32
Marie

Je me dirige vers la cabane avec la sensation que mes jambes refusent d'avancer. Je m'efforce de rester droite dans un monde tout de travers. Je n'arrive pas à croire qu'elle soit revenue. J'ai l'impression de vivre un cauchemar sans fin.

Entendant un hélicoptère au-dessus de ma tête, je m'écarte du sentier pour me cacher, telle une fugitive. *Comme des prisonniers ?* La voix fâchée de Pen résonne dans ma tête.

Elle était si contrariée que mon cœur se serre. Sa sensibilité d'enfant de huit ans l'empêche totalement de comprendre les raisons de ce qui arrive. Quant à Brendon, il est déterminé à rester dans le camp adverse.

Il descendait l'escalier et s'est arrêté tandis que j'enfilais mes chaussures.

— On déménage toujours, hein ?

Le cœur déchiré en mille morceaux, j'ai jeté un coup d'œil dans la cuisine, où Hannah et Leo avaient commencé à préparer le petit déjeuner.

— Bien sûr. Pen est simplement bouleversée. Cette histoire a été un coup dur pour nous tous.

J'ai fini de nouer mes lacets et me suis redressée.

— Nous avons déjà déposé un acompte pour la nouvelle maison. Il faut juste que nous réglions cette affaire avec Davina. Ensuite, nous pourrons faire raser la cabane et vendre la propriété comme prévu.

Je cherchais autant à le tranquilliser qu'à me rassurer moi-même. Rien n'avait changé. *En avant, en avant, en avant…*

De la sueur coule de ma peau et trempe mon chemisier. J'avais oublié que les étés dans le New Hampshire pouvaient être aussi infernaux. Les journées les plus éprouvantes sont si chargées d'humidité qu'on a l'impression d'aspirer de l'oxygène avec une paille. J'avance à pas lourds, les membres pesants et l'esprit confus.

Lorsque je vois le sommet de la cabane en triangle à travers les arbres, je m'arrête pour essuyer la sueur sur mon front et prendre une minute pour réfléchir à la meilleure façon d'aborder le problème. Davina et moi ne sommes pas en très bons termes, et la dernière chose que je souhaite, c'est déclencher une de ses crises comme au tribunal.

Je suis toujours plongée dans mes réflexions lorsque j'entends des voix venant de la cabane – il s'agit d'une femme et de plusieurs hommes que je ne connais pas. Afin de mieux les voir, j'avance courbée jusqu'à un rondin couché à ma gauche et, à travers les arbres, j'aperçois une femme blonde avec Davina près du poulailler, entourées d'une équipe de télévision. Il y a deux caméramans, une scripte et une autre femme avec un micro au bout d'une perche.

Mon sang ne fait qu'un tour. J'observe la caméra la plus proche de moi et reconnais le logo de CBS sur le côté. Je regarde à nouveau la femme blonde et sursaute en comprenant de qui il s'agit : Lesley Stahl, la journaliste de *60 minutes* que j'idolâtre depuis mon enfance.

Au moment où Davina rit, la rage envahit mes veines. En état de stress post-traumatique ? Mon œil ! Elle sait exactement ce qu'elle fait, comme à l'audience. Elle est revenue ici dans l'unique but de répondre à cette interview, d'exécuter son petit numéro pour faire pleurer dans les chaumières et pouvoir continuer à vivre dans la cabane. Lesley Stahl pointe du doigt les antennes satellites sur le toit, et Davina agite les mains en répondant. La journaliste lui adresse un grand sourire ravi, puis elles se dirigent vers le fleuve.

Je regarde fixement le dos de Davina tandis qu'elle marche d'un pas leste, et soudain, tout devient clair. Le problème n'est pas la cabane. Elle a des comptes à régler. Elle exerce sa vengeance sous prétexte que j'ai fait souffrir mon grand-père. C'est bien ce qu'elle a dit la première fois que nous nous sommes parlé. *Vous étiez sa préférée, mais vous l'avez abandonné comme les autres.* Je l'ai abandonné, et elle a trouvé le moyen de me le faire payer.

Je comprends maintenant mieux pourquoi elle a refusé de partir ; pourquoi elle s'est présentée à l'audience en sachant qu'elle allait perdre ; son numéro digne d'un Oscar de femme traumatisée au tribunal. Elle a sans doute même placé un complice dans le public pour qu'il laisse tomber son dictaphone exprès. Tout était prévu pour me faire passer pour une héritière avare et me donner une leçon.

Mon cœur hurle tandis que je rentre d'un pas déterminé à la maison. Elle est futée, je le reconnais. Elle a dupé le monde entier. Mais je ne suis pas la seule qu'elle blesse ; il s'agit de ma famille entière. Et elle devrait savoir mieux que personne qu'il ne faut pas chercher une maman ourse qui veille sur ses oursons.

33
Hannah

Je suis couchée sur mon lit, les yeux rivés au plafond. Je refuse de cligner des yeux, de peur de me réveiller et de découvrir que ce n'était pas réel, que je n'ai jamais quitté la maison ce matin, ni nagé dans le fleuve, que je ne me suis jamais assise sur la chaise longue sur la berge ; que Rock n'est jamais apparu et que je n'ai jamais reçu mon premier baiser sur la rive du Merrimack, tandis qu'une nuée d'oies volaient au-dessus de nos têtes.

Si c'est un rêve, je veux continuer à dormir.

Je pousse un soupir heureux et repense à la lettre à Juliette que j'écrirai pour raconter ma première rencontre merveilleuse avec l'amour.

— Je ne crois toujours pas que je la tiens comme il faut, ai-je dit après ma première tentative de ricochets avec une pierre qui a fini par faire lamentablement plouf.

Rock s'est interrompu pour me venir en aide. Il a essayé de plier mes doigts correctement, mais n'y est pas vraiment parvenu. Alors il s'est placé derrière moi, le corps si près du mien que j'ai senti sa chaleur ; ensuite, passant son bras droit autour de mes épaules, il a positionné la pierre dans ma main. Je ne me rappelle pas comment il a fait, ni un seul mot de ce qu'il a dit, car j'étais totalement focalisée sur sa chaleur et les milliers de watts qui parcouraient mon échine.

Il a senti ce courant électrique et reculé, comme s'il avait reçu un choc.

— Essaie maintenant, a-t-il dit d'une voix étrangement aiguë.

Sa nervosité m'a plu. J'ai été moins embarrassée par la mienne.

Il s'est raclé la gorge.

— Ne la lance pas. Donne juste un petit coup de poignet.

Il a fait une démonstration, balançant le bras sur le côté, puis donnant le fameux coup de poignet.

J'ai essayé de l'imiter. Et plouf.

Je l'ai regardé. Il a ri et j'ai ri. Une grande libération. Et nous avons recommencé à faire des ricochets – ses pierres dansant sur l'eau, tandis que les miennes coulaient à pic. Jusqu'à ce qu'enfin, par un miracle de la physique et un gros coup de chance, l'une d'elles ricoche trois fois. J'ai poussé un cri de joie, et il s'est retourné, le visage illuminé.

Ensuite, je ne sais pas ce qui s'est passé. Il s'est avancé vers moi, ou bien c'est l'inverse, et comme si c'était la chose la plus naturelle au monde, nos lèvres se sont touchées ; un effleurement si léger que, lorsque nous nous sommes séparés, je me suis même demandé si c'était arrivé. Mais ensuite, j'ai vu son visage stupéfait et compris que nous l'avions fait. Il a souri. Alors, encouragée, je me suis avancée pour l'embrasser à nouveau, plus longtemps cette fois, mes lèvres s'attardant sur les siennes, exactement comme dans mes rêves.

En entendant un bruit de pas, nous avons sursauté.

— Qu'est-ce que vous faites ? a demandé Pen.

J'étais certaine que mon rougissement allait nous trahir, mais elle n'a pas semblé le remarquer, et Rock s'est ressaisi à une vitesse impressionnante.

— Je montrais à ta sœur comment faire des ricochets.

— Moi aussi, je veux apprendre !

Il a donc entrepris de lui donner une leçon, et nous avons passé une heure sur la berge tous les trois, Rock et moi échangeant des regards qui m'ont donné des frissons.

Sur le chemin du retour, il m'a touché la main quatre fois en faisant comme si c'était involontaire, et mon cœur a bondi aussi joyeusement que nos pierres sur la surface de l'eau.

Un bruit de voix à l'extérieur me tire de mes pensées. Je me redresse en espérant que ce ne sont pas encore des journalistes en quête d'interviews ou des manifestants venus nous harceler. Prenant soin de rester cachée, je jette un coup d'œil par la fenêtre, et mon cœur cesse de battre.

Je descends l'escalier en courant.

— Ils sont en train de l'arrêter ! dis-je à mon père, qui travaille sur son ordinateur à la table de la cuisine.

Il lève les yeux et me dévisage sans comprendre.

— Davina !

Je pointe la porte du doigt.

— Ils sont en train de l'arrêter ! Maintenant !

Il bondit sur ses pieds, et je me précipite dehors derrière lui.

Nous arrivons trop tard : la voiture du shérif est déjà loin dans l'allée, la nuque de Davina visible à travers la lunette arrière.

Mon père pivote sur les talons et je le suis tandis qu'il monte jusqu'à la suite parentale. Ma mère est couchée, les bras posés sur les yeux.

— Tu l'as dénoncée ? demande-t-il.

Elle se hisse sur les coudes et le fixe du regard.

— J'ai appelé le shérif pour lui expliquer la situation.

— Tu as dit que tu allais parler à Davina, pas la faire arrêter.

— Je suis allée la voir pour ça, mais à mon arrivée, elle était trop occupée.

Sa voix est glaciale, et je sens sa colère bouillonner.

— Elle faisait visiter notre cabane à Lesley Stahl de l'émission *60 minutes*. Tu la connais ? Cette femme qui est toujours si gentille avec les personnes qu'elle interviewe ?

— Davina répondait à une interview ?

— Ouais. Et lui faisait visiter la propriété. En riant. Mais ne t'inquiète pas...

Elle agite la tête en direction de son ordinateur qui est posé sur le lit à côté d'elle.

— Cette émission n'intéresse pas grand monde. Juste dix millions de téléspectateurs en moyenne.

Mon père sursaute.

— Tu sais ce qui va se passer quand elle sera diffusée ? poursuit-elle. Le monde entier va la regarder, et après avoir fait les titres aux informations du soir, nous allons soudain devenir le sujet de conversation de tous les dîners d'Amérique. Bientôt, le nom d'Egide sera synonyme de Dahmer, de Poutine et de tous les monstres que *60 minutes* a démolis en public. Alors oui, j'ai appelé le shérif. À ce stade, qu'est-ce qui nous reste à perdre ? Elle a gagné. Elle nous a détruits, exactement comme elle le voulait.

Mon père ouvre la bouche, puis la referme.

— Elle n'essaie pas de nous détruire, dis-je. Elle était désorientée.

Ma mère pose son regard glacial sur moi.

— C'est ça. Elle se trouvait par hasard à la cabane où elle n'était pas censée remettre les pieds, lorsque les journalistes de *60 minutes* sont arrivés. Et par la plus pure des coïncidences, elle s'était soigneusement tressé les cheveux et avait décidé de porter ses plus beaux vêtements.

Je secoue la tête, refusant d'y croire. Davina n'aurait jamais fait une chose pareille. Je l'ai vue. Rock aussi. Elle était là par accident, totalement perdue. N'est-ce pas ?

34
Brendon

— Pas bouger ! dis-je à Banjo qui me regarde avec des yeux remplis d'espoir, son cône penché sur le côté.

Je lève la main comme un panneau stop pour confirmer mon ordre et me glisse dehors par la porte de derrière.

Je n'ai pas dormi de la nuit. Ça fait cinq jours que le procès a eu lieu, quatre que la sorcière a été arrêtée, et j'ai l'impression que nous vivons dans une cocotte-minute qui ne va pas tarder à exploser. La nuit dernière, cette stupide émission, *60 minutes*, a été diffusée, et presque aussitôt, les portables de papa et maman ont commencé à sonner. Ils ont reçu des tas d'appels de numéros masqués, et deux fois – une à vingt-trois heures, l'autre au milieu de la nuit –, des gens ont cogné à la porte.

C'était affreux, effrayant et totalement injuste. Cette interview nous faisait passer pour des gens horribles qui ne pensent qu'à l'argent, tandis que la sorcière était une innocente victime sans défense qui n'avait rien du tout à se reprocher. À la fin du reportage, on la voyait dans sa cellule, assise sur une couchette. Levant son visage scarifié vers la caméra, elle disait :

— Tout ce que je veux, c'est avoir la paix, retourner chez moi, dans mes bois.

J'ai dû me retenir de toutes mes forces de lancer l'ordinateur à travers la pièce. Ce n'est pas tout ce qu'elle veut. Son rêve, c'est de nous ruiner. Elle pourrait très bien habiter ailleurs, quelque part où elle ne vivrait pas aux crochets d'autres gens en les faisant passer pour des méchants.

Hier soir, j'ai entendu mes parents discuter. D'après papa, nous devrions partir d'ici et retourner dans notre ancienne maison. J'ai deviné que maman hésitait. Elle y réfléchissait même sérieusement, presque prête à laisser tomber notre départ pour Farmington.

Non ! ai-je eu envie de crier. *Il ne faut pas la laisser gagner !*

Je m'essuie le nez du revers de la main et m'aperçois avec frustration que je pleure. Maintenant, je me déteste encore plus. Avant la mort de Bee, je ne pleurais jamais. Ces temps-ci, la moindre chose me fait craquer. C'est pathétique. Je suis pathétique.

Pour ne rien arranger, c'était la fête des Pères hier.

Je ne m'en suis souvenu qu'en descendant l'escalier.

— On prépare le petit déjeuner pour papa, a chuchoté Hannah, de peur qu'il nous entende de sa chambre. C'est la fête des Pères.

Elle m'a fait entrer dans la cuisine.

— On va faire des pancakes en forme d'araignée, a dit Pen. On utilisera des tranches de bacon pour les pattes.

Debout sur une chaise, elle versait une dose de farine dans un saladier. Et comme chaque fois que je la vois le matin, je l'ai prise pour Bee. Ma peau s'est réchauffée, et j'ai eu envie de faire demi-tour et de m'enfuir.

— En forme d'araignée ? ai-je bafouillé.

— Papa a une passion pour les arachnides en ce moment.

Elle a fait un mouvement d'ondulation bizarre avec les bras.

— C'est la parade amoureuse des araignées mâles, a expliqué Hannah.

Puis Pen a recommencé à agiter les bras comme si elle reproduisait la chorégraphie de *Y.M.C.A.* à la façon d'une araignée. C'était tellement débile que j'ai eu du mal à ne pas sourire. Et puis cette plaisanterie ressemblait tellement à Pen et si peu à Bee que ça m'a apaisé.

— Bon, ai-je dit. Qu'est-ce que je peux faire ?

— Tu n'as qu'à casser les œufs.

Hannah a fait glisser une corbeille d'œufs brun et blanc de taille bizarre devant moi.

Je les ai regardés fixement, puis j'ai compris d'où ils venaient.

— Vous êtes dans quel camp exactement ?

Hannah a écarquillé les yeux et commencé à secouer la tête, tandis que Pen posait les poings sur les hanches.

— Celui de Davina, a-t-elle répondu.

J'ai aussitôt tourné la tête vers elle, et les mots se sont échappés de ma bouche sans que je puisse les retenir.

— Franchement, j'aurais préféré que ce soit toi qui...

J'ai empêché les derniers mots de sortir, mais c'était trop tard. On savait tous les trois ce que je m'apprêtais à dire.

Hannah m'a dévisagé, bouche bée, et le couteau avec lequel elle tranchait une orange s'est immobilisé. Pen a laissé retomber les mains et baissé les yeux.

J'ai fait volte-face et me suis enfui. C'était la pire chose que j'aie jamais dite.

Toute la journée, j'ai eu envie de m'excuser, mais quels mots je pouvais bien trouver ? *Je ne le pensais pas. Je retire ce que j'ai dit.* Certaines bêtises sont si graves qu'on ne peut pas les réparer.

Je suis resté dans ma chambre jusqu'au soir et ne suis redescendu que pour le dîner. Nous avons tous mangé en silence avant de regarder *60 minutes* sur l'ordinateur de maman. J'ai ignoré Pen, qui m'a aussi ignoré.

Je suis allé me coucher si énervé que je n'ai même pas essayé de m'endormir. Mon esprit est resté en ébullition jusqu'à ce que le soleil se lève enfin, et à ce moment-là, j'ai su comment arranger la situation. « Ce qui est fait est fait, dit souvent papa. Alors autant consacrer son énergie à ce qui est encore possible. »

Dans la chaleur croissante du soleil, je marche d'un pas décidé. Je suis de plus en plus déterminé et rempli d'espoir. Puisque le passé est derrière moi, je vais plutôt me concentrer sur l'avenir proche et le seul moyen que j'ai trouvé de l'améliorer.

35
Hannah

— Des rayures ou des pois ? demande Pen.

Avant que je puisse lui répondre que je ne veux ni l'un ni l'autre, elle s'écrie :

— Ou des petits cœurs ?

Elle plisse la bouche et fait des bruits de bisous.

— Juste du rose, ça suffira, je réponds en fronçant les sourcils, même si je suis certaine que mon teint d'Irlandaise me trahit au moment où je pense : *Des petits cœurs, des petits cœurs !!!*

Il suffit que je pense à Rock pour rougir comme une écrevisse. C'est très embarrassant, et Pen s'amuse comme une folle à parler de lui à la moindre occasion.

— Oh ! ou bien des rochers ? dit-elle. Ce serait trop mignon.

Je lui tire la langue et elle m'imite. Ensuite, je recommence à me tracasser au sujet de ce que je vais porter à mon tout premier rendez-vous amoureux. Rock n'a pas dit que c'en était un ; il a fait comme s'il proposait de me faire visiter Franklin. J'ai plutôt suggéré un pique-nique à côté de la grange, sachant que mon père ne me laisserait jamais sortir en ville, vu les circonstances actuelles.

Enfin, ça, c'était hier. Avant la diffusion de *60 minutes*. Depuis, je n'arrête pas de surveiller mon portable, certaine qu'il va m'appeler pour annuler. L'interview était très injuste, même si tout ce qui a été dit était vrai. Le reportage se concentrait sur Davina, son passé, sa santé, et sa situation délicate, et laissait de côté le fait que la cabane n'était pas aux normes et que c'était un énorme risque de la garder. Il attirait l'attention sur le rôle de mon arrière-grand-père, laissant entendre que son intention de céder la cabane à Davina était bien plus claire qu'en réalité. Et la journaliste parlait de nous comme de personnes sans cœur, des étrangers cupides sans aucun attachement à la propriété, dont le seul objectif était de gagner de l'argent. Elle sous-entendait que nous avions pris Davina en traître pour la traîner au tribunal, certains qu'elle perdrait et ne pourrait pas retourner chercher ses affaires, puis que nous l'avions guettée jusqu'à ce qu'elle revienne s'occuper de ses chats et de ses poules, ce qui nous avait permis de la faire arrêter. Le reportage montrait beaucoup ses animaux. Teddy était devenu une superstar.

Pendant toute l'émission, j'ai pensé à Rock avec la boule au ventre en me demandant ce qu'il en pensait. Il avait déjà arrêté de travailler pour nous, très remonté contre ma mère parce qu'elle avait appelé le shérif.

— Alors, des rochers ? demande Pen, interrompant le fil de mes pensées.

— D'accord. Mais un seul.

— Un rocher pour Rock, dit-elle avec enthousiasme, avant de commencer à farfouiller dans sa trousse de manucure.

Je m'apprête à lui suggérer d'utiliser du bleu clair lorsqu'un cri venant de l'extérieur m'arrête.

— C'était papa ? demande Pen.

Marchant sur les talons pour ne pas abîmer mon vernis, j'avance jusqu'à la fenêtre et baisse les yeux pour voir mon père sur la pelouse. Il lève la tête et crie à nouveau :

— Y a le feu !

Puis il pointe les bois du doigt avant d'y disparaître en courant. Je regarde l'endroit qu'il me montrait et vois un nuage de fumée noire s'élever de la zone de la cabane de Davina.

— Oh ! Oh non !

— Quoi ? demande Pen.

Je tourbillonne sur moi-même et attrape mes baskets.

— Reste ici !

— Tes ongles ! s'écrie-t-elle, tandis que je les enfile d'un coup, sans prendre la peine de mettre des chaussettes.

— Appelle le 911, dis-je en filant. Explique-leur qu'il y a un incendie.

Au moment où je franchis la porte d'entrée, ma mère est en train de sortir de sa voiture. Sans cesser de courir, je crie :

— Il y a le feu !

J'entends ses pas derrière moi, puis sa voix essoufflée au téléphone.

— Il y a un incendie.

Elle récite notre adresse.

— Pas la maison principale. La cabane de Davina Lister, près du fleuve.

Je suis certaine qu'elle a sous-entendu que la cabane appartenait à Davina sans s'en apercevoir.

Je sens la fumée, puis la goûte. Les cendres s'épaississent dans l'air humide. Il est difficile d'y voir et presque impossible de respirer. J'inspire par les narines, tandis que ma mère hurle :

— Couvre-toi le nez et la bouche avec ton t-shirt.

Les yeux me piquant, j'obéis et essaie de voir à travers le brouillard qui s'assombrit.

Nous atteignons la clairière et découvrons la cabane dévorée par les flammes. On dirait la flèche d'une église qui fouette le ciel en tourbillonnant.

Mon père remonte le sentier depuis le fleuve en courant, un seau d'eau à la main. L'endroit qu'il arrose grésille, tandis que le reste du feu continue à faire rage.

— Étouffe-le, dit ma mère. Empêche-le d'atteindre les arbres.

Elle arrache une branche feuillue à un buisson et fonce vers un groupe de flammes proches du jardin. Elle les fouette, puis passe à un autre. Mon père et moi l'imitons. Nous arrachons des branches, tournons autour des flammes et fouettons les braises qui jaillissent.

De la sueur s'écoule de mes pores et s'évapore instantanément. Ma peau est si brûlante que j'ai l'impression qu'elle se transforme en cuir, tandis que mes yeux et ma gorge me brûlent. Quelque part à ma gauche, mon père tousse, et je tressaille d'inquiétude. Il est bien moins prudent que ma mère et moi : il s'approche beaucoup trop du brasier et nous empêche de nous attaquer à toute flamme plus haute qu'une bougie.

J'aperçois un panneau sur lequel est gravé *VAL DE LA SORCIÈRE* et tente d'aller l'arracher, mais la chaleur m'oblige à reculer. Soudain, mon père apparaît et me repousse d'un bras tout en continuant à fouetter le feu de l'autre. Quand je lève à nouveau les yeux, le panneau a disparu, réduit en cendres.

Je continue à courir autour des flammes en les étouffant avec ma branche, mais mes bras sont si fatigués que j'ai l'impression qu'ils vont tomber, et ma gorge est tellement sèche que je n'arrive plus à respirer. Ma mère le sent peut-être, car elle lève les yeux vers moi, et pendant un bref instant, nous nous regardons. Curieusement, c'est ce qui me donne la force nécessaire pour continuer.

J'ai l'impression que des heures se sont écoulées, mais ce ne sont probablement que des minutes, lorsqu'un gémissement de sirènes, presque inaudible, nous parvient depuis la maison. Nous continuons à fouetter les flammes pendant ce qui semble une éternité, et enfin, les pompiers apparaissent. Le visage luisant de sueur, tous les huit sont à bout de souffle après avoir traversé les bois en courant dans leur combinaison. Chacun porte une hache avec un côté tranchant et l'autre plat. L'un d'eux est aussi équipé d'une tronçonneuse.

Le capitaine, un grand homme maigre à grosse moustache brune, passe la situation en revue, puis aboie :

— Équipe A : pare-feu derrière la structure.

Il agite la tête en direction des flammes qui dévorent la cabane.

— Empêchez-les d'atteindre les arbres. Tous les autres, formez une chaîne.

Il pointe sa hache vers les seaux dans lesquels Davina stocke ses feuilles près de l'établi.

— Arrosez le jardin et le poulailler. Essayons de sauver ce que nous pouvons.

Une boule se forme dans ma gorge lorsque je comprends qu'il juge la cabane perdue.

— Il nous faut un coureur pour rapporter les seaux au fleuve.

Mon père s'avance, et le capitaine le salue d'un signe de tête. Les quatre hommes de la première équipe trottent en direction de l'arrière de la cabane, tandis que ma mère et moi suivons les autres vers le cours d'eau.

Le capitaine nous place à sept enjambées les uns des autres sur le sentier, et nous commençons à nous passer les seaux. Chacun est incroyablement lourd, et je me fatigue rapidement. Mes épaules sont endolories et des ampoules se forment sur mes paumes. Je vois à quel point ma mère est épuisée, elle aussi : elle prend de profondes respirations pour se préparer à soulever le seau suivant et ses bras tremblent. De son côté, mon père court infatigablement d'un bout à l'autre de la chaîne, rapportant chaque seau vide au fleuve, puis repartant chercher le suivant.

Juste au moment où je suis certaine que je vais craquer en laissant tomber le prochain, bien obligée d'admettre que je suis le maillon faible, le capitaine crie :

— Dernier seau !

Le pompier qui a les pieds dans le fleuve remplit celui qu'il tient, remonte la plage en courant, me le tend, et j'avance en titubant pour le donner à ma mère. Tandis qu'elle s'éloigne d'un pas vacillant, je me plie en deux, le corps tremblant.

— Chérie ?

Je lève les yeux vers son visage taché de cendres.

— Est-ce que ça va ?

Je parviens à hocher la tête et la regarde prendre plusieurs inspirations saccadées par le nez.

— Ne bouge pas d'ici, dit-elle avant de remonter le sentier en chancelant.

Je la regarde partir, puis laisse tomber ma tête et pleure.

36

Marie

Je contemple la scène avec incrédulité. La cabane que j'ai toujours connue a disparu. Réduite à un tas de cendres et de charbon. Il ne reste que le poêle à bois, sentinelle noircie sur son socle en béton, entouré de gravats fumants.

Mais comment ?

Davina n'était même pas là.

Mes jambes flageolent. Ses vêtements, ses affaires, le livre qu'elle lisait la première fois que je l'ai vue. Des larmes tentent de se former dans mes yeux, mais il n'y a plus une goutte d'eau dans mon corps. Une forte douleur les remplace alors, le lancinement familier de la perte. *Incinérée. Plus rien.* Cet incendie était d'une puissance incroyable.

Que souhaitez-vous que nous fassions du corps ? C'est la dernière chose que nous a demandée le personnel de l'hôpital avant que je perde connaissance. Mon dernier souvenir. J'ai découvert plus tard que Leo l'avait fait incinérer. Brûler. Je l'ai détesté sur le moment, ce qui était injuste ; il pensait que c'était conforme à nos convictions.

— Ça va ?

Je me tourne et le trouve à côté de moi, le visage couvert de traînées noires. Sous la suie, sa peau est brûlée, aussi rouge que s'il s'était endormi en plein soleil sans crème solaire.

— Bois, dit-il d'une voix rauque en me tendant une bouteille d'eau.

— Tu es blessé !

Il suit mon regard posé sur la peau cloquée rouge et blanc de ses mains, comme s'il ne s'était aperçu de rien.

Je crie d'une voix rocailleuse :

— Nous avons besoin d'aide !

Le pompier le plus proche de nous, celui qui portait la tronçonneuse, se retourne.

— Mon mari est brûlé !

— Jags…

Je secoue vigoureusement la tête et m'adresse à nouveau au pompier.

— S'il vous plaît, il nous faut un secouriste !

L'homme parle dans le talkie-walkie fixé à son épaule, et quelques secondes plus tard, un autre pompier arrive en trottant vers nous.

— Ses mains.

J'agite la tête vers Leo en lui prenant la bouteille.

Presque embarrassé, il les lève. Avec précaution, l'homme les prend par le bout des doigts et tourne ses paumes vers le haut, puis vers le bas. La main gauche est plus touchée que la droite : sa peau grillée est rouge et bosselée, et des petits morceaux paraissent calcinés autour du pouce et de l'index.

— On va vous ramener au véhicule, dit-il d'un ton calme, mais sérieux, qui m'indique que c'est vraiment grave.

Leo hésite et me regarde avec inquiétude.

— Vas-y, dis-je. On est indemnes, Hannah et moi.

Il ne bouge toujours pas.

Je le supplie silencieusement de m'écouter.

— Il faut que vous fassiez examiner ces brûlures, dit le secouriste.

Leo déglutit, puis se retourne à contrecœur et se dirige avec lui vers le sentier.

Quand ils sont partis, je me laisse tomber sur le sol et baisse le menton contre la poitrine. Mon cœur me fait mal, alors je me frotte le sternum avec le poing dans l'espoir d'alléger la pression. M'apercevant que je tiens la bouteille, je l'approche de mes lèvres. Ma gorge s'ouvre difficilement, mais je parviens finalement à boire l'eau d'une traite.

Lorsque la bouteille est vide, je la laisse tomber sur le sol. Et comme je suis déjà agenouillée, dans une posture de supplication, je récite une prière. D'abord pour que Leo s'en sorte, puis pour demander pardon.

Même si ce n'est pas moi qui ai déclenché cet incendie, je me sens responsable.

En regardant l'émission *60 minutes*, j'ai compris mon erreur. D'après Hannah, Davina était rentrée parce qu'elle était perdue. J'aurais dû la croire. Ça m'a sauté aux yeux pendant l'interview : elle n'était pas elle-même. Elle perdait parfois le fil de la conversation et il lui arrivait d'oublier ce qu'elle avait dit quelques minutes avant. Puis, comme si elle s'en apercevait, elle s'excusait. Un psychiatre est intervenu pour expliquer qu'un événement traumatisant tel que l'audience avait pu déclencher un trouble post-traumatique susceptible d'entraîner une désorientation ou des trous de mémoire durant plusieurs jours, parfois même plusieurs semaines. Lorsque Lesley Stahl a demandé à Davina pourquoi elle était rentrée à la cabane après l'interdiction du juge, elle n'a pas vraiment su répondre. Elle pensait l'avoir fait pour ses animaux. Mais en l'observant, il m'est apparu qu'elle n'était pas du tout sûre de sa réponse.

À la fin de l'émission, je me suis sentie terriblement coupable d'avoir appelé le shérif, et j'ai pris la décision de faire le maximum pour arranger les choses. C'est pourquoi je suis allée en ville pour rencontrer le juge ce matin. J'espérais faire lever les poursuites et obtenir sa libération.

La conversation s'est révélée fructueuse. Le juge ayant grandi avec Davina, il la connaît bien. Il a suggéré que nous la laissions où elle était, ce qui m'a surprise, jusqu'à ce qu'il m'explique que la prison était sans doute le meilleur endroit pour qu'elle récupère. Il m'a assuré qu'on s'occupait bien d'elle et que plusieurs personnes examinaient des solutions de relogement avec lui.

Lorsque je lui ai dit que je voulais aider, il a promis de me tenir au courant. Je suis rentrée toute contente à l'idée de raconter à Leo et aux enfants ce que j'avais fait.

— Madame Egide.

J'ouvre les yeux en battant des paupières et trouve le capitaine devant moi. Comme il tient son casque sous le bras, il y a un fort contraste entre son crâne chauve luisant et son visage couvert de traînées de cendres. Il tend une main pour m'aider et je me relève en tremblant. Il a été remarquable pendant l'incendie – courageux, déterminé et calme – et j'ai pensé à mon grand-père en le regardant.

— Votre mari est en route pour l'hôpital où on va examiner ses brûlures.

Je revois Leo bondissant autour des flammes, tiraillé entre l'envie d'empêcher le feu de se répandre et le besoin de nous protéger, Hannah et moi.

— Madame Egide ?

Je cligne des yeux et m'aperçois que le capitaine m'a parlé.

— Je vous demandais si vous aviez une idée de qui avait pu déclencher cet incendie.

Cette question met quelques instants à parvenir à mon cerveau.

— Oh !

Ce n'était donc pas un accident. Quelqu'un l'a allumé. Et il pense que ce pourrait être moi.

Je secoue la tête, niant ma responsabilité tout en répondant à sa question. Ce petit mouvement me donne le tournis et je chancelle. Il me rattrape par le coude, puis me guide vers une chaise longue à l'orée des bois qui ont survécu.

— Jake, une bouteille d'eau par ici, crie-t-il par-dessus son épaule.

Je ferme les yeux pour calmer mes vertiges et inspire par le nez afin de retenir la bile qui monte dans ma gorge.

— Maman ?

J'ouvre les yeux et vois Hannah devant moi. Puisant dans mes dernières forces, je me lève et l'attire dans mes bras. Comme elle est mouillée et parfaitement propre, je comprends qu'elle est allée nager – sa peau est fraîche, et son corps solide, réel, entier.

— Tu as été tellement courageuse, dis-je dans ses cheveux.

— Toi aussi. Tu m'as impressionnée.

37

Davina

— Bonjour, dis-je au shérif. Tu es venu prendre une raclée au rami ?

Depuis que j'ai été arrêtée il y a quatre jours, Cory a pris l'habitude de passer me voir l'après-midi. Nous jouons surtout aux cartes. Une fois, nous avons regardé un film idiot sur son ordinateur, une histoire d'extraterrestres qui voyageaient dans le temps. Mais aujourd'hui, son visage tanné est sérieux. Les sourcils froncés, il déverrouille la porte de la cellule et entre. L'espace d'un instant, il se balance sur ses pieds, les yeux fixés sur un point invisible sur le sol.

— Allez, crache le morceau, dis-je. J'ai pas toute la journée. C'est que je suis une femme occupée ; j'ai des trucs à faire, des gens à voir.

Ma plaisanterie me fait sourire, mais il ne se déride pas. Manifestement, ce qu'il est venu me dire est vraiment grave.

— Est-ce qu'Al va bien ?

Je m'inquiète tout de suite pour le beau-père de Rock, qui se remet lentement de l'attaque qu'il a eue il y a un an.

Cory passe son poids sur l'autre jambe.

— Oui. Il n'est rien arrivé à personne.

Je soupire de soulagement.

— C'est à propos de la cabane.

Je lève les yeux au ciel et pousse un soupir de frustration, agacée par tout ce raffut pour un problème déjà réglé. Le soutien de tout le monde me touche, mais c'est fini. J'ai perdu. Cette cabane ne m'appartient pas, et si je suis ici, c'est parce que je n'étais pas censée y retourner. C'est aussi simple que ça. J'ai fait n'importe quoi. Mon cerveau fonctionnait au ralenti ce jour-là et je n'avais pas les idées en place.

Ces quelques jours ici m'ont fait du bien. J'ai eu le temps de me reposer et de digérer les choses. La prison me rappelle l'époque où je servais dans l'armée. Tout est planifié et ordonné, si bien que je n'ai pas besoin de penser – trois repas par jour, heure de réveil fixe, promenade, extinction des feux.

Je suis la seule détenue dans le quartier des femmes, qui se trouve dans la partie originale du bâtiment et à bonne distance de celui des hommes, alors c'est très calme. Et j'ai sans arrêt des visites depuis mon arrivée. Je n'ai donc pas eu le temps de me sentir seule. On m'a aussi fait toutes sortes de dons pour mon confort : couette, oreillers, livres, pain, gratins, gâteau. J'ai plus de nourriture que je ne peux en manger, ce qui fait très plaisir aux adjoints du shérif.

Rock s'occupe des chats et des poules, tandis que Linda a promis de se charger de livrer les teintures et les infusions à mes patients. Tout ce qui m'inquiète maintenant, c'est de savoir où j'irai habiter quand je sortirai d'ici. D'après Linda, je suis la bienvenue chez eux, mais la maison est petite, et je ne serais sûrement pas à l'aise pour dormir aussi près d'eux, car mes cauchemars sont toujours imprévisibles.

— J'ai une mauvaise nouvelle, dit Cory en recommençant à se balancer sur ses pieds.

— Ma foi, vu ta tête de chien battu, je suppose que tu n'es pas venu m'annoncer que j'avais gagné à la loterie.

Cory et moi sommes amis depuis l'enfance. Nous sommes même brièvement sortis ensemble. Mais ensuite, je suis partie à l'école d'infirmières à New York, et il est entré à celle de police à Concord.

— Je déteste devoir te dire ça. Mais il y a eu un incendie.

Ce dernier mot fait vibrer chacun de mes nerfs. Un véritable coup de jus à mille watts le long de ma colonne vertébrale. J'ai entendu dire qu'on ne se souvient pas vraiment de la douleur. Eh bien, la personne qui a répandu cette croyance n'a jamais été brûlée.

Voyant mon expression, il ajoute rapidement :

— Personne n'a été blessé. Enfin, presque personne. Leo Egide a subi quelques brûlures aux mains, mais sans gravité.

— Leo ?

— Sa femme, leur fille et lui ont essayé de la sauver.

— Sauver quoi ?

Mon esprit est resté bloqué sur le mot « incendie ».

— La cabane.

Je regarde d'un côté et de l'autre sans parvenir à comprendre ce qu'il me dit.

— J'ai bien peur que tout soit parti en fumée. À part ton jardin, le poulailler et ta remise à bois.

— Comment ?

Je n'y étais même pas et je n'ai pas allumé de feu depuis le ragoût de lapin que j'ai cuisiné il y a plus d'une semaine.

Cory baisse à nouveau les yeux.

— Pete pense que c'était intentionnel. D'après lui, quelqu'un l'a arrosée avec un des jerrycans d'essence que tu gardes pour ton hors-bord.

— Ils ont incendié ma cabane ?

— Pas les Egide. Enfin, Pete est d'avis qu'ils n'ont rien à voir avec ça. D'après lui, les efforts qu'ils ont fournis pour essayer d'éteindre le feu étaient tout bonnement héroïques.

Je pose les coudes sur mes genoux et secoue la tête en essayant de digérer cette information.

— La ville a mis en place une collecte...

Il continue à parler, mais j'ai cessé de l'écouter. Mes pensées sont engluées et mes doigts commencent à fourmiller. Je m'allonge et pose un bras sur mes yeux. Un instant plus tard, la porte de la cellule se referme. Le feu, grand destructeur de ma vie.

38

Leo

Je suis dans une salle d'examen à l'hôpital où je fais de mon mieux pour ne pas bouger, tandis qu'un infirmier aussi grand et musclé que Dwayne Johnson applique délicatement une pommade sur mes mains cloquées. Il s'appelle Sam et grimace avec compassion chaque fois que je sursaute.

Comme il n'arrête pas de s'excuser, je fais encore plus d'efforts pour ne pas réagir. Mais c'est impossible. La peau de ma main gauche est beaucoup plus touchée que la droite. La chair brûlée autour du pouce est à vif, et par endroits, on a dû enlever des morceaux de peau carbonisée à la pince.

Le médecin qui m'a examiné m'a proposé une injection de morphine, mais je l'ai refusée. Sur le moment, je carburais à l'adrénaline et j'ai été assez stupide pour croire que ce n'était pas si grave. Maintenant, je regrette. Je n'ai jamais eu aussi mal de toute ma vie. Chaque douleur lancinante me fait penser à Davina. Et dire qu'elle a dû endurer bien pire que ça.

— Presque fini, annonce Sam en tamponnant encore plus doucement la palmure délicate entre mon pouce et mon index avec une compresse.

Je serre les paupières tandis que des gouttes de sueur coulent de mon front. Ma main gauche était posée plus bas que la droite sur la branche que j'ai utilisée pour étouffer le feu, donc plus près des flammes. L'idée de fouetter les braises était brillante et a remarquablement bien marché. La savoir de Marie ne cessera jamais de m'émerveiller. Des larmes me montent aux yeux quand je pense à elle... et à Hannah... Elles ont été si courageuses. Je n'aurais jamais dû leur faire courir un tel danger.

— Est-ce que ça va ? demande Sam.

Je parviens juste à hocher la tête. Il faut être marié et avoir des enfants pour comprendre jusqu'où on irait pour protéger les personnes qu'on aime. J'aurais été capable de plonger dans les flammes pour les sauver. Je n'avais même pas remarqué l'état de mes mains avant que Marie ne fasse un commentaire.

Lorsque la pommade réveille un nerf, j'ai un brusque mouvement de recul et mon bras échappe à la poigne solide de Sam.

— Désolé, dis-je d'une voix rauque.

Mes cordes vocales paraissent aussi brûlées que mes mains.

— Ne vous excusez pas. Ce n'est pas rien, ce que vous avez fait.

Hébété, je hoche la tête sans éprouver la moindre fierté. La cabane est détruite, et j'ai mis mes proches en danger en me précipitant là-bas sans réfléchir. *Stupide. Irresponsable et stupide.*

— Maintenant, il faut que je vous bande les mains.

Il commence par la droite, dont les brûlures sont moins graves. La peau est surtout rouge et n'a que quelques petites cloques. Au moment où il l'enveloppe de gaze, c'est douloureux, mais supportable.

— Vous connaissez Davina ?

— Je pense que tous les habitants du comté de Merrimack la connaissent ou ont au moins entendu parler d'elle, répond-il, concentré sur sa tâche. Pour autant que je m'en souvienne, elle a toujours aidé les gens, comme sa mère et sa grand-mère avant elle.

Je me sens encore plus coupable en l'écoutant. Je repense à ce qu'elle a fait pour Hannah le lendemain de notre arrivée : elle lui a offert des remèdes spontanément et sans rien attendre en retour.

— Jamais nous n'avons voulu que tout ça arrive, dis-je.

Sam hoche la tête, les yeux baissés vers mes mains.

— Ces brûlures sont là pour le prouver. Comme je le disais, c'était très courageux de votre part d'essayer de sauver sa cabane.

J'espère que le reste du monde le voit de cette façon. Même si toute cette histoire a commencé à notre arrivée, j'ai l'impression que c'était le battement d'ailes d'un papillon et que tout l'écosystème s'est trouvé bouleversé par effet boule de neige – le fameux effet papillon d'Edward Lorenz.

Selon sa théorie, un petit changement peut avoir de très vastes conséquences. Un grain de poussière dans une chaîne de montage en Chine est à l'origine d'un trou microscopique dans la couture d'un brassard. Une fillette se noie dans une piscine du Connecticut. Une famille est détruite. L'univers d'une habitante du New Hampshire est réduit à néant. Et tout ça à cause d'un grain de poussière à l'autre bout du monde.

— Passons à la gauche.

Je baisse les yeux et vois que ma main droite a disparu à l'intérieur d'une manique de gaze. J'essaie de remuer les doigts, mais ils bougent à peine.

— Et comment je vais pouvoir me servir de mes mains avec ça ?

— Vous n'allez pas vous en servir du tout. Votre peau a besoin de cicatriser.

Il souffle un coup comme s'il se préparait pour une bataille, et lorsque je lève les yeux, je m'aperçois qu'il sue presque autant que moi malgré la fraîcheur de la pièce.

— C'est parti.

Je tente de me préparer aussi. Mais dès que la gaze se pose sur la chair à vif, je dois retenir un cri de douleur. *Davina. Davina. Davina.* Le souvenir de son visage et de ses cicatrices m'obsède tandis que je prends conscience d'à quel point elle a dû souffrir.

*
**

Une heure plus tard, je suis dans le taxi qui me ramène à la maison, tellement préoccupé que je ne remarque pas ce qui se passe avant qu'il soit trop tard.

— Merde ! crie le chauffeur.

Puis il écrase l'accélérateur pour s'engouffrer dans notre allée tandis que les insultes et les pierres pleuvent sur la voiture. La foule est au moins trois fois plus importante que le groupe qui a été démantelé après l'audition.

— Ma parole, les gens vous détestent vraiment, dit-il, une pointe de jubilation dans la voix.

Lorsqu'il s'arrête devant la maison, j'ai envie de sortir du véhicule et de claquer la portière avec rage, mais il m'est impossible de l'ouvrir à cause de mes bandages. Comme si notre arrivée n'avait pas été assez humiliante, je suis obligé d'attendre qu'il le fasse et qu'il sorte mon portefeuille de ma poche pour pouvoir le payer.

Je lui offre un gros pourboire de mauvaise grâce.

Pen sort en courant de la maison.

— Papa !

Elle se jette dans mes bras.

— Salut, poussin.

En entendant ma voix, elle plisse les yeux, puis remarque mon visage cuit et mes mains momifiées. Sa joie s'éteint et son menton se met à trembler.

Je m'agenouille et la serre contre moi.

— Je vais bien, dis-je dans ses boucles en inspirant la douce odeur du shampoing pour bébé qu'elle refuse d'abandonner parce qu'il ne pique pas les yeux. Je suis un peu amoché, mais je vais redevenir le beau gosse que j'étais en un rien de temps.

Elle hoche la tête contre mon épaule, tandis que ses larmes trempent ma chemise et me touchent en plein cœur. À nouveau, le remords m'envahit lorsque je me rappelle tout ce que j'ai risqué.

Nous entrons dans la maison. Hannah et Rock sont dans la cuisine, une assiette de cookies entre eux. Je manque de craquer en voyant qu'elle va bien et qu'elle est en sécurité.

Tous deux se lèvent en me voyant approcher.

— Monsieur Egide, est-ce que ça va ?

À en juger par leur expression – Hannah très inquiète, Rock plein de gratitude –, j'ai vraiment une mine affreuse. Sam a nettoyé la suie et les cendres sur mon visage et mes bras avant de s'occuper de mes blessures, mais je crois que ça n'a fait qu'aggraver mon apparence.

Je hoche la tête pour éviter de parler, chaque mot me raclant la gorge comme du papier de verre. Hannah, toujours perspicace, se précipite vers l'évier et me sert un verre d'eau. Je le bois avec précaution, car j'ai du mal à déglutir.

— Où est votre mère ?

— Toujours à la cabane, répond Hannah en baissant les yeux. Elle cherche ce qu'elle peut sauver. J'ai essayé de la convaincre de rentrer, mais elle a refusé.

— On lui a proposé un coup de main, dit Rock, mais elle a insisté pour le faire seule.

Je l'imagine refusant leur aide, son sentiment de culpabilité aussi pesant que le mien.

— Et Brendon ?

— Dans sa chambre, répond Hannah.

Je suis énervé à l'idée qu'il soit sur son lit à jouer à ses stupides jeux vidéo, pendant que le reste d'entre nous éprouve un tel désarroi.

— Tu veux que je monte le chercher ? demande Pen en attrapant un cookie dans l'assiette.

Je tends le verre d'eau à Hannah.

— Non. Laisse-le. Je vais aller aider votre mère.

— Vous voulez qu'on vous accompagne ? demande Rock, visiblement impatient d'aider.

— Non. Il vaut mieux que j'y aille seul.

Je le regarde dans les yeux.

— Mais merci.

Pendant un bref instant, j'ai honte de penser qu'il est tellement plus admirable que Brendon. Secouant la tête, je me fais le serment de trouver le moyen de renouer avec mon fils.

— Vous pouvez peut-être réfléchir au dîner.

Je me dépêche de partir avant que Rock prononce une nouvelle parole qui obligera mes pensées à me trahir à nouveau.

Je marche vers le sentier, incapable de croire qu'il s'est seulement écoulé une demi-journée depuis que j'ai vu la fumée s'élever au-dessus de la cime des arbres. Je la sens encore. Cette odeur qui colle à mes vêtements est celle des feux de camp sur la plage, une odeur qui me procurait de la joie, mais qui, comme celle des piscines et des fraises, me rendra maintenant triste à tout jamais.

J'atteins la clairière et trouve Marie assise au centre de ce qu'il reste de la cabane, recroquevillée. Elle utilise ce qui ressemble à une cuillère en métal pour fouiller parmi les morceaux de charbon et les cendres. En m'approchant, je découvre sa petite collection de trouvailles – plusieurs bocaux en verre, une boîte en fer-blanc, une assiette en étain, une brosse à cheveux, tous noirs de suie. L'assiette est déformée. Les poils de la brosse sont brûlés.

— Coucou, fais-je de ma voix éraillée.

Elle redresse la tête. Ses yeux bleus sont encore plus stupéfiants à cause des cendres qui marbrent sa peau. Des larmes ont laissé des traînées sur ses joues, et ses cheveux, souillés de traces noires, sont emmêlés.

— Coucou.

Lorsqu'elle regarde mes mains, de nouvelles larmes s'échappent de ses yeux.

— Ce n'est pas aussi grave que ça en a l'air, dis-je en essayant de prendre une voix forte.

Mais l'effort fourni produit tout le contraire. Je suis pris d'une quinte de toux et vois Marie tenter héroïquement de ne pas craquer en se mordant les lèvres.

J'avance vers elle, mais elle lève la main.

— Non. S'il te plaît. Je veux faire ça toute seule.

— Jags...

Elle secoue la tête plus fort et baisse les yeux.

— S'il te plaît.

Ces mots sont emplis d'une telle douleur que c'est comme si un millier de lames de rasoir faisaient saigner mon âme.

— J'ai besoin de le faire seule.

Je m'oblige à reculer, même si mon corps tout entier veut faire le contraire et se laisser tomber à côté d'elle. J'aimerais tant la prendre dans mes bras.

Elle recommence à remuer les gravats, aussi soigneuse qu'une archéologue cherchant des os sur un chantier d'une importance inestimable. Je l'observe un moment en me demandant comment me rendre utile. Mais je sais parfaitement, comme c'est si souvent le cas depuis la mort de Bee, que je suis impuissant. Tout ce que je parviens à faire, c'est rêver de pouvoir remonter le temps – d'un jour, d'un mois, d'un an –, afin de revenir à l'époque où j'étais béatement heureux auprès de mes quatre enfants en bonne santé, de ma magnifique femme, dans notre belle maison, entourés d'amis, totalement inconscient de la fragilité de cette vie et de la facilité avec laquelle tout peut s'effondrer.

Une poule qui caquette me tire de mes pensées, et je regarde à nouveau Marie, résigné à rentrer à la maison. C'est alors que mes yeux se posent sur la brosse.

— Jags, tu peux me donner ça ?

Elle arrête de fouiller, suit mon regard jusqu'à la petite montagne de reliques, puis lève le visage vers moi.

— Elle est fichue.

Je hoche la tête, mais continue à tendre ma main bandée. Elle se relève et me la donne. Nous nous regardons dans les yeux, tandis que je la prends entre mes paumes. *Dévouement, amour, excuses, pardon* – peut-on lire tout cela dans un seul regard ?

— Rentre avec moi, Jags.

Ces mots, telle une décharge électrique, interrompent la connexion. Elle lâche la brosse et retourne à son chantier.

Sur le chemin, une fois que je suis assez loin pour qu'elle ne me voie plus, je baisse les yeux vers les longs cheveux noirs entortillés autour des poils, et je jubile intérieurement.

39

Brendon

Banjo et moi sommes partis loin dans les bois. Nous sommes assez éloignés de la cabane, mais je sens encore l'odeur du feu. Il la sent aussi, ce qui le rend nerveux. Elle nous trouble tous les deux.

Je ne voulais pas que ça se passe de cette façon, que papa soit blessé, que maman soit montrée du doigt. J'ai fait n'importe quoi encore une fois.

Papa n'aurait pas dû être là. La veille au soir, je l'avais entendu parler avec maman d'aller trouver le juge. Il ne voulait pas qu'elle le fasse seule, surtout après la diffusion de *60 minutes*. J'étais censé me retrouver seul avec Hannah et Pen à la maison. Mais au lieu de ça, il est resté sur la galerie à monter la garde.

Des larmes me piquent les yeux. Je les essuie de rage.

Idiot ! Idiot, idiot, idiot !

Je voulais seulement que la cabane brûle juste assez pour qu'elle n'y retourne pas. Je n'avais pas du tout imaginé qu'elle s'embraserait aussi facilement qu'une torche. J'ai compris mon erreur dès que j'ai lancé l'allumette. J'ai fait un bond en arrière pour échapper aux flammes, et je suis rentré en courant à la maison.

J'étais presque à la porte de derrière quand j'ai entendu papa hurler :

— Y a le feu !

Terrifié, j'ai grimpé l'escalier à toute vitesse et l'ai regardé courir vers les bois par la fenêtre de ma chambre. Ensuite, maman est arrivée, puis Hannah est sortie de la maison, et elles ont aussi filé en direction du nuage de fumée noire.

Je ne savais pas quoi faire : courir les aider ou rester caché dans ma chambre à faire comme si j'y étais depuis le début et que je n'avais pas compris ce qui se passait. J'hésitais encore quand Pen a frappé à ma porte. J'ai aussitôt enlevé mes baskets, enfoncé mes écouteurs dans mes oreilles et grimpé sur mon lit. Elle a cogné plus fort, puis ouvert la porte.

— Brendon !

J'ai enlevé mes écouteurs.

— La cabane est en feu !

J'ai tendu la main vers mes baskets pour les renfiler, mais elle m'a attrapé le bras et a secoué la tête.

— N'y va pas ! Ne me laisse pas toute seule !

Je suis donc resté avec elle, et ensemble, nous avons observé l'incendie depuis la galerie. Les camions de pompiers et l'ambulance sont arrivés quelques minutes plus tard. Les pompiers ont aussitôt disparu dans les bois, laissant les ambulanciers sur place.

Il a fallu presque une heure pour que la fumée se calme. Quelques minutes plus tard, un des ambulanciers est venu vers nous. Il a souri gentiment à Pen, puis m'a regardé d'un air sérieux.

— Il vaut mieux que tu l'emmènes à l'intérieur.

Je l'ai dévisagé, intrigué. Mais comme il continuait à me regarder dans les yeux, j'ai compris qu'il s'était passé quelque chose de grave et qu'il valait mieux que Pen ne le voie pas. Je l'ai donc emmenée dans la maison, et nous sommes montés dans ma chambre, où nous sommes restés jusqu'au retour d'Hannah.

Quand elle m'a dit que papa était parti à l'hôpital parce qu'il s'était brûlé les mains, j'ai failli craquer. Le sang battait si fort dans mes veines que j'ai cru que mon cœur allait éclater – cette sensation est toujours là, la pression si forte que je n'arrive plus à respirer.

Je suis assis sur un rocher au bord du fleuve, assez loin maintenant pour ne plus sentir la fumée.

Banjo se laisse tomber à côté de moi.

Je lui ai enlevé son cône ce matin, il est beaucoup plus heureux sans. Sa bagarre avec le chat est oubliée, et ses blessures sont presque guéries. C'est arrivé il y a huit jours, mais le temps m'a paru beaucoup plus long.

Je lance une pomme de pin dans le fleuve et regarde le courant l'entraîner. Je crois que j'aimerais être emporté avec elle.

Pendant des heures, j'ai attendu que quelqu'un – maman, papa, un pompier, le shérif – monte me voir pour m'interroger, comme le jour de la noyade de Bee. Mais les heures ont passé et personne n'est venu. Papa est parti à l'hôpital, les pompiers sont retournés à leur caserne, il est rentré, puis il a rejoint maman à la cabane brûlée, et personne n'a rien dit de plus.

Lorsque papa est revenu et que je l'ai entendu grimper l'escalier comme s'il était pressé, j'ai pensé que l'heure du règlement de comptes était venue. Mais au lieu d'entrer en colère dans ma chambre, il est allé dans la sienne, et je l'ai entendu marmonner tout seul, presque avec excitation.

Vers dix-neuf heures, Hannah m'a apporté une assiette de spaghettis que j'ai mangée tout seul sur mon lit.

Maman est rentrée après la tombée de la nuit. J'ai entendu la douche couler et recommencé à attendre que papa ou elle, ou tous les deux, entrent et me demandent pourquoi j'avais mis le feu à la cabane. Mais la douche s'est arrêtée, et peu après, la maison est devenue silencieuse.

J'étais couché, les yeux fixés sur le plafond, lorsque vers minuit, j'ai compris que je m'en étais tiré... encore une fois... Et la honte m'a presque donné la nausée.

À présent, je suis là, en train de contempler le fleuve en me demandant ce qui va se passer maintenant.

Comme j'ai à nouveau les larmes aux yeux, Banjo lève le regard, inquiet.

Je lui gratte les oreilles.

— Ça va.

Mon estomac gargouille. Je n'ai rien mangé depuis les spaghettis d'hier soir, et l'heure du déjeuner est passée depuis longtemps. Mais je n'y fais pas attention. Je regarde fixement le courant rapide, tandis que mes pensées continuent à tourner en boucle. Finalement, elles s'arrêtent sur Bee et ses derniers horribles instants. Je l'imagine la tête sous l'eau et me demande si elle a pleuré ou essayé de crier. Si elle savait que c'était la fin ou croyait encore que tout allait s'arranger puisque j'étais juste à côté, certaine que j'allais la sauver.

Banjo se rapproche de moi et frotte sa tête contre ma cuisse. Il a probablement faim, lui aussi. Lançant un dernier regard au courant, je me force à me lever et repars vers la maison.

40
Penelope

— Les filles, dit gaiement papa en entrant dans la cuisine où j'aide Hannah à préparer une focaccia.

C'est la première fois que je le vois aussi joyeux depuis l'incendie il y a trois jours. Même s'il a toujours une tête affreuse sans cils ni sourcils, que la couleur de sa peau est entre la tomate et la cannelle, et que ses mains sont enveloppées de gaze.

Hannah arrête de laver le saladier que nous avons utilisé pour la pâte, et je cesse de découper des étoiles dans la focaccia avec mon emporte-pièce. Depuis qu'elle est tout amoureuse de son Rock, elle prépare encore plus de gâteaux et de pains, chaque jour un nouveau. C'est drôle et mignon. Et je suis contente parce que ça nous occupe maintenant que nous n'avons plus le droit de sortir de la maison.

Depuis l'incendie, papa panique encore plus à l'idée que nous sortions. Même si le shérif a fait partir les manifestants, il pense que ce n'est toujours pas sûr.

— Cet incendie a été allumé par quelqu'un, a-t-il dit plus d'une fois de sa voix grave et grondante.

Maman et lui ont décidé que nous devions rentrer à Hartford. Mais en attendant que ses mains soient suffisamment guéries pour que la gaze s'enlève, il ne peut pas conduire, et comme nous ne voulons pas le laisser seul ici, nous allons rester au moins une semaine de plus.

— Que diriez-vous de partir à l'aventure ? demande-t-il avec un grand sourire.

Je saute de ma chaise.

— Où ça, capitaine ?

Je me mets au garde-à-vous, ravie que nous ayons enfin une excuse pour sortir de la maison.

C'est alors que je remarque l'enveloppe qu'il tient serrée sous son bras droit. Il la regarde, puis lève les yeux vers moi.

— Nous allons rendre visite à Davina !

— C'est vrai ? demande Hannah, aussi excitée que moi.

— Est-ce qu'on peut lui apporter de la focaccia ?

Dommage qu'on n'ait pas préparé quelque chose de sucré, elle adore ça.

— Je pense qu'elle en sera ravie.

Je remonte sur la chaise pour finir de découper le pain. Je vais faire une poule en plus des ronds et des étoiles, et peut-être même un chat. Je lui choisirai aussi quelques objets parmi ceux que maman a retrouvés après l'incendie. Il y a des casseroles et des poêles, quelques plats, deux colliers de perles dans une boîte en métal, un tamanoir en argile rouge, une petite grenouille en marbre vert, sa collection de pierres en forme de cœur, et trois scalpels. Hannah et moi, on a tout nettoyé le mieux possible, mais presque tous ces objets sont encore noircis.

— Tu crois que Rock pourrait nous y conduire, choupette ?

Papa lève la main bandée qui ne tient pas l'enveloppe.

— Je vais lui envoyer un message, répond Hannah en rosissant.

De loin, j'observe maman sur le canapé du salon. Elle n'a pas bougé depuis deux jours et regarde film après film sur son ordinateur. Elle mange à peine, et je ne pense pas qu'elle dorme. Ça me rappelle son état après la mort de Bee, on aurait dit qu'elle était seulement capable de respirer. Papa dit que ça va aller, que tout le monde fait face comme il peut et à son rythme aux événements difficiles, et que nous devons juste être patients. Alors nous patientons. Mais c'est effrayant. Il lui a fallu vraiment longtemps pour revenir vers nous la première fois. À certains moments, je pensais même qu'elle ne reviendrait pas du tout.

Hannah lève les yeux de son portable avec un sourire.

— Il sera là dans un quart d'heure.

Quand elle monte l'escalier en bondissant pour aller se préparer, on dirait Tigrou dans *Winnie l'Ourson*. Sa transformation depuis une semaine est à l'opposé de celle de maman. Maintenant que ses maux de tête ont disparu et que Rock fait partie de sa vie, c'est une chenille qui s'est transformée en papillon virevoltant, rayonnant et magnifique.

Je demande à papa si je dois aller prévenir Brendon.

— Je suis sûr qu'il n'a aucune envie de rendre visite à Davina, répond-il.

Nous ne voyons plus beaucoup mon frère en ce moment. J'étais avec lui pendant l'incendie, mais depuis, il a recommencé à m'éviter. Je crois que c'est à cause de ce qu'il a dit le jour de la fête des Pères. Je voudrais lui expliquer que ce n'est pas grave. Je sais qu'il ne le pensait pas. Il était juste en colère à propos des œufs. En plus, je suis sûre que je lui rappelle Bee, et que c'est dur pour lui.

Normalement, papa ne l'autoriserait pas à rester enfermé dans sa chambre toute la journée à jouer aux jeux vidéo, mais il est tellement occupé depuis l'incendie qu'il le laisse tranquille. Je crois aussi qu'il est en colère contre lui. Quand mon père n'est pas content, il se mord la joue gauche, et depuis trois jours, chaque fois que Brendon est dans le coin, il la mâche comme un chewing-gum.

— Il est là ! chantonne Hannah en descendant l'escalier pour aller ouvrir la porte.

J'échange un regard avec papa en rigolant.

— En avant la magie ! dit-il.

Ces mots font battre mon cœur plus vite. C'est ce qu'il dit chaque fois qu'on s'apprête à faire quelque chose d'extraordinaire. Je regarde à nouveau l'enveloppe et me demande quel pouvoir mystérieux elle renferme.

41
Hannah

Je me sens nerveuse tandis que Rock et moi suivons Pen, mon père et un adjoint du shérif dans un long couloir menant à la cellule où est détenue Davina. La main de Rock est moite dans la mienne, et ses doigts me serrent fort. Il est déjà venu la voir deux fois, et il est reparti d'une humeur amère. C'est profondément bouleversant de la savoir enfermée, et je sais qu'il a du mal à supporter que ce soit arrivé à cause de ma famille.

Je n'ai toujours pas l'habitude de lui tenir la main, mais chaque fois que nous sommes ensemble, il n'arrête pas de me toucher d'une manière ou d'une autre : il me pousse doucement de l'épaule, rapproche son petit doigt du mien sur le canapé pendant que nous regardons un film sur Netflix sur mon ordinateur, me prend la main quand nous marchons. Mes parents ne se comportent pas de cette façon. Ils se font des câlins ou s'embrassent rarement devant nous. La situation est donc étrange pour moi, et je suis maladroite. Mais chaque soir, dans mon lit, ce sont à ces petits contacts que je repense en m'endormant avec le sourire.

Après l'incendie, j'étais certaine qu'il ne voudrait plus jamais me revoir. Mais cet après-midi-là, il est arrivé avec une assiette de biscuits préparés par sa mère.

Pour commencer, il m'a demandé si mon père allait bien, ses yeux chocolat émus d'inquiétude. Alors j'ai craqué. Papa était encore à l'hôpital. Maman fouillait les cendres sur le lieu de l'incendie. Mes nerfs ont fini par lâcher.

Il m'a prise dans ses bras et chuchoté que ça allait s'arranger, tandis que je sanglotais contre lui, embarrassée, mais incapable de m'arrêter. Depuis, nous sommes inséparables. Et chaque instant passé en compagnie de l'autre, chaque câlin de réconfort s'avère encore plus poignant que notre baiser.

— Il s'agit du bâtiment d'origine, dit l'adjoint du shérif, tandis que nous passons d'un couloir peint en blanc à un deuxième plus large fait de briques.

Il fait instantanément plus frais et plus clair. À droite, une enfilade de grandes fenêtres cintrées donnent sur une cour herbeuse. Je suis soulagée que Davina soit ici plutôt que dans le nouveau bâtiment.

J'essaie d'ignorer l'élancement migraineux que provoque la clarté dans mon crâne. Je continue à prendre la teinture, mais ne nage plus le matin, alors les maux de tête sont revenus comme un signal d'avertissement lancinant : voilà ce qui arrivera si je cesse de suivre mon traitement.

— Bonjour, Davina, dit l'adjoint. Tu as de la visite.

Manifestement, nous sommes arrivés.

Je regarde derrière lui et, à travers les barreaux noirs, je vois Davina se lever du lit sur lequel elle était couchée. Il y a deux lits superposés, un lavabo fixé au mur du fond et une petite cloison dissimulant probablement les toilettes.

La main de Rock se resserre autour de la mienne à mesure que sa colère monte. Je me demande si c'était une si bonne idée de le convaincre de nous amener ici.

— Tiens, mais qui voilà ! dit Davina.

Un sourire lui plisse les yeux tandis qu'elle frappe dans ses mains.

Dès que l'adjoint ouvre la porte, Pen me passe le Tupperware de focaccia et se précipite à l'intérieur. Davina pose un genou sur le sol et ouvre les bras pour recevoir cette petite fusée, et ma sœur se jette à son cou.

— Chuuut, dit Davina. Tout va bien.

Et je me rends compte que Pen pleure. J'en ai aussitôt les larmes aux yeux, et la main de Rock serre si fort la mienne que je grimace. Il baisse la tête, et s'apercevant de son geste, s'empresse de lâcher mes doigts.

— Désolé, marmonne-t-il, l'air beaucoup plus navré qu'il ne le devrait.

Lorsque je glisse à nouveau ma main dans la sienne, il s'efforce de la tenir délicatement.

Davina lève les yeux vers nous.

— Eh bien, cette journée n'est-elle pas magnifique tout à coup ?

Pen la libère, et Davina se lève avec un petit grognement, nous rappelant qu'elle n'est plus toute jeune.

Elle regarde mon père.

— Oh Leo ! murmure-t-elle en contemplant son visage brûlé, puis ses mains bandées.

Elle secoue la tête et lève à nouveau les yeux vers lui.

— Ce n'était qu'une cabane.

La pomme d'Adam de mon père s'agite tandis qu'il hoche la tête, et je m'aperçois que lui aussi est à deux doigts de craquer.

— On t'a apporté de la focaccia, dit Pen en me reprenant la boîte des mains pour la tendre à Davina.

Celle-ci soulève le couvercle et regarde à l'intérieur.

— Des poules et des étoiles. La terre et le ciel réunis pour me régaler. C'est parfait.

— Davina, l'interrompt l'adjoint.

Il est resté dans le couloir, comme s'il tenait à respecter son intimité.

— Tu aimerais peut-être déguster cette focaccia avec tes visiteurs dans la salle de réunion ?

Son attention est touchante et me rassure un peu sur le sort de Davina. Même si elle est en prison, on la traite manifestement bien.

— Quelle bonne idée ! répond-elle avec une joie exagérée.

Son enthousiasme est peu convaincant quand on voit sa maigreur, et les cernes sous ses yeux n'étaient pas là il y a une semaine.

Elle effleure ma joue en passant, puis regarde ma main serrée dans celle de Rock et lui lance un clin d'œil.

Nous la suivons le long du couloir en briques jusqu'à une salle meublée d'une table en faux bois et de huit chaises en plastique. L'adjoint laisse la porte ouverte et poursuit son chemin.

— La sécurité laisse vraiment à désirer dans cet endroit, dit mon père.

Davina hausse les épaules.

— Où est-ce que j'irais ?

La joie retombe d'un coup, alors nous nous concentrons tous sur la boîte de focaccia qui passe de main en main et commentons son goût délicieux.

— Je t'ai apporté quelque chose d'autre, dit Pen.

De sa poche, elle sort une petite grenouille en marbre vert que maman a récupérée dans les décombres.

— Oh ! dit Davina.

Elle la prend précautionneusement avec une expression indéchiffrable. Je me rends soudain compte que c'était une idée terrible de l'apporter. Cette babiole doit lui rappeler douloureusement tout ce qu'elle a perdu.

Elle la retourne dans sa paume, et un sourire lui plisse les yeux.

— Je l'ai achetée en Afghanistan. Dans un bazar de la ville de Herat. Un homme là-bas les sculptait à la main.

— Les grenouilles portent chance, dit Pen.

Davina hoche la tête et ses yeux sourient un peu plus tandis qu'elle continue à contempler la petite créature.

— Ce devait être un cadeau pour ma fille.

— Pourquoi tu ne le lui as pas donné ?

Toutes deux admirent la grenouille ensemble, la main de Pen posée sur l'épaule de Davina.

— Je n'ai jamais pu le faire.

Lorsque nous aidions Rock à décaper la maison afin qu'il la repeigne, mon père l'a interrogé sur Davina, et il nous a raconté son histoire. Elle a été mariée et a eu une fille appelée Rose. La mère de Rock a eu l'occasion de croiser le mari et l'enfant quand tous trois rendaient visite à la mère de Davina pour les fêtes. Mais après l'accident qui l'a brûlée, l'homme est parti avec Rose, et elle n'a plus jamais eu de leurs nouvelles. Selon Rock, notre grand-père a essayé de les retrouver, mais il a fini par conclure qu'ils étaient partis en Iran, le pays natal de son mari.

Davina prend la petite grenouille sur sa paume et la tend à Pen.

— Garde-la.

Mon père et moi secouons la tête en même temps. Nous lui avons déjà trop pris.

— L'homme qui l'a sculptée savait aussi que les grenouilles portent bonheur, mais...

Pen est captivée par son regard pétillant.

— Seulement si elles sont reçues en cadeau.

Mon père et moi détournons le regard quand Pen prend la petite grenouille comme si Davina lui offrait la lune.

— Les enfants, j'ai besoin de passer un instant seul avec Davina, dit-il.

Nous regardons tous la mystérieuse enveloppe.

— Dites-lui au revoir, je vous rejoins dans le hall d'entrée.

42

Leo

J'attends d'être sûr que les enfants sont assez loin pour ne pas m'entendre, puis je me tourne vers Davina. Malgré l'affabilité dont elle fait preuve, je vois bien les séquelles qu'elle garde de cette semaine : ses épaules voûtées, et son corps plus mince que la dernière fois que je l'ai vue. Ça me fait penser au film *E.T.* : plus l'extraterrestre aux grands yeux reste éloigné de son monde, plus sa santé et sa vitalité faiblissent.

— Vous avez une mine terrible, dit-elle, me renvoyant mes pensées comme une balle de ping-pong. Vous devriez vous reposer et appliquer de l'aloe vera sur ces brûlures.

Je hoche la tête. Je suppose que la semaine nous a laissé des séquelles à tous.

— Davina, je suis tellement…

Elle lève une main pour m'interrompre.

— Ne vous excusez pas pour des choses sur lesquelles vous n'avez aucun pouvoir. Je sais que vous n'avez rien à voir avec l'incendie.

Elle désigne mes mains.

— Et même si c'était stupide, j'apprécie ce que vous avez fait pour essayer de sauver la cabane.

J'acquiesce de la tête, même si ses paroles n'atténuent pas franchement ma culpabilité. Au bout du compte, nous sommes la somme de nos actes, et j'ai l'impression que j'ai fait bien trop peu pour empêcher tout ce qui est arrivé. Je regarde l'enveloppe en papier kraft sur la table en espérant que c'est un début de rédemption.

— Je vous ai apporté quelque chose.

Je la fais glisser vers elle.

Avant de l'ouvrir, elle avale une gorgée d'eau en inclinant la bouteille avec précaution, la tête renversée, comme elle l'a fait pour boire sa bière le jour de notre rencontre. À nouveau, mon cœur se serre quand je pense à la douleur que nous avons infligée à cette femme qui a déjà survécu à tant d'épreuves.

Après avoir reposé la bouteille, elle retourne l'enveloppe, soulève le rabat et sort les quatre feuilles que j'ai imprimées ce matin. Je l'observe avec la sensation d'être un papa le matin de Noël, attendant que son enfant ouvre le cadeau dont il rêvait.

Ses yeux parcourent la première page, et je la vois froncer les sourcils. Ensuite, son expression se fige. Presque avec colère, elle range les feuilles dans l'enveloppe et pose ses poings dessus.

— Oh ! dis-je en comprenant ce qui se passe. Vous étiez au courant.

— Bien sûr que oui. On oublie rarement d'où on vient et qui on est.

Le cœur battant, j'essaie d'analyser sa réaction, si différente de celle que j'avais imaginée. Au réveil ce matin, j'ai découvert l'e-mail que j'attendais avec impatience. Mon frère est responsable de l'analyse des données dans un laboratoire de généalogie du Massachusetts, et lundi, je lui ai envoyé un échantillon de cheveux récupéré sur la brosse de Davina. Il l'a immédiatement envoyé au labo et, ce matin, j'ai reçu les résultats. Rock nous a raconté que Davina avait une fille, mais qu'elle avait disparu avec son père pendant qu'elle se remettait de ses blessures. En envoyant ces cheveux au labo, j'espérais découvrir un indice sur l'endroit où se trouve sa fille. Ce que j'ai appris à la place était presque aussi merveilleux… Enfin, c'est ce que j'ai pensé sur le coup. Le rapport n'indiquait aucune correspondance avec de potentiels enfants, mais dans la colonne « Correspondance probable d'ADN » apparaissaient deux demi-frères du côté paternel : Everett Dupree et Roger Dupree.

J'ai regardé fixement ces noms sans en croire mes yeux – il s'agissait de deux frères célèbres, les héritiers de l'immense fortune des Dupree. Leur père, Stanley, était promoteur immobilier et il avait fait de sa richesse un des plus grands empires financiers du monde, ainsi qu'une des plus importantes œuvres philanthropiques. Sa fondation a participé au financement de toutes sortes de recherches médicales et, partout dans le pays, des bâtiments universitaires portent son nom.

Et dire que Davina fait partie de cette famille. J'ai d'abord pensé que son père avait eu une aventure. Mais ensuite je me suis souvenu de l'événement. L'affaire a eu lieu avant ma naissance, mais on n'a jamais cessé d'en parler, comme de tous les incroyables mystères non résolus auxquels sont mêlés les riches et les puissants de ce monde.

Sur mon ordinateur, j'ai tapé les mots « disparition femme et fille Stanley Dupree » et obtenu un million de résultats. J'ai cliqué sur un article publié deux ans plus tôt dont le gros titre était : *Rebecca et Valentine Dupree : cinquantième anniversaire de leur disparition tragique*. Il était illustré de plusieurs photos, et là, je l'ai reconnue : la fillette de six ans n'était autre que Davina, parfaitement reconnaissable à ses yeux dorés.

— Vous en avez parlé à quelqu'un ? demande-t-elle, le regard ardent.

Je secoue la tête en m'apercevant au même moment que c'est faux. Marie est au courant. Dès que j'ai fait cette découverte ce matin, je suis aussitôt descendu la lui raconter. Je trouvais que c'était une nouvelle fantastique. Davina était Rebecca Dupree, ce qui voulait dire qu'elle était riche, et même richissime. Elle allait pouvoir habiter où elle voudrait, reconstruire sa cabane ailleurs, et même une centaine d'autres si elle le souhaitait.

Sa narine intacte s'ouvre et se referme, tandis qu'elle soupire de soulagement.

— Je vais vous demander de ne rien révéler.

Je regarde l'enveloppe.

— Je ne comprends pas.

— Tout ce qu'il y a à comprendre, c'est que je m'appelle Davina Lister. Ma mère était Rosalinda Lister. Et je vis ici d'aussi loin que les gens s'en souviennent.

Je secoue la tête de confusion.

— Mais vous avez été kidnappée.

Son visage ne révèle rien.

— N'est-ce pas ?

Ensuite, je me rappelle qu'elle m'a dit que sa mère biologique était morte dans la cabane.

— Oh ! Vous ne l'avez pas été.

Elle ne répond pas, mais son regard glacial soutient le mien.

— Mais il n'est plus là, dis-je. Votre père, et...

— Ce n'était pas mon père.

Le tremblement de sa voix me fait frissonner. J'en déduis que Stanley Dupree a fait quelque chose de vraiment affreux pour que sa mère et elle s'enfuient.

— Il vous a légué un fonds au cas où on vous retrouverait un jour...

— Je ne veux pas de son argent.

— Mais vous pourriez être riche, racheter le domaine et en faire ce que vous voulez.

Un long silence s'installe, et ses yeux s'agitent comme si elle réfléchissait à quelque chose.

— Dites-moi, Leo, est-ce que vous êtes heureux ? demande-t-elle finalement.

Non.

— En partie.

— Laissez-moi reformuler ma question. Avant la mort de Bee, étiez-vous heureux ?

— Oui.

Cette réponse est si spontanée qu'elle me fait mal. Avant cet horrible jour, j'étais aussi satisfait de ma vie qu'un homme peut l'être, et j'ignorais totalement combien elle était précaire.

Elle hoche la tête et se lève.

— Je l'étais aussi.

Elle fait glisser l'enveloppe vers moi, puis fait volte-face, me laissant seul et aussi déprimé qu'on peut l'être.

Je repense à la réaction de Marie quand je lui ai annoncé ma découverte.

— Elle est donc riche ?

Elle regardait le rapport, les sourcils arqués. Elle portait le même jogging depuis des jours, ses cheveux étaient emmêlés et elle avait les traits tirés à cause du manque de sommeil.

— Mais elle ne le sait pas, ai-je répondu. Elle était très jeune quand c'est arrivé.

Marie a fait la moue.

— Qu'est-ce qu'il y a ?

— Je ne sais pas. Moi, j'ai des souvenirs de mes six ans.

Elle a agité la tête en direction de Pen dans la cuisine.

— Elle se rappelle sûrement certaines choses d'il y a deux ans.

J'ai secoué la tête, certain que c'était impossible. Si Davina se souvenait de son passé, elle se serait manifestée à la mort de Dupree. Son dernier geste d'amour éternel pour sa femme et sa fille disparues était un fonds considérable légué à leurs noms qui avait fait la une de tous les journaux.

— Eh bien, je suppose que tu vas rapidement le savoir, a dit Marie en me rendant le rapport.

Puis elle s'est rallongée et roulée en boule.

Et voilà, quelques heures plus tard, il s'avère qu'elle avait raison. J'étais tellement certain de faire quelque chose de bien. Au lieu de ça, je n'ai réussi qu'à réveiller de vieilles blessures et, encore une fois, à aggraver la situation, d'une certaine façon.

43
Davina

Je serre fort les poings et les appuie fermement sur mes cuisses pour calmer mes tremblements. De toutes les catastrophes qui sont arrivées depuis l'arrivée des Egide, celle-ci est la pire. Je ferme les yeux et prie pour que, où qu'elle vive, Rose soit en sécurité. Les picotements s'accumulent derrière mes paupières, mais je les ignore. Pleurer ne résout rien, l'auto-apitoiement non plus.

Je n'arrive pas à y croire. Je me trouve déjà au cœur d'un spectacle médiatique où j'aurais préféré ne jamais jouer de rôle. Je ne peux pas imaginer le tumulte que la nouvelle provoquerait. Je conserve notre secret depuis cinquante-deux ans. Depuis si longtemps, en fait, que j'avais commencé à croire que je l'emporterais dans ma tombe. Après la mort du colonel, j'étais la dernière à être au courant.

— Mais vous pourriez être riche, a dit Leo, une interrogation dans la voix, ne comprenant pas pourquoi sa découverte ne m'enchantait pas.

Pff. Je me recouche sur le matelas et pose un bras sur mes yeux. Je connais bien l'argent. Je sais ce qu'il fait aux gens et avec quelle facilité il corrompt. C'est une drogue, il rend aussi accro que l'héroïne et l'euphorie qu'il procure est tout aussi fausse. Je connais le pouvoir qu'il donne à ceux qui en possèdent et combien il est difficile de s'y opposer. Je pense à ma mère biologique et au courage qu'il lui a fallu pour s'enfuir. Elle vivait sous surveillance ; notre maison était une cage dorée dont le personnel dévoué était grassement payé pour protéger les secrets de mon père. Il était incroyablement dangereux de partir, et s'il nous avait retrouvées, il ne nous aurait plus jamais laissées seules. Ma mère est morte, mais je sais qu'elle n'a jamais regretté d'avoir pris de tels risques, parce que j'ai survécu. C'est ce qu'on fait pour ses enfants : on les protège.

Malgré mes efforts, les larmes que je retiens se mettent à couler, tandis que je repense à Rose. C'est pour cette raison que je n'ai jamais fait de test ADN, ni vraiment cherché à la retrouver, sachant quelle boîte de Pandore je risquais d'ouvrir. Même si Moz était trop égoïste pour prendre la responsabilité de s'occuper de moi après mon accident, je sais combien il aimait Rose, et j'ai toujours imaginé que, où qu'ils soient, elle avait une belle vie et qu'on s'occupait bien d'elle.

Elle a vingt-neuf ans maintenant, l'âge qu'avait ma mère lorsque nous nous sommes enfuies. Il est impossible d'imaginer ma fille au même âge qu'elle quand elle est morte, une femme adulte, menant sa propre vie. Je me demande si elle a des enfants. Cette pensée me fait profondément souffrir. Comme j'aimerais les rencontrer et voir qui est devenue ma fille ! Mais dès que cette pensée m'effleure, je prie pour que ça n'arrive jamais et que notre secret reste bien gardé, car notre découverte pourrait faire voler en éclats la vie qu'elle s'est construite. Soudain, il n'y aurait plus que ce scandale, on minimiserait ses accomplissements à cause d'une fortune qu'elle n'aurait pas gagnée, sa famille se retrouverait sous la lumière des projecteurs sans avoir rien demandé, et son nom serait lié à jamais aux Dupree et à leur passé tristement célèbre. Je serais obligée de renoncer à mon avenir pour protéger le sien, et j'espère que Leo l'a bien compris. Il a affirmé être le seul à connaître mon secret, mais quelqu'un a rédigé ce rapport. Il ne reste qu'à espérer que la confidentialité promise par ce genre de sociétés est réelle.

— Davina ?

Je relève le bras et vois Cory dans l'entrée de la cellule.

— Salut, dis-je en me redressant.

— Tout va bien ?

— Comme sur des roulettes.

Je désigne la porte ouverte.

— Tu sais que la sécurité de cette prison est lamentable. Une dangereuse criminelle n'aurait aucun mal à s'échapper.

— Tu n'es pas une criminelle ici, mais une invitée d'honneur.

— Dans ce cas, l'hébergement est lamentable. Regarde-moi cet endroit.

J'agite la main autour de moi.

— Pas de chocolat sur l'oreiller. Pas de peignoir.

— Eh bien, la nouvelle que j'ai à t'annoncer va donc te faire plaisir.

C'est la deuxième fois en deux heures qu'on m'adresse un grand sourire comme si on allait m'offrir la lune, alors mon sang se refroidit. Je suis convaincue qu'il va me faire la même révélation stupéfiante que Leo.

— Sérieusement, dit-il, tu ne vas pas y croire.

— Dis toujours.

Je me penche en avant et pose les coudes sur mes genoux pour me préparer à accueillir sa nouvelle.

— Quelqu'un t'a acheté une maison.

Je lève les yeux et fronce les sourcils.

— Et pas n'importe laquelle : ta maison d'enfance, celle où tu habitais avec ta mère.

— Mais qu'est-ce que tu racontes ?

— Je viens d'avoir Bill au téléphone.

Bill est le seul agent immobilier de Franklin, et Cory et lui sont amis.

— D'après lui, un riche vétéran a vu l'émission *60 minutes* et ta situation l'a mis en colère. Alors il a fait des recherches, découvert où tu avais grandi et fait une offre à Emily et Bob qu'ils n'ont pas pu refuser.

Emily et Bob Carver. Il s'agit du couple qui a acheté la maison de ma mère adoptive quand on a dû l'envoyer au centre de soins palliatifs. Ils y ont élevé leurs deux enfants et sont maintenant retraités.

— Un inconnu m'a acheté une maison ?

— Ouais. Juste au moment où on commence à douter de l'humanité, quelqu'un fait un geste de ce genre et nous redonne foi.

Je repense à ma maison d'enfance, un cottage de trois pièces inondé de lumière, avec une grande cheminée en briques, situé juste au sud de l'exploitation forestière.

— Sans la moindre condition ?

Une lueur chaude s'allume dans ma poitrine. Cette promesse est presque douloureuse, mon attachement pour ma maison d'enfance étant équivalent à celui que j'éprouvais pour la cabane.

— La seule est qu'il tient à rester anonyme. Bob et Emily ont besoin de quelques semaines pour déménager. En attendant, tu es la bienvenue si tu souhaites rester dans ce logement *lamentable* en tant qu'invitée. Mais tu peux partir si tu préfères vivre ailleurs.

— Et ma peine ?

— J'en ai parlé avec Jeremy, et il est d'accord. Puisqu'il n'y a plus de cabane, nous n'avons aucune raison de te garder, alors il a réduit ta peine à celle déjà purgée.

— C'est toujours sympa d'avoir des amis bien placés.

Je sais bien que la raison de mon arrestation n'était pas l'infraction, ils souhaitaient simplement me mettre à l'abri en attendant que je retrouve mes esprits.

— Qu'est-ce que tu dirais d'une partie de rami le temps que tu te décides ?

Il sort un paquet de cartes de sa poche, puis s'assied sur le matelas et commence à les mélanger. Je les regarde fixement en essayant de me focaliser sur l'incroyable cadeau qu'on vient de me faire et la promesse d'avenir qu'il m'offre. Mais malgré mes efforts, un néon continue à briller dans mon esprit. Et je vois mon univers voler en éclats, tandis que les unes du monde entier proclament : *Le mystère Dupree résolu !!!*

44
Marie

Je me redresse sur le canapé, et j'ai aussitôt un vertige à cause du sang qui se remet brutalement à circuler. Toute la famille, à part Brendon, est allée rendre visite à Davina. Leo ne tenait pratiquement plus en place depuis qu'il savait qu'elle était riche.

Je ne sais pas trop quoi penser de cette découverte. Quand il m'en a parlé, ma réaction s'est révélée pleine d'amertume ; j'ai eu un goût aigre dans la bouche à l'idée que la personne responsable, intentionnellement ou non, de notre ruine n'est pas la pauvre victime que tout le monde pense, mais une femme aussi riche que les Rockefeller ou les Hilton – l'héritière légitime d'une telle fortune qu'elle aurait pu empêcher la situation de dégénérer depuis le début.

Leo était certain qu'elle n'en savait rien. Mais comment est-ce possible ? Une enfant de six ans n'est plus un bébé. C'est vrai, une sorte de traumatisme a pu lui faire tout oublier, ou une cause physique pourrait avoir provoqué une amnésie. Mais je n'y crois pas. Je pense qu'elle sait tout.

Ce qui me contrarie. Pourquoi refuser une telle fortune, la vie somptueuse et tous les luxes qui vont avec ?

Lorsque mon estomac gargouille, je regarde le toast inentamé dans l'assiette que m'a laissée Hannah sur la table basse il y a plusieurs heures. Je sais que je devrais manger, mais ça ne me dit rien. Je pose les coudes sur mes genoux et mon visage dans mes mains.

Davina est Rebecca Dupree, la fille disparue de Stanley Dupree.

J'imagine combien cette nouvelle alimenterait le tourbillon médiatique qui s'agite déjà autour de nous. Ma seule consolation, c'est qu'une découverte de cette ampleur pourrait reléguer notre histoire à une note de bas de page et nous permettre de récupérer nos vies. Mais j'en doute. Le mal de ce naufrage catastrophique est déjà fait.

Le lendemain de l'incendie, j'ai été réveillée par l'arrivée d'un e-mail de mon patron m'informant avec éloquence que « compte tenu de la situation », le conseil d'administration avait décidé de prolonger mon congé personnel « pour une durée indéterminée ». Il ajoutait que la « perspective » de mon retour était malheureusement « tout à fait inenvisageable ». J'ai donné douze ans de ma vie à cette entreprise, et voilà tout ce que j'obtiens en remerciement : une grosse gifle par e-mail.

Je presse mes paumes sur mes yeux, rongée par le remords. Je n'aurais jamais dû déposer cet acompte pour la maison de Farmington, ni acheter toutes ces choses pour la meubler. J'appuie plus fort en regrettant que ça ne suffise pas pour me débarrasser de ces pensées.

Depuis le lycée, j'ai travaillé sans relâche pour que nous arrivions là où nous en sommes – une vie confortable, une belle maison, un avenir sûr.

Puis, pouf, en un clin d'œil, tout a disparu, détruit par l'étincelle d'une allumette que je n'ai pas jetée.

— Maman ?

Je lève les yeux vers Brendon, qui s'est arrêté au pied de l'escalier.

— Coucou, mon grand.

Je me lève en flageolant.

— J'ai faim.

— Bien sûr.

Je traîne les pieds jusqu'à la cuisine et lui prépare un sandwich au beurre de cacahuète et à la gelée qu'il mangera avec des chips. Je jette un coup d'œil à l'horloge et découvre avec surprise qu'il est presque quinze heures.

— Tu ne manges pas ? demande-t-il lorsque je fais glisser l'assiette vers lui.

— Je n'ai pas faim.

Il regarde son sandwich, puis lève les yeux vers moi.

— Maintenant qu'il n'y a plus de cabane, on va pouvoir vendre cette maison, non ?

Je cligne des yeux, tandis que ces mots me parviennent lentement. *Plus de cabane. Vendre cette maison.*

— Pas encore. Le site doit être nettoyé après l'incendie, et la maison a toujours besoin d'un coup de peinture.

Quand je pense au montant du devis de l'entreprise qui déblayera les débris de la cabane et déterrera la fosse septique, j'en ai la tête qui tourne. En raison de la proximité du fleuve, ces travaux ne peuvent être confiés qu'à une société d'assainissement environnemental. Il n'y en a qu'une dans tout l'État et la somme qu'elle demande est exorbitante.

Les épaules de Brendon s'affaissent. Son esprit paraît presque aussi abattu que le mien.

— Nous trouverons une solution, dis-je en repensant à Davina et à sa fortune.

Une nouvelle vague de colère m'envahit et me donne le tournis, alors je dois m'agripper au plan de travail.

— Est-ce que ça va ?

Je hoche la tête et m'assieds sur un tabouret. Ma tête m'élance comme s'il y avait une tempête sous mon crâne. Je me masse les tempes avec les doigts.

Puis je rouvre brusquement les yeux et regarde l'évier où j'ai renversé le médicament que Davina a donné à Hannah le jour de notre arrivée.

Quand est-ce qu'elle s'est plainte d'un mal de tête pour la dernière fois ?

Je regarde Brendon, qui a terminé son sandwich et remonte l'escalier d'un pas lourd.

— Bren, est-ce que Davina continue à donner des médicaments à Hannah ?

— Qu'est-ce que j'en sais ?

Il continue à grimper, et je le suis.

Lorsque j'entre dans la chambre des filles, il me faut moins d'une minute pour trouver le bocal rangé dans la poche intérieure du sac à dos d'Hannah. Cette trahison me transperce le cœur, et ce qui me restait d'empathie s'envole. Cette femme a détruit ma vie, monté mes filles contre moi, donné un médicament à Hannah alors que je lui avais interdit de le faire en termes clairs, et elle est riche. Pendant vingt-deux ans, elle a vécu sur nos terres gratuitement. Alors maintenant, ça suffit. Cette femme n'est autre que cette fichue Rebecca Dupree, et l'heure est venue pour elle de payer.

45
Hannah

Le trajet du retour est silencieux, chacun de nous étant perdu dans ses pensées. Rock serre le volant si fort que ses articulations sont blanches. Il affirme ne pas nous en vouloir, mais c'est bien nous qui avons envoyé Davina en prison, et il fait la tête depuis qu'il l'a vue là-bas.

Mon père est assis à côté de lui. La nouvelle qu'il était venu annoncer à Davina l'enthousiasmait tellement, mais il paraît totalement abattu maintenant. Il a toujours l'enveloppe, mais elle est posée à côté de lui sur le siège, comme si elle n'avait plus d'intérêt. Je me demande bien ce qu'elle contient.

Je suis triste. Pen est en colère. Rien ne va plus en ce moment. Je ne peux pas m'empêcher de me demander comment la situation a pu dégénérer à ce point. Mes parents ne sont pas de mauvaises personnes. Davina non plus. Et pourtant, je ne sais comment, ils ont fini dans des camps opposés et tout le monde a perdu la bataille.

La camionnette s'arrête et mon père se tourne vers Rock.

— Merci.

Rock lui répond d'un bref signe de tête, puis mon père descend.

— À plus dans le bus, dit Pen, ce qui lui vaut presque un sourire de Rock dans le rétroviseur, avant qu'elle sorte à son tour.

Lorsque la portière se referme, je me penche pour lui faire un câlin en passant les bras autour du siège.

— Merci. Je sais que c'était dur.

Il serre mon bras dans sa main, mais sans répondre, et je me demande si la coupe est pleine pour lui. J'attends une atroce seconde de plus qu'il m'apporte un peu de réconfort, puis je le relâche et descends de la camionnette, avant de le regarder s'éloigner sans se retourner.

En entrant dans la maison, je trouve mon père et Pen plantés dans l'entrée. Je suis leurs regards et vois ma mère à la table de la cuisine, le bocal de teinture de camomille posé devant elle.

Un nœud se forme dans ma poitrine, et j'attends que sa colère explose. Mais elle reste parfaitement calme. Elle jette un regard en coin au bocal, puis me dévisage d'un air bouleversé, se lève en tremblant et passe devant moi.

— Maman, dis-je à son dos tourné. Je suis désolée.

Elle me regarde alors, les yeux rougis et remplis d'une telle tristesse que c'est douloureux à voir.

— C'est bon, répond-elle d'une voix rauque. Tu as fait ton choix.

Puis elle regarde Pen et mon père, et c'est comme si nous prenions tous une balle en plein cœur.

Elle se dirige vers le canapé comme un zombie. Le café et le toast que je lui ai préparés ce matin sont toujours posés sur la table basse. Je me demande quand elle a mangé pour la dernière fois, et mon cœur se brise un peu plus.

Lorsque Pen lève les yeux vers moi, je passe un bras autour de ses épaules.

— Montez dans votre chambre, les filles, dit papa sans cesser de regarder maman.

Ses épaules autrefois fièrement dressées sont voûtées.

Je dirige Pen vers l'escalier, mais avant que nous atteignions la première marche, mes yeux se posent sur la porte dissimulée dans le lambris qui mène au sous-sol.

— Où est-ce qu'on va ? demande-t-elle tandis que je l'entraîne.

— Au sous-sol, faire une bonne action, je réponds en jetant un coup d'œil à maman.

Tandis que nous descendons les marches, je repense à une chose qu'a dite Davina le jour de notre rencontre. Nous parlions de Macbeth, et j'ai déclaré que c'était le pire personnage au monde. Elle a gloussé avant de répondre :

— C'est pour cette raison que c'est aussi un des meilleurs : le bien et le mal, il y a du vrai là-dedans. Je dirais que nous sommes tous un peu comme le lait caillé. C'est à nous de choisir : soit nous nous transformons en fromage, soit nous nous abîmons pour de bon.

Elle m'a adressé un grand sourire.

— Personnellement, j'aime le fromage.

Moi aussi. Et j'aime ma mère. Mais j'aime aussi Davina. Et même si je m'en veux terriblement d'avoir trahi ma mère en lui cachant le bocal de teinture, je ne me sens pas coupable de tenir à Davina. Je n'ai pas « choisi », comme a dit maman. J'ai simplement ouvert mon cœur un peu plus pour y laisser entrer quelqu'un. Avec un peu de chance, elle finira par le comprendre.

— Ouah ! dit Pen en s'arrêtant au milieu des marches, lorsqu'elle découvre les trésors cachés du sous-sol.

Il est rempli d'un immense bric-à-brac du sol au plafond. Devant nous est posé un lustre en cristal qui fait la taille d'une voiture et semble tout droit sorti de *Gatsby le Magnifique*. Un canoë est suspendu aux poutres. Et je compte une douzaine de chevaux de bois appuyés contre un mur en me demandant si, à une époque, un de nos ancêtres était propriétaire d'un manège. Il y a des commodes, des cadres de lit, des canapés et des tables, ainsi que des paniers, des malles et des caisses pleines d'objets divers. Il y a même un cercueil.

— Je me disais qu'on pourrait chercher quelques affaires pour Davina, qui lui serviront quand elle aura trouvé un nouvel endroit où vivre.

Pen hoche la tête avec enthousiasme, puis descend les dernières marches en sautillant, le cœur aussi ouvert que le ciel.

46
Penelope

— Eh, dis-je à Hannah, qui trie les casseroles et les poêles rangées dans un carton à l'autre bout de la pièce. Est-ce que c'est maman ?

Je lève le portrait encadré d'une adolescente qui ressemble beaucoup à Hannah. Elle se tient à côté d'un homme qui, d'après ce que je sais, est mon arrière-grand-père.

Ma sœur pose la poêle qu'elle tient et s'approche.

— Ouah ! dit-elle en s'accroupissant à côté de moi, elle aussi frappée par la ressemblance.

Sur la photo, maman a l'air d'avoir le même âge qu'elle, ou peut-être un peu moins. Elle est très mince et a les cheveux longs. Une image de Snoopy portant des lunettes de soleil est imprimée sur son t-shirt gris décoloré, et elle fait un grand sourire, le coude posé sur l'épaule de son grand-père, les chevilles croisées. Lui renverse la tête comme s'il riait.

— Ils ont l'air si heureux, dit Hannah.

Je suis d'accord. C'est bizarre de voir maman jeune et aussi joyeuse. Et mon arrière-grand-père me fait penser à Bee. Il a l'air blagueur. Je suis sûre que je l'aurais beaucoup aimé.

— Il y en a d'autres, dit Hannah en tirant la boîte en plastique où j'ai trouvé la photo vers elle.

Elle se laisse tomber sur les fesses, puis pendant un bon moment, nous parcourons des dizaines d'albums et des centaines de photos.

Il y a un album pour chaque été où le reste de la famille est venu passer les vacances ici. Ils avaient l'air de bien rigoler – ma mère, ma tante et leurs grands-parents, et puis les dizaines de personnes que je ne reconnais pas, qui jouent, sourient et rient.

— Regarde, dit Hannah. C'est Davina.

Elle tient un album ouvert vers moi.

Debout dans la neige se tient une fille aux deux longues tresses noires comme l'encre et aux grands yeux dorés exactement comme ceux de Davina. À côté d'elle, il y a un bonhomme de neige avec un bras en bâton auquel on a suspendu sa tête coupée.

— Elle était tellement jolie, dis-je, un peu jalouse.

Hannah hoche la tête, puis jette un coup d'œil à la couverture pour vérifier la date.

— 1974. C'était bien avant la naissance de maman.

— Ouah !

Je viens d'avoir une idée.

— Tu crois que notre arrière-grand-père pourrait être le père de Davina ? C'est peut-être pour ça qu'il lui a donné la cabane.

Hannah écarquille les yeux.

— Ce serait dingue, non ? Ça voudrait dire qu'elle est la tante de maman, et notre grand-tante.

Nous contemplons à nouveau la photo. Elle ne ressemble pas à notre arrière-grand-père, ni à maman, mais cette idée est si merveilleuse que je n'ai pas envie de la rejeter. Ça voudrait dire que Davina fait partie de notre famille.

Nous recommençons à feuilleter les albums.

— En voici une d'elle plus âgée, dit Hannah un instant plus tard.

Sur la photo, Davina est une jeune femme et tient un bébé aux cheveux frisés en salopette.

— Ça doit être Rose, dis-je.

Sur la page suivante, je remarque ensuite un portrait de la même petite fille dans les bras d'un homme moustachu aux épais cheveux noirs. Davina pose à côté d'eux.

— Et c'est sûrement son mari.

— Ouais, dit Hannah d'un air fâché. C'est sûrement lui.

47
Brendon

Je donne un coup de pied dans une pomme de pin, et Banjo, qui marche quelques pas devant moi, tourne la tête pour me regarder. Nous n'allons pas habiter à Farmington. Nous ne sommes peut-être même plus une famille.

Des larmes me montent aux yeux, mais je les ravale. Je n'ai pas le droit de m'apitoyer sur mon sort. Après tout, c'est moi qui ai provoqué tout ça – la mort de Bee, maman qui perd son travail, le monde entier qui se met à nous détester, papa qui ment et maman qui lui reproche de plus pouvoir lui faire confiance.

Une rafale me fait frissonner. Je suis parti de la maison sans blouson, et la nuit est froide et sombre. Une tempête se prépare. Mais je m'en fiche. Le froid ne me fait rien. Le reste non plus. Je suis comme le gland qui déclenche l'avalanche : j'ai regardé un instant ailleurs, et le monde n'arrête pas de dérailler depuis.

J'atteins le rocher où je me suis assis l'autre jour, et je m'assieds les jambes dans le vide. Sous mes pieds, le fleuve est agité. Le vent soulève de petites vagues déchaînées au milieu des flots tourbillonnants.

Banjo se laisse tomber à côté de moi, et je passe un bras autour de son cou.

Je regarde mes baskets au-dessus de l'eau, tachées et sales. Elles étaient presque neuves le jour où Bee est morte. Je me rappelle que j'étais tout excité quand je les ai eues. Tous mes copains ne parlaient que des nouvelles Nike Air, et notre receveur, le gars le plus cool de notre équipe de baseball dont les parents sont mégariches, les avait commandées dès leur mise en vente. J'ai demandé à papa si je pouvais en avoir une paire.

— Elles coûtent horriblement cher pour des baskets qui ne t'iront plus dans quelques mois, a-t-il répondu.

Alors j'ai demandé à maman, et elle les a achetées sur-le-champ.

Quand elles sont arrivées et que Bee les a vues, elle a froncé le nez.

— Tu ne sais pas reconnaître quelque chose de beau, ai-je dit en les enfilant.

— Et toi, tu ne sais pas reconnaître quelque chose de moche.

Elle a de nouveau plissé le nez.

Elle avait raison. Elles sont moches, avec leurs rayures gris ardoise et ce daim jaune sur le bout et les talons. Elles sont voyantes, criardes et pas du tout à mon goût. Papa avait raison aussi : c'était beaucoup trop cher pour ce que c'était. Encore un regret qui s'ajoute à la liste incroyablement longue des choses que j'ai à me reprocher. Je n'arrive pas à croire que je tenais autant à une stupide paire de baskets.

On a encore passé une journée horrible aujourd'hui. Cet après-midi, Hannah, Pen et papa sont allés voir la sorcière en prison, et à leur retour, il a dû se passer quelque chose parce qu'après, plus personne ne se parlait. On n'a même pas dîné. Finalement, à vingt heures trente, je suis descendu parce que je mourais de faim. Pen mangeait des céréales à table, tandis que papa et maman discutaient dans le salon.

— Elle n'a aucune intention de te nuire, a-t-il dit d'un ton frustré que je ne l'avais jamais entendu prendre avec maman.

— Eh bien, que ce soit intentionnel ou non, c'est du bon boulot. Elle t'a obligé à me mentir. Et Hannah aussi.

— J'en suis navré.

J'ignorais totalement de quel mensonge ils parlaient. Mais ça devait être grave, parce que papa avait l'air dans tous ses états.

— Pourtant, tu es toujours de son côté, a dit maman.

— Ce n'est pas à nous de révéler son secret.

— Très bien. Elle a gagné. Elle garde son secret, et nous perdons tout. Satisfait ?

Papa a secoué la tête. Je ne l'avais encore jamais vu aussi malheureux. Elle non plus.

— J'appellerai le promoteur demain, a-t-elle dit. Je lui expliquerai que nous avons changé d'avis. Tant pis pour notre acompte.

Je suis parti en courant vers la porte de derrière, incapable d'en écouter plus.

Tandis que je contemple l'eau qui coule, un frisson parcourt ma peau, et je repense à Bee la dernière fois que je l'ai vue.

Gelée.

C'est ça, elle avait l'air gelée quand je l'ai sortie de la piscine : son visage était si blanc que ses taches de rousseur semblaient avoir été absorbées par sa peau froide, et ses lèvres étaient bleues.

Comme elle avait les yeux ouverts, j'ai poussé un cri de soulagement en la déposant sur la terrasse, parce que je croyais bêtement que c'était le signe qu'elle allait bien. Mais ensuite, j'ai remarqué sa bouche ouverte, comme si elle allait dire quelque chose, mais son corps était parfaitement immobile, je ne l'avais jamais vue aussi calme...

Paisible.

La tête de Banjo se redresse, et je me tourne en même temps que lui vers les buissons qui frémissent. Les oreilles dressées, il file en direction du bruit – c'est sûrement un lapin ou un écureuil qu'il sera incapable d'attraper.

Je me tourne vers le courant rapide et plonge le regard dans sa noirceur. J'arrive presque à les sentir – le silence, le vide, et la permanence des choses...

Brusquement, Banjo hurle et mon cœur fait un bond.

48
Davina

Après notre partie de rami, Cory est parti. J'ai fait une sieste, je suis allée dire au revoir aux adjoints, puis je suis partie aussi. Je n'étais pas si mal en prison, mais le fleuve et les bois me manquent terriblement.

La cabane a disparu, mais ça ne fait rien. J'ai passé plus d'une nuit d'été à la belle étoile. Il y a un sac de couchage dans mon bateau, et j'ai emporté la couette et l'oreiller que la femme de Cory avait déposés à la prison. J'ai aussi la focaccia des filles et quelques boîtes de petits plats généreusement livrés par des amis.

Dehors, j'enfonce le menton dans mon blouson et baisse mon bonnet de laine sur mes yeux parce qu'il fait froid et que je veux passer inaperçue. Mes cicatrices font sursauter les gens qui ne me connaissent pas, et je ne suis pas d'humeur à discuter avec ceux qui me connaissent. On a fait tellement d'histoires pour cette cabane ! Je veux juste atteindre le fleuve sans être obligée d'en discuter.

Rock a mis le bateau à quai en ville après l'incendie, et je le trouve exactement à l'endroit qu'il m'a indiqué.

— Salut, vieille branche, dis-je en grimpant dedans.

Le courant est fort, c'est le signe qu'une tempête approche. Le vent souffle sur l'eau et provoque de petites vagues qui font tanguer le bateau. Je mets les gaz et fends le froid tandis que le hors-bord remonte le courant en bondissant. Je sens mes poumons se gonfler et mes muscles se détendre.

Il est à peine vingt et une heures et il fait presque totalement noir : des nuages épais masquent la dernière lueur du jour et la lune. Je file en direction de l'exploitation dans l'espoir d'y arriver avant que la pluie tombe pour de bon. J'ai besoin de vérifier comment se portent Teddy et les poules et de voir les décombres de mes propres yeux.

Je n'ai pas peur d'être arrêtée à nouveau. Comme l'a dit Cory, il n'y a plus de cabane. Je n'ai plus de raison de me réinstaller là-bas, et le stress a cessé de m'embrouiller l'esprit. Je m'en veux d'avoir causé tous ces problèmes, mais je ne maîtrise pas ces crises. Elles arrivent sans prévenir, car mes cicatrices intérieures sont aussi indélébiles que celles de ma peau. Il commence à bruiner, mais je n'y prête pas attention. D'après Cory, la remise à bois a survécu. Si besoin, je m'y réfugierai en attendant que la tempête se calme.

Au moment où le bateau passe devant la propriété de ma mère adoptive, je lève les yeux vers le haut de la berge et parviens juste à deviner la silhouette sombre de la cheminée. Ça me fait sourire, et j'envoie une prière silencieuse de gratitude au soldat inconnu qui me l'a offerte. Contrairement à Cory, j'ai croisé plus de bonnes personnes que d'escrocs dans ma vie. Ce qui ne veut pas dire que je considère ça comme normal : la bonté et la générosité sont des biens précieux. Cette maison renferme des fantômes, mais ça m'est égal. J'ai appris à côtoyer la mort, et ma mère adoptive me manque terriblement.

J'atteins la plage au premier éclair qui zèbre le ciel. Chargée de mon sac à dos et de mon duvet, je remonte le sentier.

J'ai fait une douzaine de pas lorsque l'odeur de charbon atteint mes narines, et je me fige. Mon cœur cesse de battre, tandis que mes cicatrices se réveillent et me démangent. Les yeux fermés, j'inspire par la bouche pour me calmer et attends que ce moment de panique passe. La pluie commence à traverser mon blouson, et ce froid humide m'aide à me ressaisir.

Tu es dans le présent. Tu marches dans les bois. L'incendie est passé...

Je continue ainsi à me raisonner pour dissiper ma terreur, et finalement, mon cœur se calme suffisamment pour que je recommence à marcher. Les yeux sur le sol, je continue à grimper le sentier, puis je m'arrête encore en atteignant la clairière pour souffler. Enfin, prenant une profonde inspiration, je lève le visage.

Oh !

Je pose les doigts sur mes lèvres et secoue la tête. Même si Cory m'a raconté ce qui s'est passé, je n'étais pas préparée. Il ne reste plus rien, à part le poêle à bois. Le sol est noir, et des morceaux de charbon entourés de cendres sortent de terre comme des pierres tombales. On dirait qu'une gomme noire géante est arrivée et a effacé ma vie.

Mes livres.

Mes vêtements.

Mes meubles.

Je marche en trébuchant jusqu'à la chaise longue à côté de mon établi.

Des objets, me dis-je en m'asseyant, la poitrine oppressée par la douleur.

Ma couverture en peau de lapin.

La bible de ma première mère.

Des objets sans battements de cœur ni respiration.

Les carnets de ma mère adoptive où étaient griffonnées ses recettes de teintures et d'infusions.

Les lettres et les dessins de Rose.

Personne n'est mort ; c'est tout ce qui compte.

Mais c'est une maigre consolation. Car qu'est-ce que la vie sinon une collection de souvenirs précieux ? Cinquante-huit ans de souvenirs sauvés et soigneusement conservés – objets chers et trésors, babioles et pierres précieuses –, de la familiarité et de l'amour amassés jour après jour, jusqu'à ce que j'aie créé mon précieux nid.

Je secoue à nouveau la tête, incapable d'y croire. La colère couve dans ma poitrine, tandis que je pense au feu et à tout ce qu'il m'a pris – mon mariage, ma fille, mon physique, ma carrière...

Et maintenant, ma maison, mes affaires, la vie que j'avais construite.

À travers la bruine, je continue à contempler les ruines, la mâchoire serrée.

Mes yeux se posent sur la cuisinière.

Ma bouilloire, celle avec la tête de coq, offerte par une jeune femme en échange d'un peu de viorne obier. Elle était là quand je suis partie, prête à me préparer un thé.

Le cœur cognant dans ma poitrine, je serre les paupières en essayant de m'habituer à ce nouveau rythme – une pensée qui déclenche un souvenir suivi d'une vive douleur. Souvenir, nostalgie, chagrin, et c'est reparti. Une odeur, une touche de couleur, un mot – et un sentiment d'angoisse me percute de plein fouet. Il me paralyse une seconde jusqu'à ce que je me ressaisisse.

Le caquètement des poules me tire de mes pensées. Leur agitation m'avertit de l'arrivée de l'orage. Je me relève, attrape mes affaires et me dépêche d'atteindre la remise. Je sors la brouette et les bouteilles de propane, puis j'étale une bâche et mon duvet. Au moment où je me glisse à l'intérieur, les premières grosses gouttes de pluie commencent à tomber. Je lève les yeux vers le toit de tôle en remerciant Lloyd, fidèle à sa parole, d'être passé le week-end dernier pour le changer.

Les petites attentions : voilà ce qui nous permet de tenir. En écoutant la danse de la pluie au-dessus de moi, je pense à mon jardin et envoie une nouvelle prière aux pompiers et aux Egide qui se sont tellement battus pour le sauver. Quelques plantes ont roussi, mais s'il reste de la vie dans les racines, elles repousseront. La pluie va leur faire du bien. « C'est Dieu qui lave nos péchés », disait ma mère adoptive chaque fois qu'un orage éclatait, convaincue que la pluie était une forme de baptême.

Je garde un long moment les yeux ouverts et réfléchis à tout ce que j'ai à faire – les boutures que je vais devoir emporter pour recréer un jardin chez elle, l'établi à fabriquer, les teintures et les infusions dont mes patients ont le plus besoin. Mais à mesure que la tempête se lève, mes pensées me submergent, et mon esprit dérive de l'avenir vers le passé, et je songe à Rose.

Nous revenions chaque Noël rendre visite à ma mère adoptive et au colonel – « grand-mère » et « papi ». Le colonel faisait comme si ce n'était pas grand-chose, mais ses joues rosissaient chaque fois que Rose l'appelait ainsi. Ses propres petits-enfants ne faisaient plus partie de sa vie, ce qui le rendait encore plus attaché à elle.

Elle adorait cet endroit. Ma mère adoptive lui apprenait à jardiner et à cuisiner. Le colonel lui apprenait à pêcher. Je souris en repensant à la première truite qu'ils ont attrapée, elle en était bouleversée. À quatre ans, elle n'avait encore jamais vu un animal mourir. Le seul poisson qu'elle connaissait avait la forme de bâtonnets ou d'étoiles enrobés de panure, servis avec une dose de ketchup. Elle a refusé d'y goûter, totalement inconsolable. Par la suite, elle n'a plus jamais mangé « d'animaux », comme elle disait. « Je ne mangerai plus de poulet, de viande ou de poisson parce que ce sont des animaux, et moi, j'aime les animaux. » Moz, grand amateur de viande, ne voyait pas ça d'un bon œil, mais comme c'était moi qui cuisinais et que je lui préparais toujours une portion « d'animal », il le tolérait.

Je me demande si elle est restée végétarienne. Peut-être même qu'elle est devenue végane. Mais en grandissant auprès de Moz en Iran, ça n'a pas dû être facile.

Un coup de tonnerre retentit au-dessus de ma tête. Tandis que dame Nature exprime sa fureur, je frissonne de froid et sors la main de mon sac de couchage pour remonter la fermeture. À ce moment-là, je sens quelque chose d'humide toucher ma joue. Je me redresse aussitôt et pose les yeux sur Teddy tout trempé qui se frotte contre moi.

— Theodore !

Il miaule un bonjour, puis s'en va plus loin dans la remise.

J'ouvre mon sac et cherche le petit saucisson que j'ai trouvé dans un des paniers qu'on m'a offerts. J'en coupe quelques morceaux et il les engloutit.

— Je suis tellement contente que tu sois là.

Quand la moitié du saucisson est avalée, je l'enveloppe dans son papier et le range dans mon sac. Finalement épuisée, je me réinstalle dans mon duvet et Teddy se roule confortablement en boule contre moi.

Je viens de fermer les yeux lorsque, dans un bref silence entre deux averses, un hurlement retentit – un cri très reconnaissable de terreur mêlée de douleur.

Teddy bondit sur ses pattes et file dans la direction opposée au danger, tandis que je me dépêche de me relever et de courir vers le bruit. La pluie s'abat sur moi et je trébuche à l'aveuglette dans l'obscurité. Je me maudis de ne pas avoir pensé à prendre la lampe torche ou mon portable dans mon sac.

Le petit salopard, me dis-je lorsqu'un nouveau hurlement transperce la nuit. La cabane vient à peine de disparaître, mais Danny a déjà remis ça, comme si le domaine lui appartenait maintenant.

Mon pied bute contre un tronc couché et je manque de tomber.

— Bon sang !

Je continue en boitant.

— Au secours ! S'il vous plaît ! Au secours !

Je me fige au son de cette voix inattendue. La situation n'est pas celle que je croyais. C'est le garçon de la maison, ce qui veut dire qu'au lieu d'un animal sauvage, c'est son chien qui est pris dans un piège. Je continue à avancer, puis lorsque je suis à quelques mètres d'eux, je m'arrête.

Mon esprit bouillonne en essayant de retrouver son nom.

— Monsieur Egide, dis-je, incapable de me le rappeler.

Un silence.

— Monsieur Egide ? dis-je plus fort.

— J'ai besoin d'aide, gémit-il. Mon chien, il est pris dans un piège.

— D'accord. Je suis là. Je me dirige vers vous.

Je bats des paupières pour me débarrasser des gouttes qui m'aveuglent et pénètre dans un étroit bosquet de bouleaux. Dans l'obscurité brumeuse, je distingue juste le chien couché sur le flanc et le garçon à côté de lui. Il lève les yeux ; puis s'apercevant que c'est moi, il regarde ailleurs.

— Laisse-moi jeter un coup d'œil, dis-je en m'approchant.

Je m'accroupis à côté d'eux et me penche pour mieux voir le piège, mais c'est impossible à travers la pluie et dans l'obscurité. Le garçon se sert de son portable pour l'éclairer. Sur l'écran allumé, je lis les mots : « Échec de l'appel. Aucun réseau. »

La patte droite avant du chien est prise dans un piège à mâchoires lisses, sans dents.

— J'ai besoin d'un bâton, dis-je. Un gros, d'au moins trois centimètres d'épaisseur.

Le garçon s'éloigne à quatre pattes dans les bois.

Pendant qu'il cherche, je tente d'évaluer la gravité de la blessure. Le piège s'est refermé environ trois centimètres au-dessus de l'ergot. Je sens du sang chaud et poisseux sous mes doigts, mais il ne semble pas abondant. Le chien gémit, mais ne tente pas de me mordre. C'est un animal intelligent qui fait confiance aux humains, il semble comprendre que je suis une amie qui essaie de l'aider.

— Ça va aller, dis-je en percevant sa peur.

Au cas où le saignement serait plus important que je ne le crois, j'enlève ma botte gauche et ma chaussette, puis je renfile la première et utilise la deuxième pour poser un garrot au-dessus de la blessure.

— Chuut, dis-je d'une voix grave en caressant son pelage tremblant. Nous allons te sortir de là.

— Est-ce que ça ira ? demande le garçon en réapparaissant avec une branche d'érable rouge d'environ un mètre.

Je me relève et arrache les branchettes tout le long, tandis qu'il m'éclaire.

— Je vais la glisser dans la mâchoire pour l'ouvrir, et toi, tu vas retirer sa patte.

Il hoche la tête, puis s'agenouille à côté du chien et pose les mains au-dessus de la chaussette nouée. J'enfonce la branche entre les lames devant sa patte.

Puis je me redresse et saisis le haut du bâton où j'aurai plus d'appui.

— Je compte jusqu'à trois, dis-je en plantant les pieds dans le sol, les mains serrées sur la branche.

Le garçon hoche à nouveau la tête.

— Un, deux, trois !

J'appuie de toutes mes forces...

La branche se casse net. Je tombe violemment sur le sol et ma chute me coupe le souffle.

Comme le chien hurle, le garçon se laisse tomber à genoux.

— Ça va ! s'écrie-t-il en lui caressant la tête. Je suis vraiment désolé. Ça va aller. Tu vas t'en sortir.

Je me relève et frotte mon coude endolori. En reprenant mon souffle, je regarde à nouveau le piège. À la guerre, on apprend vite qu'il faut parfois se décider sans réfléchir. Il arrive qu'on se trompe et qu'on s'en veuille éternellement. Mais le pire, c'est de ne rien faire, et c'est le fait de le savoir qui permet d'assumer ses choix et d'avancer. Me voilà justement au pied du mur. À présent, le souffle du chien est rapide et superficiel, un signe de détresse. Si nous ne le libérons pas rapidement, il va entrer en état de choc et nous risquons de le perdre.

— Brendon, dis-je, alors que son prénom me revient enfin. Nous allons réessayer.

Je suis impressionnée par mon calme étant donné ce que je m'apprête à suggérer.

— Même stratégie, mais je vais l'ouvrir avec les mains.

Il regarde le piège, puis lève les yeux vers moi. Comprenant ce que je propose, il secoue la tête.

— C'est le seul moyen, Brendon.

Ses joues sont humides, mais ce n'est pas seulement à cause de la pluie, car sa lèvre inférieure tremble et son visage est blanc de peur.

— Il faut que tu retires sa patte avant que les mâchoires se referment.

Ses yeux s'agitent tandis qu'il réfléchit, puis il secoue la tête plus fermement.

— Ça va bien se passer. J'enlèverai mes mains à temps.

Ce n'est pas une promesse, plutôt un mensonge optimiste.

Pour ouvrir le piège, je vais devoir passer huit doigts autour des mâchoires, et une fois que la patte sera libre, il s'agira de les retirer le plus vite possible avant que le piège claque.

— Si tu ne le fais pas, dis-je d'un ton calme et mesuré, ton chien va entrer en état de choc et ça peut être très dangereux. Il faut que nous le libérions, et vite.

L'animal gémit comme pour confirmer mes propos, et le garçon le regarde. Il paraît terrifié, j'ai peur qu'il craque. Il ne faut pas que ça arrive. J'ai besoin qu'il tienne le coup.

— Brendon, dis-je d'une voix plus grave et dure.

Il lève le visage vers moi.

— Tu peux le faire.

Tim, mon commandant, était très doué pour calmer ses troupes dans les situations les plus catastrophiques, et j'ai appris de lui que les paroles franches prononcées d'une voix lente et grave sont efficaces.

— Saisis sa patte juste au-dessus du piège.

Il fait ce que je lui dis, et ses doigts se referment au-dessus de la chaussette nouée.

Je glisse ma main droite devant la patte du chien et la gauche derrière, alors que chaque cellule de mon corps me hurle de ne pas le faire. Les doigts serrés autour des mâchoires, j'enfonce mes genoux dans le sol pour garder l'équilibre.

— Comme tout à l'heure. Je compte jusqu'à trois.

Je vois le corps de Brendon se préparer : ses mains se serrent et ses muscles se contractent.

— Un, deux, TROIS !

J'écarte les mâchoires avec toute la volonté et la force que je possède.

Les ressorts laissent une ouverture d'à peine deux centimètres, mais c'est suffisant. Brendon tombe en arrière avec son chien, et je retire mes mains…

Presque à temps.

— Il est libre ! s'écrie-t-il, ravi. On a réussi !

J'acquiesce tandis que ma tête se met à tourner. Je me sens dans les vapes, comme si on m'avait assommée.

— Maintenant, il faut que tu fasses quelque chose pour moi.

Le choc est encore frais, mais la douleur ne va pas tarder à venir.

Accroupi à côté de son chien, il lève les yeux vers moi. Je garde la main gauche levée, mais légèrement derrière mon dos. Je sens du sang couler le long de mon bras et se mélanger avec la pluie. Je ne vois pas le doigt qui me manque, mais je sens qu'il m'élance. Je suppose que le piège s'est refermé juste sous la première articulation.

— J'ai besoin que tu me donnes ton t-shirt.

Il me regarde sans comprendre ; puis ses yeux se posent sur mon bras, et je le vois ouvrir la bouche et commencer à secouer la tête.

— Brendon.

Il fixe ma main.

— Brendon, regarde-moi.

Il m'obéit et nous nous regardons dans les yeux.

— On va s'en sortir. Allez, donne-moi ton t-shirt.

Il hoche la tête d'un air hébété et tire son t-shirt trempé par-dessus sa tête.

Je l'enroule autour de ma main gauche et le maintiens en place avec la droite.

— Maintenant, j'ai besoin de la lumière de ton portable pour chercher le bout de mon petit doigt.

Ces mots sont si étranges qu'il cligne des yeux.

— Brendon, nous devons agir vite.

Ma voix est tendue, car la douleur atteint mon cerveau.

— Il doit être près du piège.

Presque en pilote automatique, il se laisse tomber à genoux et éclaire le sol. Le nez près de la terre, il cherche. Je prie intérieurement pour qu'il le trouve. Si nous arrivons à temps à l'hôpital, il y a des chances pour qu'on me le réimplante.

— Je l'ai !

Il se relève, un morceau de doigt au creux de la paume.

J'envoie une petite prière de remerciement là-haut.

— Mets-le dans la poche de ma chemise.

Prudemment, il tire sur celle de gauche et le laisse tomber à l'intérieur.

— Maintenant, prends le chien dans tes bras et suis-moi.

Je les conduis au hors-bord.

— On prend le bateau ?

— C'est le moyen le plus rapide pour aller en ville. Pose le chien à la proue.

Il fait un pas vers la poupe.

— Non, l'avant.

La douleur commence à m'empêcher de me concentrer.

Il le dépose devant le premier banc. Je grimpe derrière lui, si bien que le chien est à mes pieds.

— Il va falloir que tu prennes les commandes. Pousse le bateau dans l'eau, tourne-le, puis grimpe à côté du moteur.

— Mais je n'ai jamais fait ça.

— Eh bien, tu vas apprendre.

J'appuie mon bras levé contre ma tête pour le soutenir, mais mes muscles continuent à trembler.

Avec la grâce d'un athlète, il fait pivoter le bateau dans le fleuve et saute par-dessus le bord.

— Maintenant, baisse l'hélice.

Il plonge le bloc du moteur dans l'eau.

— Garde la main sur la barre et démarre.

Il tourne la clé, et le moteur se réveille.

— Ce levier, c'est l'accélérateur. Pousse-le en avant.

Comme il est trop brusque, le bateau cahote, puis cale. Brendon lève les mains en l'air.

— Ce n'est pas grave. Réessaie. Vas-y plus doucement.

Je sens pratiquement son cœur battre lorsqu'il remet le moteur en marche.

— Doucement.

Il pousse le levier prudemment vers l'avant, et le bateau commence à avancer.

— Un peu plus.

Il appuie dessus très légèrement, si bien que nous avançons à un rythme très lent. J'aimerais bien qu'il accélère, mais je sais qu'il est terrifié, alors je ne dis rien. Le courant nous porte, et la ville n'est qu'à dix-neuf kilomètres.

— C'est le contraire d'une voiture, dis-je. Il faut tirer la barre à droite pour aller à gauche et à gauche pour aller à droite.

Il s'entraîne un peu, faisant dévier le bateau à gauche, puis à droite, l'air concentré ; ensuite, il lève le visage et m'adresse un signe de tête pour m'informer qu'il a compris.

La pluie s'est calmée. Le ciel est noir au-dessus des nuages et on aperçoit un petit croissant de lune. Je vois Brendon frissonner de froid, le bras gauche en travers de son torse nu pour se réchauffer.

Lorsque le chien gémit, je le caresse du bout de ma botte.

Sentant sa détresse, Brendon augmente judicieusement la vitesse.

— Garde une main sur la barre, et avec l'autre, appelle le 911 et active le haut-parleur, dis-je quand je suis certaine qu'il est à l'aise.

Il sort son portable de la poche de son jean et le pose sur le banc à côté de moi. Ses doigts tremblent tant qu'il a du mal à composer le numéro, mais il finit par y arriver.

— Service des urgences, je vous écoute ?

— Sheila, c'est Davina.

— Salut, Davina. Tu n'es plus en taule ?

— Non. Je suis sortie, et je me dirige vers la ville avec un chien blessé et un doigt en moins. Il faudrait qu'une ambulance m'attende sur le quai, ainsi qu'un vétérinaire, si tu peux en trouver un.

— Un doigt en moins ?

— C'est une longue histoire. Je te raconterai ça un autre jour.

— Oh là là. D'abord, l'incendie de ta cabane, et maintenant ça.

— Je vais raccrocher.

— Hank t'attendra.

Hank est son mari et le meilleur secouriste de la ville.

Je recommence à me concentrer sur le fleuve et scrute l'obscurité pour être sûre que nous ne heurtons pas d'obstacles. Il est généralement déconseillé de naviguer de nuit après une tempête.

— Tu te débrouilles bien, dis-je à Brendon.

Il hoche la tête mais garde les yeux sur l'eau, la mâchoire serrée, comme s'il évitait exprès de me regarder. Je me demande ce qui a changé.

Oh ! Je repense au commentaire de Sheila sur l'incendie, et un frisson qui n'a rien à voir avec le froid me parcourt.

Je recommence à observer le fleuve en me demandant quoi faire de cette prise de conscience.

49

Leo

Couché dans mon lit, les yeux rivés au plafond, je m'aperçois combien ma femme me manque, sa chaleur, son corps, son sourire, son rire. Ma trahison me hante. Nous nous étions promis d'être toujours honnêtes l'un envers l'autre. Comment ai-je pu perdre ce principe de vue ? J'ai l'impression de patauger et de faire une bêtise à chaque pas depuis la mort de Bee.

Dehors, une tempête fait rage. Il fait froid dans la chambre et je me sens particulièrement seul. Sous la gaze, mes brûlures me démangent. La guérison a atteint le stade inconfortable, la peau morte se détache à mesure que de nouvelles cellules se forment. *Régénération.* J'ai toujours aimé ce mot, la promesse qu'il contient. Je coince mes mains sous mes cuisses pour ne pas les gratter. Avec un peu de chance, les bandages tomberont dans quelques jours, et nous pourrons enfin rentrer à la maison.

Les mots de Davina me reviennent. *Dites-moi, Leo, est-ce que vous êtes heureux ?*

Non. Je suis tellement malheureux que ça fait mal.

Elle a tourné le dos à une immense fortune et semble satisfaite de sa vie. De notre côté, Marie et moi courons après le rêve américain depuis des décennies et nous croulons sous les dettes. Je me demande si l'argent pourrait être la source de notre malheur.

Non. C'est la perte – profonde, horrible, déchirante.

Nous sommes partis de rien, alors je sais que nous pouvons être heureux avec pas grand-chose. Je viens d'un milieu modeste, et Marie d'une famille où on se fait tout seul, alors à l'époque de notre mariage, nous habitions dans un minuscule deux-pièces près du campus. On ne pouvait caser qu'un étroit lit deux places dans la chambre. Ça ne me dérangeait pas de dormir contre elle ; c'était plus facile de savoir quand elle était d'humeur coquine ou voulait juste un câlin. J'aime les deux. Mais ces temps-ci, faire l'amour me manque. Depuis la mort de Bee, ça ne nous est arrivé qu'une fois. Et au lieu de nous rapprocher, j'ai l'impression que ce moment a dressé un étrange mur entre nous qu'aucun de nous ne sait comment détruire.

Nous avons toujours eu une vie sexuelle tellement épanouie, facile et naturelle, souvent drôle, parfois magnifique, par moments ordinaire, mais quand même satisfaisante. Il me semble que c'est le résultat de nombreuses années passées ensemble : les complexes disparaissent, on est capable d'apprécier l'autre comme il est.

Mon portable vibre sur la table de chevet. En jetant un coup d'œil à l'horloge, je vois qu'il est vingt-deux heures passées. Mon premier réflexe est d'ignorer l'appel. Je n'ai envie de parler à personne, et c'est très probablement un autre journaliste qui voudrait une interview. Mais quand il recommence à vibrer, je regarde l'écran, puis me redresse d'un coup en le manipulant maladroitement pour décrocher.

— Brendon ?

— Papa...

Sa voix est faible et tendue, comme le jour où il m'a appelé pour me dire que Bee était en route pour l'hôpital.

— Il faut que tu viennes à la clinique vétérinaire de Franklin. Banjo a été blessé.

— Tu es à Franklin ?

Mes yeux se posent aussitôt sur la porte qui mène au couloir. *Il est dans sa chambre. Il devrait être dans sa chambre. Est-ce que j'ai vérifié ? Je le fais toujours. Je passe la tête dans les chambres et je compte les têtes. Je vérifiais toujours* avant.

Je serre les paupières tandis que le remords forme une boule dure dans ma gorge.

— Il s'est pris la patte dans un piège dans les bois.

Il hoquette en parlant. Son angoisse me ramène à l'instant présent.

— J'arrive, dis-je, déjà sorti du lit.

Enfilant un jean, je m'apprête à lui dire de tenir bon lorsqu'une nouvelle pensée me traverse l'esprit.

— Attends. Comment es-tu allé en ville ?

Après un temps d'hésitation, il répond très doucement :

— La sorcière. Avec son bateau.

La sorcière ?

— Davina ?

— Oui.

Je suis tellement perdu que j'en ai le tournis.

— D'accord. J'arrive.

Je descends l'escalier quatre à quatre.

— Jags !

Vaseuse, elle se redresse sur le canapé et regarde par-dessus le dossier.

— Il faut que tu viennes. Brendon est à la clinique vétérinaire avec Banjo.

Elle plisse les yeux.

— Quoi ?

— Allez !

Surprise que je hurle presque, elle se lève en vacillant.

— Mais de quoi tu parles ? Il est là-haut.

— Non.

— Ah bon ?

— Il était dans les bois, et Banjo s'est pris la patte dans un piège. Davina les a emmenés à la clinique vétérinaire avec son bateau.

— Davina ? Mais elle est en prison.

— Apparemment non.

— Elle est revenue ? demande-t-elle sèchement.

— Jags !

Elle secoue la tête comme pour s'éclaircir les idées, mais continue à froncer les sourcils.

— Préviens Hannah que nous partons, dit-elle en se penchant pour enfiler ses chaussures.

Je file à l'étage. Lorsque je frappe avec mon poing bandé, personne ne répond, alors j'ouvre la porte et entre. Les filles dorment blotties l'une contre l'autre, un grand papillon en enveloppant un plus petit. Quand je les vois ainsi, mon cœur cesse de battre une seconde.

Je secoue l'épaule d'Hannah, qui plisse les yeux en les ouvrant.

— Quoi ? grogne-t-elle.

— Je dois partir en ville avec ta mère.

Elle hoche la tête sans me demander pourquoi, et je l'envie. Malgré tout ce qui s'est passé, sa vie est toujours assez sécurisante pour qu'elle dorme sur ses deux oreilles, un petit miracle dont je suis reconnaissant.

Je me dépêche de redescendre et trouve Marie près de la porte, les cheveux brossés et vêtue de son imperméable. Je me rends compte que j'ai oublié de prendre le mien, mais peu importe. Brendon nous attend.

50

Marie

Je suis frustrée que Leo n'ait pas posé plus de questions à Brendon, mais je garde mon agacement pour moi. Nous nous sommes assez disputés pour aujourd'hui, et j'ai l'impression qu'un simple coup de coude pourrait nous faire basculer dans un précipice d'où nous risquons de ne jamais sortir.

Davina. Pourquoi tout semble-t-il toujours tourner autour d'elle ? Pourquoi est-elle sortie de prison ? Et que faisait-elle dans les bois... avec Brendon ?

Je jette un coup d'œil à l'horloge : presque vingt-trois heures. Je me demande comment son départ a pu nous échapper. Non, je sais pourquoi. Depuis la mort de Bee, nous vivons dans le brouillard et n'assumons qu'à moitié notre rôle de parents.

— Là ! aboie Leo.

Je cligne des yeux en m'apercevant que je n'ai pas entendu le GPS. J'écrase le frein juste à temps pour prendre le virage. Je me promets intérieurement de faire mieux, de faire plus attention, d'être présente. Mais au même moment, je sens que cette promesse se brise, car mon esprit semble incapable de se focaliser de façon prolongée sur quoi que ce soit.

La clinique vétérinaire de Franklin apparaît. À part une camionnette solitaire à côté de l'entrée, il n'y a aucun véhicule sur le parking. Leo descend d'un bond avant que j'aie coupé le moteur, et je le regarde se précipiter à l'intérieur.

Avec un profond soupir, je sors à mon tour, consciente qu'une fois de plus, même si ça paraît impossible, la situation va bientôt empirer.

La luminosité du hall est aveuglante – néons, murs jaunes et une douzaine de chaises vert citron. Brendon est assis tête baissée, les coudes sur les genoux. Leo s'est installé à sa droite et lui frotte le dos avec une main bandée. Je m'assieds sur le siège de gauche.

Le jean et les chaussures de Brendon sont mouillés, mais le sweat-shirt trop grand qu'il porte – frappé du logo du commissariat de Franklin – paraît sec.

— Coucou, dis-je doucement.

— Il courait après un écureuil, dit-il au sol devant lui.

Ensuite, il pose une main sur son visage, pousse un soupir saccadé et se met à pleurer. Ses gros sanglots lourds secouent son corps et me désarçonnent. Même bébé, Brendon n'était pas un pleureur, et je ne crois pas l'avoir vu verser une larme depuis ses deux ans. Même à la cérémonie funéraire de Bee, il était assis les yeux secs, aussi immobile qu'une statue. Mais maintenant, un grand chagrin réparateur le dévore. Son angoisse est si violente que ce doit être douloureux – pour ses poumons, son ventre, sa colonne vertébrale. C'est le son le plus déchirant que j'aie jamais entendu. Je sais qu'il vient d'un endroit profond, écorché. Ce chagrin n'est pas uniquement provoqué par ce qui s'est passé ce soir.

Elle me manque aussi, ai-je envie de dire, au moment même où il s'écrie :

— Je n'arrivais pas à le libérer !

— Tout va bien, dit Leo en continuant à lui masser le dos.

Brendon secoue la tête, les mains pressées sur le visage. Je suis d'accord, c'est une réponse stupide. Parce que tout ne va pas bien. Rien ne va même, et on dirait que les choses ne s'arrangeront jamais. Je déteste aussi les « ça prendra du temps, mais vous trouverez un moyen de surmonter cette épreuve » et tout ce qui ressemble à « elle nous a quittés pour un monde meilleur ».

Non ! Non ! Non ! Elle me manque et je veux qu'elle revienne. Je veux juste qu'elle revienne.

Je souffre, Brendon aussi, et sa douleur est inimaginable. Personne ne peut le comprendre. Et même si je veux l'aider, je sais qu'il n'y a rien à faire. Le sentiment de perte est quelque chose de personnel, il n'appartient qu'à la personne qui le vit. Je reste donc assise en silence pendant qu'il pleure, et je souffre avec lui, l'esprit enflammé par ce moment presque insupportable.

Devant lui, ses baskets glissent d'un côté et de l'autre comme des essuie-glaces, un tic qu'il a depuis l'enfance. Je me focalise sur ce mouvement hypnotisant, tandis que ses sanglots se calment en hoquets, se tarissent, puis il renifle, et finalement se tait. Il garde la tête baissée, les mains sur le visage, mais ses baskets continuent à glisser en couinant.

Elles sont vraiment affreuses. Quel étrange mélange de turquoise, de jaune moutarde et de blanc. Je me rappelle à quel point il les voulait, disant que c'étaient les plus cools au monde, et que tous les garçons de son équipe de baseball en avaient. J'ai l'impression que c'était il y a une éternité.

Elles sont sales maintenant, les bouts sont couverts d'éclaboussures, des petites taches deux tons plus foncés que celles laissées par la pluie. Le jour de l'audience, quand nous attendions d'entrer dans le tribunal, il les faisait glisser sur le sol comme en ce moment, mais elles étaient propres, et je me demande ce qui les a salies.

Il pousse un dernier soupir tremblant. Je demande :

— Pourquoi tu es allé retrouver Davina dans les bois ?

Il me regarde à travers ses cils humides de larmes sans comprendre.

— Papa m'a dit qu'elle t'avait amené en ville sur son bateau.

— Je ne suis pas allé la retrouver, marmonne-t-il en regardant à nouveau le sol. Elle m'a entendu appeler à l'aide et nous a rejoints.

— Oh !

Leo me regarde par-dessus le dos de Brendon. Il a l'air aussi perplexe que moi.

— Qu'est-ce que tu faisais dans les bois dans ce cas ? demande-t-il.

Depuis l'incendie, il refuse catégoriquement que nous sortions de la maison, terrifié à l'idée du danger qui nous entoure.

— J'en sais rien. J'avais juste besoin de sortir.

Les baskets oscillent plus vite et j'observe à nouveau les éclaboussures. Les petites taches prennent une nouvelle importance, tandis que je comprends ce qu'elles veulent dire.

Le lendemain de l'incendie, le capitaine des pompiers est revenu avec un enquêteur. Celui-ci a confirmé qu'un produit accélérant avait été utilisé pour déclencher l'incendie, c'est pourquoi la cabane avait brûlé aussi vite. D'après lui, elle avait été arrosée d'essence, puis on y avait mis le feu.

L'essence éclabousse et tache.

Non ! Non, non, non !

J'essaie de repousser cette pensée déloyale, mais les éclaboussures qui oscillent se gravent dans mon cerveau.

— Bren, tu te rends compte à quel point c'était dangereux ? dit Leo.

Le mouvement s'accélère encore – gauche, droite, gauche, droite...

— Je viens de te le dire. J'avais besoin d'air.

Oh Brendon !

— Jags, est-ce que ça va ?

Je lève le visage et vois Leo me regarder avec inquiétude.

— Il faut que je passe un appel.

Avant qu'il puisse m'interroger, je me lève et me précipite vers la porte.

Mon portable est dans ma main avant que j'atteigne la voiture.

— Bureau du shérif de Franklin ? répond une femme alors que je me glisse derrière le volant.

Je lui explique qui je suis et que je cherche Davina. Moins d'une minute plus tard, je fonce vers l'hôpital de Concord en jetant un coup d'œil à mon petit doigt toutes les deux secondes. Je n'arrive pas à croire que je continue à me tromper. Au moment où je pense que la situation ne pourrait pas être pire, il s'avère que nous tombons encore plus bas.

51
Davina

Je me réveille groggy et désorientée. La luminosité des néons ajoutée aux bips des machines me ramène à la période la plus sombre de ma vie, et je dois me répéter que c'est du passé.

J'ai le bras gauche suspendu afin de garder la main levée, et je sens le sang battre dans mon petit doigt, mais pas encore la douleur.

— Bonjour !

Je tourne la tête et vois une infirmière en blouse à motif de sucettes. La première envie qui me vient est de demander qu'on m'envoie quelqu'un de plus sérieux. Lorsque je choisissais mes infirmières en traumatologie, je cherchais une certaine solennité chez elles qui témoignait d'un courage sous-jacent. Il en faut pour s'occuper des blessés et des mourants. Et même si ma blessure n'est pas mortelle, j'apprécierais ce genre d'état d'esprit maintenant.

Je regarde ma main, soulagée de voir de la peau violette le long de l'attelle en aluminium.

— L'opération a marché ?

C'est à la fois une question et une affirmation. Ses yeux s'embuent légèrement.

— Le docteur Reynolds a fait un travail remarquable.

La douleur apparaît en même temps que ses mots, et des flèches de feu me traversent le bras. Les dents serrées, je l'accueille, telle une vieille amie.

— Vous avez une pompe à morphine. Sur la barrière, à côté de votre main droite.

Je la cherche à tâtons et appuie plusieurs fois sur le bouton, puis je ferme les yeux et attends que le calmant fasse effet en savourant par anticipation l'inconscience vaporeuse, sans pensées, qu'il me promet, jusqu'à ce que le pire soit passé.

— Je vais vérifier vos constantes.

Je remarque à peine que l'infirmière prend ma tension, mesure mon pouls et contrôle ma température.

— Tout a l'air parfait. Reposez-vous maintenant, le médecin viendra bientôt vous voir.

— Le shérif, dis-je d'une voix pâteuse.

— Pardon ?

— J'ai besoin de parler au shérif.

Je ne sais pas très bien d'où viennent ces mots, mais je sens que c'est important. Un sentiment d'urgence vague, mais certain, se manifeste comme un signal d'avertissement à travers le brouillard. J'ai conscience que c'est lié à l'incendie, au piège, à Danny et à Brendon.

52
Hannah

Je suis assise, les pieds dans un seau d'eau chaude, une poche de glace sur la tête. Depuis que je ne nage plus le matin, les maux de tête sont revenus. Pas aussi forts qu'avant, mais une douleur lancinante se réveille en milieu de matinée et ne me lâche plus jusqu'au coucher. La glace et les bains de pieds me font du bien, mais j'aimerais vraiment pouvoir reprendre la natation.

En attendant que le froid et le chaud exercent leur magie, je pense à Banjo. Il va devoir rester quelques jours de plus à la clinique vétérinaire. Il a perdu le bout d'une patte avant, et cette idée est si affreuse que je ne parviens pas à m'y faire.

Mon père m'a appris la nouvelle lorsque je suis descendue ce matin. Je n'arrive pas à croire que j'ai dormi sans le savoir. Je suis à la fois stupéfaite et consternée parce que, comme le jour de la mort de Bee, un être que j'aime souffrait et je n'ai rien perçu du tout.

Ma mère est également sortie. Elle est à l'hôpital de Concord où elle attend des nouvelles de Davina, qui a perdu un petit doigt en essayant d'ouvrir le piège. Je ne comprends toujours pas comment elle a pu se trouver là pour sauver Banjo. Ça n'a aucun sens. Je pensais qu'elle était en prison. Papa ne sait rien non plus. Il a simplement dit que nous avions eu de la chance qu'elle soit là.

— Dieu veille sur nous, a-t-il dit, avant d'ajouter : Ou Bee.

J'ignorais qu'il était croyant, mais depuis sa mort, il fait allusion à Dieu ou à la foi beaucoup plus souvent. Je pense que c'est son moyen de faire face ; il préfère croire que cet accident n'est pas arrivé sans raison, ou au moins qu'il y a quelque chose après la mort, maintenant qu'elle n'est plus là.

Je ne le vois pas de cette façon. Depuis que c'est arrivé, je trouve au contraire que ça n'a absolument aucun sens. Je pense plutôt que c'était un horrible coup de malchance – un minuscule trou dans un brassard, à un moment où Brendon était ailleurs. Un événement affreux et bouleversant, mais pas plus significatif que ça. Pour moi, c'est plus facile de cette façon. La responsabilité est moins lourde, et le hasard, moins terrifiant. Je ne veux pas croire que Bee a été choisie, ni que Dieu a quelque chose à voir là-dedans.

— Coucou.

La poche de glace tombe lorsque je redresse la tête.

— Coucou, je réponds à Pen, qui s'est arrêtée dans l'entrée en arcade, vêtue de son short en jean et de son t-shirt arc-en-ciel.

— Il faut qu'on aille au jardin, dit-elle d'un air sérieux. Je veux des pancakes aux mûres et on en trouve là-bas. Et tu dois aller nager.

Je commence à secouer la tête, mais c'est trop douloureux.

— Papa a dit qu'on ne pouvait pas sortir de la maison.

— Mais si, on peut. Le garçon qui est soupçonné d'avoir mis le feu à la cabane a été arrêté.

— C'est vrai ?

Elle hoche la tête.

— Papa vient de recevoir un appel du shérif. Il pense que c'est lui aussi qui a posé le piège. Il n'a pas de preuves, mais il en est quasiment sûr. Ce type n'aimait pas Davina parce qu'elle jetait tout le temps ses pièges dans le fleuve et le punissait avec du sumac vénéneux.

Je souris presque en y songeant, mais je repense ensuite à l'incendie et au prix qu'elle a payé, et mon amusement disparaît avant d'atteindre mes lèvres.

— Papa a dit qu'on pouvait y aller ?

Elle hausse les épaules en regardant ailleurs.

— Pen ?

— Ce n'est pas dangereux ! Il a seulement dit qu'on ne pouvait pas sortir à cause du garçon qui a mis le feu ! Mais maintenant il est en prison ! Et tu as mal à la tête !

Je la plains quand je la vois s'énerver comme ça. Cette histoire finit par faire craquer tout le monde. Et elle n'a que huit ans.

Son menton tremble toujours, mais elle garde son sang-froid et désigne son sac à dos d'un signe de tête.

— J'ai ton maillot de bain.

Elle le fait glisser de son épaule pour me montrer qu'elle a tout préparé et qu'elle est prête à partir, et je me demande si je l'ai déjà autant aimée. De tous mes proches, je crois que c'est elle qui déteste le plus mes migraines.

Nous sortons de la maison, mais au bout de quelques pas, un bruit de racloir nous arrête. Je me retourne en pensant que c'est Rock, et mon cœur fait un bond : il nous a pardonné ! Mais lorsque je lève mes yeux plissés, c'est Brendon que je vois sur l'échelle. Il est à mi-hauteur, une expression intense sur le visage, et décape la partie restante de peinture écaillée. Vu ce qu'il reste, il y est déjà depuis un moment. C'est assez étrange à voir. D'après ce que je sais, mon frère est allergique au travail, surtout s'il est manuel et exige un effort physique répétitif.

— Viens, dit Pen en me tirant par la main.

Nous sommes presque à la cabane lorsqu'elle s'arrête. Je suis son regard à travers les arbres et aperçois maman assise sur une chaise en aluminium à côté du poêle à bois.

— Qu'est-ce qu'elle fait là ? chuchote Pen.

Je secoue la tête. Je n'en ai aucune idée. Les mains posées sur les accoudoirs, les pieds plantés dans le sol, elle semble contempler les arbres. La seule chose qui bouge, c'est son petit doigt gauche qui tapote l'aluminium.

Pen lève un regard inquiet vers moi. Je suis d'accord. C'est très perturbant. Je pose l'index sur mes lèvres, et nous reculons lentement en prenant soin de ne faire aucun bruit.

53
Brendon

J'ai presque terminé le décapage au moment où les filles arrivent des bois. Pen me voit et prend aussitôt un air coupable. Je fais semblant de verrouiller mes lèvres et de jeter la clé, et elle sourit jusqu'aux oreilles. Hannah lève un pouce.

Je me remets au travail après cet échange qui rend cette matinée encore plus belle. J'étais sûr que j'allais passer une sale journée, comme après la mort de Bee, le poids de ma culpabilité si lourd que je n'arrivais plus à respirer. Mais au lieu de ça, j'ai dormi comme ça ne m'était pas arrivé depuis sa noyade cette nuit, et je me suis réveillé très tard, le cœur léger, presque surexcité.

Il a survécu ! Cette pensée m'a rendu presque fou de soulagement.

Je pense que c'est lié à Davina et à ce qu'elle a dit sur le bateau. Nous étions presque arrivés au quai de la ville. Je frissonnais, gelé jusqu'aux os à force de naviguer torse nu et trempé par la pluie. Mais je ne pensais qu'à une chose : nous amener sains et saufs au ponton.

— Quelle soirée, a-t-elle dit.

Je n'ai pas répondu, les yeux fixés sur le poteau d'amarrage que je visais. Les bateaux ne tournent pas comme les vélos. Ils sont plus lents à réagir et vont dans le sens opposé auquel on pense.

— Sacré coup de chance, a-t-elle poursuivi.

J'ai secoué la tête, ne voyant pas du tout où était la chance dans ce que nous venions de vivre.

— Heureusement que tu étais avec ton chien quand il est tombé dans ce piège, et que j'étais pas loin pour vous aider.

— Oh !

J'ai levé les yeux, puis les ai rapidement détournés, incapable de la regarder.

J'ai suivi toutes ses instructions à la lettre, et nous avons fait une arrivée parfaite. Le bateau a effleuré le premier poteau, puis s'est calé contre le deuxième. Un secouriste s'est aussitôt couché sur le ventre, a tendu la main vers le bateau, attrapé la corde puis l'a attachée au quai. Un autre a offert sa main à Davina, mais elle est restée assise, son doigt blessé en l'air, le bras collé contre la tête et le corps tremblant d'épuisement.

— Davina ?

Elle l'a ignoré, et ses yeux se sont fixés sur les miens avant que je puisse regarder ailleurs.

— Une soirée pareille oblige à se poser une minute.

Je suis resté assis, tremblant et paralysé. Le poids de ma culpabilité était insupportable.

— Ça fait réfléchir. À ce qu'on a fait de bien, à ce qu'on aimerait réparer.

Lorsque ses yeux se sont plissés, j'ai compris qu'elle savait.

— Eh, gamin !

J'ai levé les yeux. Au bord du quai, un adjoint du shérif tenait un sweat-shirt. Il me l'a lancé. Je l'ai attrapé et posé sur mes genoux.

— Enfile-le, a dit Davina.

J'ai obéi.

Dès que je l'ai eu enfilé, j'ai levé le visage vers le sien et ouvert la bouche pour tout avouer, lui dire à quel point j'étais désolé, que je n'avais pas voulu que les choses se passent de cette façon.

Mais c'est elle qui a parlé la première.

— Pour moi, c'est une soirée qui oblige à remettre les pendules à l'heure. Elle nous rappelle ce qui est important. C'est un petit coup de pied dans le derrière pour faire l'inventaire et régler ses comptes.

J'ai laissé tomber ma tête, certains comptes étant trop énormes pour être réglés.

— Tu ne penses pas ? a-t-elle demandé. Tu crois que tout est fini quand on a fait quelque chose de mal ? Qu'on reste une mauvaise personne à vie, sans aucune chance de rédemption, ni d'arranger les choses ?

La chaleur du sweat-shirt me faisait frissonner de la tête aux pieds. J'ai croisé les bras sur ma poitrine et serré les lèvres pour ne pas pleurer devant tous ces gens.

— Davina, a dit le secouriste plus énergiquement.

— Vous devriez y aller, ai-je marmonné.

Elle nous a à nouveau ignorés.

— Pff. N'importe quoi. Je reconnais que certaines erreurs sont un peu plus difficiles que d'autres à rattraper, mais c'est toujours possible.

Une lumière vive nous a éclairés, venant d'un projecteur sur une des voitures. J'ai levé les yeux vers mon t-shirt trempé de sang autour de sa main.

— Je vous en prie, ai-je dit. Allez-y.

— Davina ! a crié le secouriste qui l'avait manifestement vu aussi.

Elle a planté son regard dans le mien, comme si elle regardait tout au fond de mon âme.

— D'après mon expérience, a-t-elle dit, le rapport est à peu près de cinq pour un.

Comme je voulais désespérément qu'elle laisse le secouriste l'aider, j'ai hoché la tête, prêt à être d'accord sur tout pourvu qu'elle sorte du bateau.

— Quand on dit une méchanceté, il faut dire cinq choses gentilles pour compenser. Quand on fait quelque chose de mal, il faut cinq bonnes actions. Ce n'est pas une science exacte, mais d'après mon expérience, on n'en est pas loin.

Elle a hoché la tête comme pour valider son calcul, puis elle s'est levée. Elle tremblait tellement que le secouriste a aussitôt tendu le bras vers elle, l'a attrapée par l'épaule et l'a stabilisée.

Elle a tourné la tête vers moi.

— J'estime que tu as ajouté trois actions dans la colonne du positif ce soir.

Elle les a énumérées :

— Tu as sauvé ton chien. Tu as retrouvé mon petit doigt. Tu nous as amenés ici.

Elle a fait un bref signe de tête, puis est montée sur le banc afin que le secouriste puisse l'aider à grimper sur le quai. Dès que ses pieds se sont posés sur les planches, ses genoux se sont dérobés, et elle s'est effondrée. Trente secondes plus tard, elle était sur un brancard qu'un secouriste poussait vers une ambulance.

Le reste de la nuit est flou. Banjo a été hissé hors du bateau. On m'a fait monter à l'arrière d'une camionnette. Et on nous a emmenés à la clinique vétérinaire.

Quand j'étais seul dans le hall en attendant mes parents, j'ai réfléchi à ce qu'elle avait dit et je me suis demandé si c'était vrai, s'il était possible de rattraper ses erreurs. Et ce matin, je me suis réveillé avec sa voix dans ma tête. *Il a survécu. On a eu de la chance. Le rapport est à peu près de cinq pour un.*

Ces trois pensées m'ont propulsé hors de mon lit et j'ai filé dehors, où je me suis mis à décaper la maison. Ce travail est étrangement satisfaisant. J'ai aimé le voir progresser et savoir que c'était l'action numéro quatre : *J'ai sauvé Banjo. J'ai retrouvé le petit doigt. Je nous ai conduits au quai... J'ai fini de décaper la maison.*

— On peut t'aider ? demande Pen, les yeux levés vers moi.

— Bien sûr.

Je suis surpris que sa proposition me fasse aussi plaisir, mais je m'aperçois que je me sentais très seul.

— Joli t-shirt, dis-je en sachant que c'est son préféré.

Elle sourit jusqu'aux oreilles.

Un, je pense. *Plus que quatre-vingt-dix-neuf.* Il faudra plus que cinq bonnes actions pour rattraper certaines erreurs, et la remarque que je lui ai faite le jour de la fête des Pères va en exiger beaucoup.

— Tu préfères scotcher ou décaper ? Papa scotche les vitres parce que c'est tout ce qu'il peut faire avec ses mains de momie.

Il est sorti une heure après que j'ai au commencé. Lorsque je lui ai dit ce que je faisais, il a paru sincèrement fier et a proposé de m'aider.

— Scotcher, a répondu Pen, tandis qu'Hannah répondait :

— Décaper.

— Il s'occupe des fenêtres de devant, dis-je à Pen. C'est lui qui a le Scotch.

Je me tourne vers Hannah. Comme elle plisse le front, je devine qu'elle a une migraine.

— Tu es sûre de vouloir faire ça ?

Puisqu'elle hoche la tête, je descends de l'échelle pour aller lui chercher un autre racloir. J'en trouve un juste au moment où la camionnette de Rock descend l'allée vers nous en grondant.

Hannah part aussitôt comme une flèche, et je vois Pen courir vers lui à son tour. Il descend de sa camionnette et la soulève dans ses bras, puis il la fait tourner en faisant voltiger ses jambes. Il la repose sur le sol, tout étourdie et gloussante. Quand je vois à quel point ils sont à l'aise ensemble, je me demande pourquoi je ne pense jamais à faire ce genre de chose. Je devrais peut-être essayer, voir si je peux me détendre et me prendre un peu moins au sérieux.

La voiture de maman s'arrête derrière celle de Rock. Nous la regardons tous descendre en titubant de son siège. Comme elle porte les mêmes vêtements qu'hier soir à la clinique vétérinaire, je devine qu'elle n'est pas rentrée de la nuit.

Pendant que nous attendions des nouvelles de Banjo, elle est allée voir Davina à l'hôpital de Concord, la grande ville la plus proche de Franklin. D'après ce que j'ai appris, il faut un chirurgien spécialisé pour réimplanter un doigt. Lorsque papa l'a appelée dans le taxi qui nous ramenait à la maison pour lui demander comment allait Davina, elle a répondu qu'elle était toujours au bloc.

Je me suis demandé si, à son réveil, elle raconterait à maman ou au shérif ce que j'avais fait. Mais ce matin, quand papa m'a rejoint dehors, il a dit que, d'après le shérif, qui l'avait appelé, l'incendie avait été déclenché par le gars qui avait posé le piège. J'ai été stupéfait, puisque ce n'est pas vrai. Et ça signifiait que Davina n'avait rien dit. Selon papa, la police n'a aucune preuve pour l'incendie, alors ce mec ne sera pas poursuivi, ce qui me soulage vraiment. Mais il va prendre cher pour tout le reste, et ça ne me pose aucun problème. Après tout, Banjo a perdu une patte et Davina, un doigt.

Je regarde maman parler à Rock. Je n'entends pas ce qu'elle dit, mais il réagit violemment.

— Vous vous foutez de moi ?

Papa arrive en un éclair et s'interpose, les mains levées.

— Rock, cette nuit a été difficile pour nous tous.

— Ah ouais ?

Rock le toise d'un air furieux.

— Pourtant, je crois que vous avez encore tous vos doigts, vos orteils… et vos maisons.

Même si papa mesure une tête de moins que lui et est plus léger de vingt-cinq kilos, il tient bon et le regarde dans les yeux.

— Ce n'est pas nous qui avons posé ce piège, et notre chien a perdu une patte.

Ces mots semblent toucher Rock, qui fait un pas en arrière et se passe une main dans les cheveux. Son geste est si brutal qu'il semble vouloir se les arracher.

— Elle est où ?

— Au Concord Memorial, répond maman. Mais elle refuse les visites.

Je m'approche d'elle.

— Est-ce qu'elle va bien ?

Elle se retourne et baisse les yeux en me voyant.

— Ils ont réimplanté son doigt.

Son regard se promène sur l'herbe entre nous, puis il se pose un instant sur mes baskets avant de contempler l'herbe à nouveau.

— Mais il faudra du temps pour savoir si l'opération a marché.

Ses yeux se posent partout sauf sur mon visage. Alors je comprends qu'elle sait tout.

54
Penelope

Fâché, Rock s'éloigne au volant de sa camionnette et soulève un nuage de poussière en fonçant vers la route. Hannah le regarde disparaître, les bras croisés, les yeux douloureusement plissés à cause de la lumière. Le menton tremblant, elle rentre en traînant les pieds. Papa passe un bras autour des épaules de maman et l'emmène vers la maison. Ils ont presque atteint la porte lorsqu'elle s'arrête. Je la vois cligner des yeux plusieurs fois, comme si elle essayait de se souvenir d'une chose qui lui a traversé l'esprit trop vite.

— Jags ? demande papa en essayant de la faire avancer.

— Oh !

Elle se tourne vers Brendon, mais son regard se pose quelque part entre eux.

— Bren, Davina aimerait te voir, elle veut que tu lui apportes les affaires qu'elle a laissées dans la remise à bois. Il faut que je me repose d'abord, je t'emmènerai là-bas cet après-midi.

— Je croyais qu'elle refusait les visites ? dis-je.

— C'est vrai, elle veut seulement voir Brendon.

Je les dévisage tour à tour en me demandant ce qu'ils nous cachent. Le corps de mon frère est raide, celui de maman, voûté, et ils évitent tous les deux de se regarder.

Papa l'entraîne vers la maison et ils disparaissent à l'intérieur.

Brendon s'éloigne en direction du sentier, me laissant seule. J'entreprends de commencer à scotcher les contours de la fenêtre que papa a abandonnée lorsque j'entends :

— Eh, Pen.

Je me retourne et vois que Brendon s'est arrêté.

— Ça te dit de venir ?

— Je peux ?

Je pose le rouleau de scotch sur la balustrade et me dépêche de le rattraper.

— Deux, murmure-t-il.

Il me regarde en coin, comme s'il réfléchissait à quelque chose, puis il tend maladroitement la main et m'ébouriffe les cheveux.

Comme j'interprète mal son geste, car il ne fait jamais ce genre de truc, je recule la tête et ses doigts s'emmêlent dans mes boucles. Nous nous regardons avec des yeux ronds. Je suis certaine qu'il va se fâcher et me dire de laisser tomber. Mais à ma grande surprise, il les ébouriffe encore plus énergiquement. On dirait que ma chevelure est un serpent qui a capturé sa main et ne veut pas la lâcher. Il l'agite et tire sur son poignet avec l'autre comme pour essayer de la libérer, et je joue le jeu en secouant la tête comme si mes boucles avalaient sa main. Nous rions comme des fous.

Finalement, il dégage ses doigts et s'éloigne en haletant, la main tendue comme une serre mutilée.

Essoufflés, nous marchons vers le sentier en souriant.

— Trois, dit-il tout bas.

Pendant qu'il part chercher les affaires de Davina dans la remise, je vais cueillir des mûres dans le jardin. Un instant plus tard, il me rejoint. Il pose son paquet par terre, puis me tend sa casquette de baseball pour que j'y dépose les mûres, car je n'ai pas apporté de panier ni de sac. Ensemble, nous la remplissons presque à ras bord.

Tandis que nous repartons vers la maison, je me dis : *Quatre*. Je ne sais pas très bien ce que nous comptons, mais je suis quasiment sûre que nous avons atteint un autre numéro à son jeu.

55
Marie

J'étais tellement crevée que j'ai à peine remarqué que Leo me faisait monter l'escalier. Il m'a aidée à me coucher et m'a enlevé mes chaussures. Je pensais qu'il allait partir, retourner à ce qu'il faisait – couvrir les contours des fenêtres de scotch, je crois. Mais il s'est allongé à côté de moi, puis m'a pris la main.

J'ai fermé les yeux et me suis concentrée sur le son de sa respiration. Je l'ai écoutée ralentir, s'approfondir, et il s'est endormi.

Malgré l'épuisement, je n'arrive pas à faire taire mes pensées. Mon cerveau bouillonne tellement que je me demande si c'est ce qu'on appelle « perdre la tête ». C'est l'impression que j'ai, comme si mon esprit rationnel était hors d'atteinte.

En se tournant sur le côté, Leo passe un bras autour de mes hanches et se pelotonne contre moi.

Cette étreinte me calme. Je ferme les yeux et prends de lentes inspirations profondes en essayant de me concentrer sur l'instant présent. *Je suis ici. En sécurité. Ma famille est ici et en sécurité.* Je me répète ces mots en boucle.

Les ronflements de Leo me chatouillent le cou et je sombre dans cet état intermédiaire particulier qui précède le sommeil. Mes yeux s'agitent sous mes paupières tandis que je me repasse la matinée. L'opération a été compliquée. Ensuite, Davina a eu besoin de repos, alors j'ai passé la nuit dans la salle d'attente, l'esprit abruti par l'inquiétude et le cœur lourd à cause de tout ce qui s'était passé. Peu après neuf heures, l'infirmière est enfin sortie de la chambre et a dit que je pouvais la voir.

Quand je suis entrée, j'ai été stupéfiée. Hannah avait dit que Davina avait perdu du poids en prison, mais je ne m'attendais pas à découvrir une femme aussi frêle. Son bras gauche était suspendu par une poulie, sa main et son poignet protégés par un plâtre en mousse épaisse enveloppée de bandage élastique. Elle avait les yeux cernés, les joues creuses.

— Oh Davina ! Je suis tellement…

— L'infirmière m'a dit que vous aviez des nouvelles du chien.

Le muscle de sa joue a tressauté, apparemment de douleur, et un nœud s'est aussitôt formé dans ma poitrine.

— Est-ce que je peux faire…

— Le chien.

De toute évidence, elle ne voulait pas de mon réconfort, ni de ma pitié. J'ai baissé les yeux.

— D'après le vétérinaire, il va s'en sortir. Il a perdu le bout de la patte, mais votre garrot… et ce que vous avez fait…

Ma voix s'est brisée.

— L'ont sauvé.

— Les chiens sont capables de marcher avec trois pattes, a-t-elle répondu d'un ton pragmatique. Ce sont des créatures capables de s'adapter.

Son front était humide de sueur et sa peau était si pâle qu'elle rayonnait presque.

— Et votre fils ?

Ses yeux se sont très brièvement, très légèrement détournés des miens et un courant glacial m'a aussitôt traversée, car j'ai eu la certitude qu'elle aussi savait ce que Brendon avait fait. Terrifiée, j'ai ouvert la bouche, mais elle a parlé la première.

— Il s'est bien débrouillé hier soir.

— Davina...

— Maintenant, si vous voulez bien, j'aimerais me reposer.

Elle a fermé les yeux, m'informant que je devais partir. Mais je suis restée. J'étais paralysée, envahie par la panique et la confusion.

— Alors c'est un secret contre un autre ? ai-je dit, croyant que j'avais compris.

Elle a brusquement rouvert les yeux, puis son regard s'est enflammé et j'ai su instantanément que je m'étais trompée.

— Votre mari est donc aussi un menteur.

Elle n'était pas au courant que je savais qu'elle était Rebecca Dupree.

— Je... il... Je suis sa femme. Je suis sûre qu'il me l'a révélé sans réfléchir.

— Dites à Brendon de venir me voir, a-t-elle lâché, le regard furieux.

Je me suis demandé si c'était une menace. J'aurais tellement voulu pouvoir retirer ce que j'avais dit.

— C'est un bon garçon, ai-je marmonné en me sentant aussitôt idiote.

Après tout, il avait incendié sa maison.

— Et dites-lui de m'apporter les affaires que j'ai laissées dans la remise.

Elle a baissé les paupières, tandis que sa narine intacte s'ouvrait et se refermait rapidement.

Je suis repartie, l'esprit en ébullition. Au moment de tourner dans notre allée, j'ai continué à rouler tout droit. La perspective de revoir ma famille... surtout Brendon... C'était trop.

Je me suis garée au bord de l'exploitation et j'ai marché jusqu'aux décombres de la cabane, puis je me suis assise à côté du poêle à bois et j'ai contemplé la forêt. Tout était silencieux, les arbres et les animaux étaient épuisés après la tempête de la veille. J'entendais le fleuve à ma droite et un faible chant d'oiseau dans les hautes branches. J'ai pensé à Bee, puis à Brendon, et je me suis demandé comment je pouvais aussi mal connaître mon fils.

Et mes filles. Et mon mari.

Peut-être que nous ne sommes pas ceux que nous paraissons, chacun modifiant son discours pour présenter une version plus noble de lui-même qui le fait paraître meilleur.

Sentant que je n'étais pas seule, j'ai ouvert les yeux et vu un papillon devant moi, flottant dans la douce brise.

— Coucou, mon abeille.

Ses ailes étaient bleu nuit, et quand elles se sont ouvertes, j'ai aperçu une touche de blanc éclatant. Il voletait près de moi, me tenant compagnie ou essayant de me dire quelque chose. Puis le vent a tourné, et il s'est éloigné.

Un instant plus tard, le chat est apparu. Il est passé fièrement à côté de moi, puis s'est retourné et a daigné me saluer d'un petit coup de museau. C'était un beau matou – gris aux yeux jaune-vert. J'ai supposé que c'était lui qui avait attaqué Banjo, mais je ne lui en ai pas voulu. Davina avait raison, il défendait simplement son territoire.

Comme Brendon, ai-je pensé en le grattant derrière les oreilles.

Des larmes ont mouillé mes yeux. J'étais certaine qu'il avait fait ça pour moi. Il savait combien je désirais la maison de Farmington et a cru que le seul obstacle était la cabane.

La voix de mon grand-père a résonné dans ma tête : *Marie, c'est en cessant de désirer des choses qui ne comptent pas qu'on commence à s'amuser*. Il l'avait dit en me lançant un clin d'œil, puis s'était déshabillé et, en riant, il avait couru en caleçon comme un fou jusqu'au fleuve. J'étais devenue écarlate car c'était la première fois que je le voyais presque nu. Puis j'avais éclaté de rire et m'étais débarrassée de mon sweat-shirt et de mes chaussures pour le rejoindre dans l'eau.

J'ai perdu de vue cette vérité simple et éternelle en me persuadant qu'une maison m'apporterait du soulagement. Je devrais pourtant savoir que tout ce qui n'est pas fait de chair et d'os ne satisfait l'âme que brièvement et superficiellement. Je me suis penchée en avant pour poser les coudes sur les genoux. La pluie avait emporté la cendre, laissant la terre noire et humide. À une trentaine de centimètres de mes baskets, une pousse solitaire avait germé. Je l'ai regardée, et j'ai imaginé combien cet endroit serait différent dans un an.

Finalement, je me suis levée et je suis retournée en chancelant à ma voiture. Pendant un moment, le chat m'a suivie, mais, vers la moitié du chemin, il a fait demi-tour et, la tête haute, s'est éloigné avec dédain. Il était aussi fier de lui que s'il avait magnifiquement fait son travail, ce qui m'a presque fait sourire.

Quand je suis arrivée à la maison, toute ma famille était là ainsi que Rock. Je lui ai expliqué ce qui était arrivé à Davina, et comme on pouvait s'y attendre, il a mal pris la nouvelle. Il a fort caractère et s'emporte si facilement qu'il me rappelle beaucoup ma mère.

Et Bee.

Mes yeux s'ouvrent brusquement, et je regarde fixement le point devant moi où voletait le papillon.

Il n'y a rien, mais l'illusion persiste. Mon esprit reste suspendu entre le passé et le présent, tandis qu'il se démène pour saisir une pensée qu'il n'arrive pas tout à fait à capter. Plissant les yeux, je visualise le battement d'ailes et la touche de blanc éclatant. Puis, comme un bateau traversant le brouillard, il me vient une idée qui n'existait pas avant, de plus en plus lumineuse, jusqu'à ce qu'elle devienne claire dans mon esprit.

Je me tourne pour en parler à Leo, mais il dort si profondément que je ne veux pas le réveiller. Il paraît si fatigué même dans son sommeil, il a vieilli de douze ans en deux mois. Et pourtant, il est toujours aussi beau. Je me rappelle ce qui m'a fait tomber amoureuse de lui : c'est un homme bien et courageux, noble et dévoué. Je me penche vers lui, dépose un léger baiser sur ses lèvres, et il commence à remuer.

— Hummm.

Puis il m'attire contre lui et, sans préambule, commence à me déshabiller.

Ses mitaines en gaze rendent l'opération si comique que nous sommes pris d'un fou rire. Je lui donne un coup de main… des deux mains… et sans cesser de rire, nous nous retrouvons. C'est à la fois familier et nouveau, et aussi puissant qu'une grande bouffée d'oxygène dans mes poumons.

Il roule sur le côté en souriant.

— Salut, dit-il.

— Salut.

Puis il referme les yeux et, en quelques minutes, se rendort. Je l'envie terriblement. L'espace d'un instant, je l'observe, puis avec un soupir satisfait, je descends du lit, enfile des vêtements propres et descends rapidement à la cuisine. Je mets la cafetière en marche, puis m'installe à table devant mon ordinateur. L'un de mes enfants a des ennuis, mais cette fois, je peux agir. Avant toute chose, je suis une mère. Davina aussi. C'est donc par là que je vais commencer.

56

Leo

Je me réveille avec le sourire et l'envie de chanter. Depuis des semaines, je cherchais le moyen de combler le fossé qui se creusait entre nous, rêvant d'une profonde réconciliation qui nous ferait redevenir ceux que nous étions avant que nos vies déraillent. Et puis bam ! Elle m'a embrassé d'un coup, et nous avons ri grâce à mes bandages qui ont rendu la situation très comique. C'était beaucoup mieux que la profonde solennité que j'avais imaginée.

Comme le beurre de cacahuète et la gelée, les tomates et le fromage, le vin et les crackers, ça fonctionne naturellement entre Marie et moi.

Je prends une profonde inspiration et expire, tandis que des larmes de soulagement me picotent les yeux. J'ai l'impression qu'on vient de me sortir d'un précipice vraiment terrible. Je dors toujours après l'amour. Sur mes deux oreilles. C'est un des aspects les plus agréables de l'acte, le moment de satisfaction sans rêve qui suit. Et aujourd'hui, c'était particulièrement satisfaisant.

Revigoré, j'enfile mes baskets et descends l'escalier en quelques bonds, excité à l'idée d'aller courir.

Marie est dans la cuisine avec Pen. Elle a les yeux fixés sur l'écran de son ordinateur, tandis que Pen décore des muffins à l'aide d'une poche à douille.

— Coucou, dis-je à Marie.

Elle lève les yeux et rougit à cause de notre secret coquin, et je sens une nouvelle montée d'adrénaline dans mes veines.

— Qu'est-ce que tu fais ?

À mon avis, elle est occupée à essayer de trouver un nouveau travail.

— Je cherche la fille de Davina, répond-elle à ma grande stupéfaction.

Je m'immobilise.

— Est-ce qu'elle t'a demandé de le faire ?

J'espère qu'elle ne perçoit pas le malaise dans ma voix. Évidemment, je repense à la réaction de Davina lorsque je lui ai montré les résultats du test ADN. Tout ce qu'elle souhaite depuis notre arrivée, c'est que nous la laissions tranquille, et hélas, nous avons fait exactement le contraire.

— Je découvre qu'il est vraiment difficile de retrouver une personne qui a quitté le pays.

— Peut-être que ce n'est pas à nous de…

— Mais j'ai une idée.

Je m'aperçois en la regardant – ses yeux rouges, ses cheveux qu'elle n'a pas brossés depuis des jours – qu'elle manque vraiment de sommeil. Son cerveau ne fonctionne sans doute plus correctement.

— Il s'appelle Mozaffar Taheri. En tout cas, c'était son nom…

— Jags…

— Il était consultant en pilotage de drones pour l'armée. C'est probablement dans ce contexte que Davina et lui se sont rencontrés.

J'ignore totalement comment elle sait tout ça, mais elle a toujours été très douée pour effectuer des recherches.

— Je suppose qu'il n'a pas changé de métier. C'est donc par là que j'ai commencé. Il n'y a qu'une poignée d'entreprises spécialisées dans les drones.

— Je suis sûr que Davina s'est déjà renseignée.

— Non, répond Pen.

Surpris, je lève les yeux, car j'avais oublié sa présence.

— Non quoi ?

— Davina ne l'a pas cherché. Rose non plus.

Marie sursaute en même temps que moi. Quel parent ne chercherait pas l'enfant qu'on lui a pris ?

— Elle ne voulait pas chambouler la vie de Rose, poursuit-elle, le front plissé.

— Comment ça, chambouler ? demande Marie.

— Elle a dit qu'à sa sortie de l'hôpital, elle ne pouvait plus être une maman et qu'il lui a fallu beaucoup de temps pour aller mieux. Quand elle s'est sentie mieux, Rose était déjà grande, et elle n'a pas voulu chambouler sa vie.

Elle baisse les yeux vers la poche à douille, puis regarde Marie.

— Moi, je voudrais que tu fasses tout pour me retrouver.

Marie tend les bras et Pen descend de sa chaise pour se blottir contre elle.

— Je te retrouverais quoi qu'il arrive, dit Marie dans ses boucles. J'irais même jusqu'au bout du monde.

Finalement convaincu par sa démarche, je pousse un soupir résigné.

— D'accord. Est-ce que je peux te donner un coup de main ?

— Eh bien, dit Marie en libérant Pen, j'ai dressé une liste de toutes les entreprises fabriquant des drones en Iran, le pays d'origine de Mozaffar, et autour. Je pense que je vais parcourir le répertoire de chacune d'elles jusqu'à ce que je trouve son nom. Mais s'il a changé d'identité, ce qui est possible, je ne sais pas ce que je ferai. Certains sites affichent des portraits, au moins ceux des cadres, alors ce serait utile de savoir à quoi il ressemble.

— Moi, je sais ! dit Pen.

Elle part en courant et disparaît par la porte cachée qui mène au sous-sol.

Elle revient à toute vitesse avec un album photo qu'elle pose sur la table avant de le feuilleter.

— Voilà, dit-elle en pointant le doigt sur un portrait. Là, c'est Rose. Et là, c'est son père.

Davina nous regarde depuis la photo, jeune femme à côté d'un homme portant une fillette aux cheveux frisés – une magnifique petite famille immortalisée par un objectif.

— Dites donc, vous avez vu comme Davina était belle ? fait Marie.

Elle a raison. C'était une femme d'une grande beauté, gracieuse et élancée, avec un sourire charmeur qui captive l'œil. L'homme est beau, lui aussi, et sérieux. Il a la peau olivâtre, d'épais cheveux noirs, une barbe de quelques jours, et un grain de beauté en forme de virgule sous l'œil droit.

Brendon entre, fraîchement douché et vêtu de son plus beau jean. Il porte le sac à dos de Davina à l'épaule et un duvet sous le bras.

— Maman, tu peux m'emmener à l'hôpital maintenant ?

J'ai envie de lui dire que Marie a besoin de repos, mais je vois combien son expression est intense et comment elle le regarde. De toute évidence, je gaspillerais ma salive. Je tourne plutôt l'ordinateur vers moi.

— Vas-y, je m'occupe des recherches.

Pen tend le bras devant Marie et tire délicatement sur la photo à côté de celle que nous regardions. C'est un portrait de Davina et de Rose.

Elle la remet à Brendon.

— Donne-lui ça.

Puis elle retourne au plan de travail en sautillant, sort quatre muffins de leur moule et les pose sur une assiette qu'elle apporte ensuite à son frère.

— Et puis ça.

Il lui sourit.

— Beau travail, Penouille.

Marie et moi nous regardons. Ça fait longtemps qu'il ne l'a pas appelée par le surnom qu'il lui donnait quand elle était bébé, et encore plus longtemps qu'il n'a pas été aussi gentil.

Je les regarde se diriger vers la porte et revois instantanément la cellule que nous formions autrefois. Mes yeux glissent vers l'album et le sourire radieux de Davina qui pose avec sa jolie famille. Il y a seulement deux mois, j'étais moi aussi totalement inconscient de la facilité avec laquelle la mienne pouvait disparaître.

57
Hannah

Je regarde fixement l'écran jusqu'à ce que les mots soient flous. J'ai lu cet e-mail tant de fois que ses caractères sont gravés à jamais dans mon cerveau. C'est le message le plus beau et le plus douloureux que j'aie jamais lu. Il commence par s'excuser d'être un mauvais écrivain et de ne pas savoir comment s'y prendre pour ce genre de chose. Ensuite, il me dit combien je compte pour lui, avant de m'expliquer qu'il ne peut pas continuer à me voir. Il tient énormément à Davina et ça le tue de la voir sans arrêt blessée. Et même s'il sait que rien de tout ça n'est ma faute, il a l'impression de la trahir en restant avec moi.

Cœur brisé. Cette expression prend tout son sens, car mon cœur est comme cassé en deux. Le sang dans mes veines coule mal, si bien que je n'arrive plus à réfléchir et que j'ai à peine l'énergie de bouger. Même si on se voyait depuis peu, je pensais déjà à lui en permanence, et mon monde avait commencé à tourner autour de lui.

Avec un soupir saccadé, je ferme la fenêtre de ma messagerie et me concentre sur les soucis des autres. Une nouvelle lettre à Juliette est arrivée hier soir, écrite par une jeune femme de l'Alaska.

Chère Juliette,
J'ai récemment rencontré un homme et je suis tombée amoureuse de lui. Il est gentil, généreux et me fait rire. Il dit qu'il ressent la même chose pour moi, et que je le traite mieux que personne ne l'a jamais fait. Le problème, c'est que sur le plan de l'intimité, il dit qu'il ne me trouve pas désirable à cause de mon poids. Je suis grande et j'ai des formes généreuses. Mais il est toujours sorti avec des femmes minces et ne croit pas pouvoir faire abstraction de mon physique. Je ne comprends pas comment on peut aimer une personne et ne pas la désirer. Faut-il que je reste avec lui ou que je le quitte ?
Bien à toi,
Amanda

Une réponse me vient immédiatement à l'esprit : *L'amour, ça craint.* Je tape cette phrase, puis l'efface. Je regarde fixement l'écran un long moment avant de me mettre à écrire pour de bon.

Chère Amanda,
Merci pour ta lettre. Les relations amoureuses sont naturellement compliquées. Elles ont de multiples facettes. Apparemment, l'homme dont tu dis être amoureuse et toi avez beaucoup de choses en commun : l'intelligence, la gentillesse, l'humour. Mais il ne t'aime pas comme tu le mérites. J'ai récemment rencontré une femme qui a eu un terrible accident quand elle était jeune et a souffert de brûlures sur plus d'un tiers du corps. Lorsque je l'ai rencontrée, je n'ai vu que ses cicatrices. Mais au bout d'un court moment, mon admiration et mon affection pour elle sont

devenues si fortes que non seulement je ne voyais plus immédiatement ses cicatrices, mais j'ai commencé à la trouver belle. Ses yeux intacts étaient les fenêtres d'une âme remarquable dont je ne voulais tout simplement plus m'éloigner. Il y a de la beauté dans toutes les formes, tailles et courbes, et s'il ne te désire pas telle que tu es, il ne te voit pas véritablement, alors que tu mérites d'être vue. Comme tout le monde.
Avec tout mon amour,
Juliette

Je clique sur « Envoyer », pousse un soupir et m'appuie contre la tête de mon lit, tandis que mon cerveau m'élance autant que mon cœur. Rock me voyait vraiment telle que j'étais, et je ne sais pas si je rencontrerai à nouveau quelqu'un comme lui un jour.

58

Davina

Brendon est assis dans le fauteuil à côté de mon lit d'hôpital, mon sac à dos et mon duvet à ses pieds. Il paraît nerveux et ses yeux glissent sans cesse vers mon plâtre.

Je le laisse mariner. Ce qu'il a fait est grave, il faut qu'il le sache.

La photo de Rose et moi qu'il a apportée est posée sur ma tablette avec les muffins aux mûres. Je me souviens du moment où elle a été prise. Ma mère adoptive riait tandis que Rose se rebellait en gigotant dans mes bras. « Telle mère, telle fille », disait-elle. D'après ses souvenirs, j'avais été une enfant vive et entêtée, et il ne faisait aucun doute que Rose avait hérité de mon tempérament.

Je lui avais demandé de prendre cette photo pour l'offrir au colonel pour son anniversaire, un portrait de Rose dans mes bras, sans Moz. Le vieil homme n'avait jamais apprécié mon mari. Il avait peut-être flairé son manque de personnalité dès le début, alors que je ne l'ai remarqué que lorsqu'il a été trop tard.

Rose avait environ un an. Ces premières années ont été les plus heureuses de ma vie de mère. Après mon congé maternité, j'avais demandé à être transférée au service national et on m'a envoyée à l'hôpital des anciens combattants dans le Queens. Moz était ingénieur en chef sur un nouveau projet d'exploration lunaire par drone, dont le quartier général était à Manhattan. Nous habitions dans un trois-pièces à Greenwich Village. Nous étions occupés et aussi fous l'un que l'autre de Rose, ce qui rendait notre relation tumultueuse supportable.

C'est lorsque ma mère est tombée malade, quelques années plus tard, que les choses ont commencé à dégénérer. Moz m'en voulait de lui rendre fréquemment visite et de dépenser beaucoup d'argent pour ses soins. C'est parce qu'il se plaignait sans arrêt de cette charge financière que j'ai signé pour une nouvelle période de service. De toute évidence, on allait devoir envoyer ma mère dans un centre de soins palliatifs, et je savais que Moz ne proposerait pas de le payer. Mon départ à l'étranger s'accompagnerait d'une promotion et d'une augmentation considérable. Je n'aurais qu'à servir un an, puis je pourrais rentrer chez nous en conservant ma promotion et mon augmentation. Mais trois mois après le jour de mon arrivée sur le terrain, le camion a heurté l'engin explosif.

— Vous voulez que j'appelle une infirmière ? demande Brendon, me faisant prendre conscience que je grimaçais.

— Non.

J'inspire entre mes dents serrées. C'est bon signe si je souffre, ça veut dire que l'opération a marché : les nerfs se régénèrent et les ligaments guérissent. Mais ça fait un sacré mal de chien.

— Donne-moi juste une seconde.

Brendon remue avec un air gêné, les poings serrés sur ses cuisses. C'est trop difficile de regarder quelqu'un souffrir, surtout quand on se sent responsable.

— J'ai besoin que tu fasses deux choses pour moi, dis-je lorsque le pire est passé.

Il a l'air de redouter ce que je m'apprête à lui demander. Tant mieux. Il faut qu'il ait peur.

— D'abord, j'aimerais que tu demandes à ta mère de te déposer à Franklin pour que tu conduises mon bateau à ma nouvelle maison.

— Vous en avez une ?

Sa surprise est suivie par une inspiration qui reste coincée dans sa gorge. Son sentiment de culpabilité crève les yeux : il vient de comprendre que son crime était encore plus grave, car totalement inutile.

— Oui. Elle appartenait autrefois à ma mère adoptive. C'est la première propriété au sud de l'exploitation. Il y a un ponton juste assez grand pour un seul bateau, qui dépasse d'une partie de la berge couverte de souchet. Tu penses pouvoir y arriver ?

Il hoche lentement la tête, et je le regarde redresser le dos avec un air responsable.

— Deuxièmement, avant de te rendre sur le quai, il faudrait que tu passes au bureau du shérif.

Il écarquille les yeux.

— Il a besoin d'un témoignage sur la soirée d'hier.

Il ouvre la bouche, mais je poursuis sans lui laisser le temps de parler.

— Tu devras lui raconter comment le chien s'est pris la patte dans le piège. Ses adjoints ont attrapé le gars qui l'a posé. Ils pensent aussi que c'est lui qui a mis le feu à la cabane.

Sans le vouloir, il secoue la tête, toujours bouche bée.

Je soutiens son regard.

— Avec un peu de chance, il retiendra la leçon.

Le mouvement de sa tête change de direction. Il la hoche presque avec enthousiasme et je m'efforce de retenir un sourire.

Comme l'a dit Marie, c'est un bon gamin. Il a commis une erreur terrible, parce qu'il était convaincu d'agir pour la bonne cause. J'ai pris la décision de ne pas révéler mes soupçons à Cory avant que nous ayons atteint le quai. Marie et sa stupide menace n'ont rien à voir avec ça. Ce que j'ai vu hier soir, c'est un gamin qui m'a proposé son aide, qui a fait le nécessaire pour sauver son chien et qui mérite une deuxième chance. Danny Canton en a eu des tas, et il les a toutes gâchées.

— La clé du bateau est là.

Je désigne la tablette d'un mouvement de tête.

Il se lève et la prend en marmonnant un remerciement étranglé.

Lorsque la porte se referme derrière lui, je pousse un profond soupir et appuie sur la pompe à morphine, totalement épuisée par cet échange. Par chance, la drogue fait rapidement effet, et je somnole en revoyant Rose dans mes bras, tandis que ma mère adoptive rit aux éclats.

59
Brendon

Je suis sur le fleuve dans le bateau de Davina. C'est différent de naviguer à contrecourant. Il faut que je monte un peu plus les gaz et que je maintienne le gouvernail vers la gauche pour résister au courant qui me pousse continuellement vers la berge. Pendant le trajet qui nous menait ici, mon père m'a raconté que Merrimack était un nom dérivé du terme autochtone *merruh auke*, qui signifie « endroit fort ». Je le confirme, cette rivière possède une puissance prodigieuse, presque surnaturelle.

Le temps aujourd'hui est incroyablement ensoleillé et clair, comme si l'orage d'hier soir avait tout nettoyé. Je dépasse plusieurs petits hors-bords semblables au mien, ainsi que deux kayakistes et une équipe universitaire d'aviron. Tous m'adressent un signe de tête ou de la main, et je leur réponds, content de faire partie de leur monde. Sur les berges, je vois des pêcheurs, des gens qui se prélassent sur de petites plages, des enfants qui jouent dans l'eau, et je commence à apprécier cet endroit et les choses que je n'avais jamais remarquées.

Je prends garde de ne pas regarder ailleurs trop longtemps. La tempête a dispersé des branches et d'autres débris dans l'eau, et je ne veux pas faire de bêtise. Maman était nerveuse à l'idée de me laisser partir seul, il a fallu que je me montre très convaincant en lui assurant que j'étais capable de m'en sortir.

Même si elle n'a toujours pas dit un mot à propos de l'incendie, je sens un changement entre nous. Nous étions mal à l'aise pendant le trajet jusqu'à l'hôpital, comme si nous avions tous les deux peur de parler. Finalement, elle a allumé la radio et monté le son. Et quand je l'ai rejointe dans la voiture après avoir vu Davina, elle n'a même pas demandé comment ça s'était passé. Je lui ai expliqué ce que j'avais à faire, sans parler de la visite au bureau du shérif, et nous avons roulé jusqu'à Franklin en silence, la musique bruyante comblant le vide.

Elle m'a déposé sur le quai, puis elle est restée un instant tandis que je faisais semblant de me diriger vers le bateau. Lorsqu'elle est enfin repartie, j'ai attendu dix minutes de plus au cas où, puis je suis allé en ville. Heureusement, il y avait juste un adjoint quand je suis arrivé au bureau du shérif. Il m'a posé quelques questions sur le piège – à quel endroit il était, à quelle heure Banjo s'était fait prendre, est-ce que j'avais croisé quelqu'un dans les bois. J'ai surtout répondu avec des mouvements de tête, des « oui, monsieur » et des « non, monsieur ». Il n'a pas du tout parlé de l'incendie.

Lorsqu'une grosse branche dérive vers moi, je relâche les gaz et la contourne prudemment.

Catastrophe évitée. C'est si facile, et en même temps, une pure question de chance. Une oie qui vole au-dessus de ma tête, une distraction sur la berge, et j'aurais pu la manquer. Je commence à apprendre que nous avons moins de contrôle sur les choses que nous le croyons.

Tout est calme maintenant. Cette partie du fleuve étant moins fréquentée, je suis seul sur l'eau. Je repère la hutte d'une famille de castors construite au bord de la berge et m'émerveille de leur ingéniosité. Haut dans les arbres, des oiseaux crient et trillent, et je suis curieux de savoir ce que signifient ces sons. J'avance lentement, sans me presser. Les couleurs sont étonnantes dans la lumière vive du soleil de l'après-midi – ciel bleu vif et herbe verdoyante, « smaragdin », aurait dit Bee. Elle prétendait que c'était sa couleur préférée, mais je crois que c'était surtout ce mot qui lui plaisait.

Je repère le petit ponton que m'a décrit Davina – le bois usé devenu gris, à peine visible dans l'herbe haute. Je baisse les gaz pour aller un peu plus au nord, puis je coupe le moteur et laisse le courant et l'élan faire le reste, comme elle me l'a appris. J'ai mal évalué la distance et le hors-bord heurte le ponton avec un bruit sourd au lieu de se glisser en douceur à sa place, mais ce n'était pas si mal. Je pousse un soupir de soulagement, content que le bateau et moi soyons arrivés en un seul morceau.

Je l'attache à un poteau et descends. En haut de la berge escarpée, j'aperçois juste une cheminée en briques et une partie d'un toit à bardeaux en bois. Je grimpe la pente et souris lorsque le reste de la maison apparaît. On dirait une petite maison de conte de fées, jaune clair avec des volets blancs et une haie de fleurs rouges. À gauche, je vois un garage et deux camionnettes garées devant. J'en reconnais une, pas l'autre.

Je cherche Rock du regard, mais la seule personne que je vois est un homme costaud en chemise écossaise agenouillé sur le toit, un marteau à la main. Il me remarque en même temps que je le remarque, et nous nous regardons dans les yeux. J'ai aussitôt un mauvais pressentiment.

Baissant la tête, je file vers la route.

Il me reste une centaine de mètres à parcourir lorsqu'une voix grave se fait entendre derrière moi.

— Alors comme ça, on s'amuse à rôder.

Je m'immobilise. Conscient que je n'arriverai pas à le semer, je me retourne. L'homme, qui mesure plus d'un mètre quatre-vingts, me fusille du regard, le marteau serré dans son poing comme une arme.

— Brendon !

Rock trotte vers nous.

— Qu'est-ce que tu fais là ?

Il le demande joyeusement, comme si nous étions de vieux copains, alors que nous n'avons jamais échangé plus de deux mots.

— Davina m'a demandé d'amener son bateau ici.

Je lève bêtement la clé pour le prouver.

— Tu l'as vue ? demande-t-il d'un ton vexé.

— Elle avait besoin de ses affaires restées dans la remise à bois, et je suppose qu'elle a pensé que j'avais une dette envers elle.

Je me risque à regarder l'homme.

— Elle a raison. Je lui dois la vie de mon chien.

— Et un petit doigt, grogne-t-il en serrant le marteau si fort qu'il tremble.

Je ferme le poing gauche au cas où ce serait une vraie menace.

Rock pose la main sur son épaule.

— Détends-toi, Lloyd. Ce n'est pas ce gamin qui a posé le piège, et leur chien a perdu une patte.

Ses paroles font écho à ce qu'a dit papa ce matin, et je lui en suis incroyablement reconnaissant.

Lloyd ne semble pas du genre à se détendre, mais, heureusement, il pivote sur les talons avec un grognement fâché et retourne vers la maison.

Rock pousse un soupir.

— Merci, dis-je.

— Viens. Je te ramène. C'est pas une bonne idée de te balader par ici tout seul.

En grimpant dans la camionnette, j'adresse un signe de tête à Lloyd, qui est remonté sur le toit.

— Qu'est-ce que vous faites, tous les deux ?

— On retape la maison en attendant le retour de Davina. Les personnes qui habitaient ici ont accepté de déménager plus tôt que prévu après ce qui lui est arrivé, histoire qu'elle ait un endroit où récupérer quand elle sortira de l'hôpital. Des gens bien.

Je hoche la tête. Je commence à découvrir qu'il y en a beaucoup dans cette petite ville.

— Lloyd répare le toit et construit un poulailler. Moi, j'essaie de lui préparer un jardin.

— Tu essaies ?

— Je tombe sur un tas de pierres et de souches, alors ça me donne beaucoup plus de travail que prévu. Je vais y arriver, mais il faudra peut-être commencer par un petit jardin.

— Je peux t'aider ?

Il me jette un regard en coin et je comprends que je risquerais de recroiser Lloyd et qu'il vaut mieux que je garde mes distances.

Nous roulons encore un peu en silence.

— Mes sœurs lui ont trouvé des meubles et des objets dans le sous-sol, dis-je lorsque nous avons presque atteint notre allée.

Il hoche la tête et prend le virage.

— Elles vont bien ? demande-t-il en essayant maladroitement de prendre un ton désinvolte.

Je sais bien que sa question concerne plus une de mes sœurs que l'autre. Je hausse les épaules avec un air évasif. Non, Hannah ne va pas bien. Elle est restée enfermée dans sa chambre toute la matinée, et je l'ai entendue pleurer plusieurs fois. Je le regarde brièvement et remarque sa mâchoire serrée. Il a l'air aussi malheureux qu'elle.

— Tu devrais peut-être lui parler.

Il fronce plus les sourcils et secoue la tête.

— Vous allez partir, mais moi, je dois continuer à vivre ici.

Je comprends. Après ma rencontre avec Lloyd, je m'aperçois qu'il est dans une situation délicate.

Il arrête la camionnette devant la maison.

— Merci, dis-je en descendant.

Il ne répond pas, les yeux levés vers la fenêtre de ma sœur.

60
Penelope

Nous rentrons chez nous dans deux jours. Les bandages de papa ont été enlevés hier, alors il peut enfin conduire. Il faut juste que nous finissions de repeindre la maison.

Ses mains sont toujours abîmées. Leur peau est couverte de cloques rouges et des bouts jaunes se décollent autour des ongles. Il a mal quand il s'en sert, et je l'ai entendu plusieurs fois se demander comment Davina avait fait pour supporter ses brûlures en grimaçant de douleur. J'essaie de ne pas grimacer avec lui, mais c'est dur, autant que de se retenir de bâiller quand quelqu'un bâille.

Je suis avec Hannah dans la cuisine. Elle prépare un gâteau pour la fête de retour de Davina qui a lieu demain. Mais nous n'y sommes pas invités parce que tout le monde continue à nous détester à Franklin. C'est injuste. Le garçon stupide qui a incendié sa maison est en prison, et ce n'est pas nous qui avons posé le piège qui lui a coupé un doigt. Nous n'avons jamais voulu que tout ça arrive, et nous aimons Davina au moins autant qu'eux.

Pendant qu'Hannah cuisine, je feuillette les albums photo assise à la table. Je cherche les trois plus beaux portraits pour les mettre dans les cadres noirs gravés que nous avons trouvés dans le sous-sol. Ce sera mon cadeau pour décorer sa nouvelle maison.

J'ai déjà choisi la première, une photo de notre arrière-grand-père et elle devant la cabane, à l'époque où Davina avait à peu près l'âge d'Hannah. Un bras posé sur ses épaules, il rit, tandis qu'elle lui sourit malicieusement.

J'en voudrais une d'elle avec sa mère adoptive et, bien sûr, une avec Rose. Mais il y en a beaucoup. Il faut que je choisisse les plus belles et celles qui lui donneront le sourire.

Banjo est assis à côté de moi, les oreilles dressées et la tête penchée sur le côté. Je partage mes Cheerios avec lui en travaillant. Il s'en sort super bien avec seulement trois pattes. Il lui a fallu moins d'une journée pour réapprendre à marcher, et maintenant, il sautille comme si c'était la chose la plus naturelle au monde. Ça ne semble même pas l'attrister, il agite gaiement la queue comme s'il ne s'était rien passé du tout.

Brendon est beaucoup plus soucieux. Il a fait toutes sortes de recherches sur les prothèses et même demandé à papa de lui faire implanter une patte, histoire de le transformer en Banjo « bionique ». L'idée lui a plu, mais il a répondu que nous ne pourrons payer l'opération que si nous vendons cette maison. Apparemment, beaucoup de choses dépendent de ça. C'est bizarre. Avant de venir ici, mes parents ne parlaient jamais d'argent, mais ces derniers temps, on dirait que ce sujet les obsède.

Je lance une céréale en l'air et Banjo se dresse sur ses pattes arrière, l'attrape, puis atterrit facilement sur son unique patte avant.

— Bon chien, dis-je, fière de lui.

— Goûte, dit Hannah en me tendant un batteur enrobé de glaçage blanc. Trop sucré ?

Un peu, mais Davina raffole des sucreries.

— Non. Parfait.

Elle retourne au plan de travail et j'ouvre un nouvel album, celui-ci rempli de photos de mon arrière-grand-père quand il était à la guerre. Il a l'air important - il y a plein d'hommes et de femmes en uniforme autour de lui, et il est toujours au centre. Sur l'une d'elles, on dirait qu'il fait les cent pas devant un grand nombre de soldats qui ont des pistolets à la ceinture et des fusils à l'épaule. Tous leurs yeux sont fixés sur lui, et il ouvre la bouche comme s'il était au milieu d'une phrase. Je me demande ce qu'il dit. Ça doit être très difficile de trouver les mots pour envoyer des gens à la bataille.

J'entends papa dehors qui demande quelque chose à Brendon. Ils travaillent comme des acharnés tous les deux pour finir de repeindre la maison. Ils s'y mettent dès qu'il fait jour et s'arrêtent seulement quand il fait trop noir pour y voir. C'est bizarre comme ils sont devenus proches. C'est comme s'ils avaient juste eu besoin d'une mission en commun.

Je sors une photo de l'album et la pose sur la pile des « peut-être ». C'est un portrait de Davina à la remise de diplômes de son lycée. Je l'aime bien parce qu'on y voit sa mère adoptive et qu'elles sont bien habillées, toutes les deux. Mais elles ont l'air un peu crispé, je pense que je peux trouver mieux.

Au moment où j'ai cette pensée, une brise chaude entre par la fenêtre et fait tourner les pages. Je baisse les yeux et vois l'album ouvert sur une photo de Davina à peu près au même âge que moi. Elle est assise sur un rocher, une canne à pêche à la main, le regard perdu au loin. En l'observant, je pense à Bee. Davina et elle ne se ressemblent pas du tout, mais quelque chose sur la photo me captive – l'inclinaison de sa tête, ou peut-être sa façon de croiser ses pieds nus. Le jour de notre arrivée ici, Bee m'a conduite à Davina. Elle a mêlé nos vies et les a transformées pour toujours.

61

Davina

À travers la fenêtre de la voiture de Cory qui longe l'allée, j'aperçois au moins deux douzaines de personnes qui attendent devant la maison de ma mère adoptive.

— Eh bien, dis donc !

Les mots suivants restent bloqués dans ma gorge. Ce n'est pas rien de réaliser combien on est aimé.

Les deux petites-filles de Cory tiennent une banderole sur laquelle elles ont peint : *BIENVENUE CHEZ TOI, DAVINA !* avec les N dans le mauvais sens.

Bob et Emily ont déménagé plus tôt que prévu afin que j'aie un endroit où habiter à ma sortie d'hôpital. Ce sont des gens bien. C'est pour cette raison que ma mère leur a vendu la maison plutôt qu'à un autre couple qui proposait plus. Certains appelleraient ça le karma. D'autres diraient qu'on paye aujourd'hui les bonheurs à venir. « Ce sont tes bonnes actions qui font de toi celle que tu es et qui te tracent un avenir comme tu ne l'avais jamais imaginé », disait-elle.

— Prête ? demande Cory avec un sourire.

— Que la fête commence ! dis-je en descendant d'un bond de la voiture.

Mon petit doigt m'élance après ce long trajet, mais ce que je ressens surtout en marchant vers la foule, c'est une chaleur réconfortante sur mes épaules. Ma mère adoptive est là et m'encourage à avancer.

Je serre chaque personne dans mes bras. Elles sont toutes alignées comme à un mariage.

En arrivant devant Bob et Emily, je bafouille un remerciement ému, submergée par mes sentiments, l'air d'une vraie pleurnicheuse.

Bob hausse les épaules tandis qu'Emily agite la main comme si ce n'était pas grand-chose. Mais je remarque son rougissement et la façon dont son mari se tient droit : ils sont contents d'avoir fait une bonne action.

Je finis par me ressaisir.

— Une idée de qui l'a achetée ?

— Aucune, répond Bob. Toute l'affaire a été très mystérieuse et discrète.

— Cette personne a fait des pieds et des mains pour qu'on ne découvre pas son identité. Elle a payé comptant, et l'acte est à ton nom. Je suppose que c'est quelqu'un de célèbre, comme Donald Bren ou Ralph Lauren.

Ces deux hommes ont servi dans l'armée, M. Bren chez les marines et M. Lauren dans l'armée de terre. Mais qui que soit cette personne, j'espère qu'elle rougit aussi fort et se tient aussi droite qu'Emily et Bob.

Lloyd et Arleta sont les suivants.

— Oh ! mais qui voilà ? dis-je en admirant le bébé emmitouflé dans les bras de Lloyd.

Le nouveau-né tient presque entièrement dans sa grande main.

— Nous te présentons Sadie, répond fièrement Arleta.

— Ah, Sadie, un prénom qui signifie princesse, il va falloir la traiter avec le respect qui lui convient.

Je lance un clin d'œil à Lloyd, et il sourit si largement que ses joues doivent lui faire mal.

Ce prénom lui va comme un gant. De toute évidence, elle a déjà son père à ses pieds. Quel ours ! Je n'avais encore jamais rencontré un homme aussi dur à l'extérieur et tendre à l'intérieur. D'après Cory, Rock et lui ont retapé la maison toute la semaine. J'espère qu'Arleta et lui auront une ribambelle d'enfants, histoire que je puisse le rembourser.

Je passe à Linda et Al, puis, voyant Rock, je manque à nouveau de craquer en me rappelant que c'est lui qui a tout organisé.

— J'espère que tu as faim, dit-il avant que je puisse le remercier.

Linda sourit et Al éclate de rire. Depuis qu'il est né, ce gamin ne pense qu'à manger.

— Un peu, mon neveu !

Nous marchons jusqu'à une tente abritant un buffet sur la pelouse. Les tables sont couvertes de délicieux plats traditionnels dont je me souviendrai dans mes rêves pendant des années. Depuis que tout ce raffut a commencé, je n'ai plus beaucoup d'appétit. J'ai perdu tellement de poids que je flotte dans mes vêtements. Mais en voyant toutes ces bonnes choses, je me dis que je vais sûrement en reprendre au moins la moitié en un seul repas.

Tenant mon assiette dans ma main droite, je désigne les plats qui m'intéressent avec mon plâtre.

— Ça fait plaisir de voir que tu n'as pas perdu l'appétit, dit Rock avec un petit rire.

Mon assiette est bientôt si pleine qu'il est obligé d'empiler la nourriture.

— Sers-moi de ça, dis-je, l'eau à la bouche devant les macaronis au fromage. Et une part de ça.

Je lui montre le gâteau à côté.

— C'est Hannah qui l'a fait, murmure-t-il.

— Cette fille est tellement chou. Comment va-t-elle ?

Le couteau s'immobilise et il hausse les épaules.

— Tu ne sais pas ?

Il recommence à couper le gâteau sans répondre.

— Qu'est-ce que tu as fait ?

— Qui a dit que j'avais fait quelque chose ?

— Rock.

— C'est bon. Je me suis fâché.

— Fâché ? Contre qui ?

Il laisse tomber la part de gâteau sur le gratin de macaronis. Une montagne dangereusement vacillante s'élève sur mon assiette, et mon bras a du mal à la tenir droite.

— Contre eux.

— Parce que j'ai été assez stupide pour me coincer le doigt dans un piège à mâchoires ?

Il grommelle, saisit mon assiette et se dirige vers les tables disposées sur la pelouse.

— Tu n'es qu'un idiot, dis-je à son dos tourné en le suivant.

Il remonte les épaules, puis laisse bruyamment tomber l'assiette sur la table, ce qui fait basculer la part de gâteau. Il fait ensuite le tour, s'assied lourdement sur le banc et se prend la tête entre les mains.

J'enfourne une cuillerée de gâteau dans ma bouche. Il est délicieusement écœurant. Le dessert avant le plat : c'était une habitude que nous avions, le colonel et moi. Je prends une deuxième grosse bouchée.

— Alors rattrape le coup, dis-je en mastiquant.

— Pour quoi faire ? marmonne-t-il dans ses mains. Elle va partir.

Je le laisse mariner en continuant à engloutir le gâteau et les macaronis en alternance. J'ai découvert qu'un silence est souvent beaucoup plus efficace qu'un sermon.

Le gâteau et les pâtes étant terminés, je m'attaque au reste : côtelettes grillées, haricots, chou cavalier au lard et pain de maïs.

— Elle ne veut sûrement plus entendre parler de moi, dit-il en laissant tomber ses mains.

Lorsqu'il lève les yeux vers moi, il y a tant de regrets dans son regard que j'ai presque envie de lui témoigner ma compassion.

— Normal, je serais comme elle, dis-je, parvenant à ne pas craquer.

— Ouais, enfin, elle est plus sympa que toi.

— Tout à fait.

Je suce ma dernière côtelette jusqu'à ce qu'il ne reste rien et me lève.

— À mon avis, cette fille est trop bien pour nous deux.

— Où est-ce que tu vas ?

— À la maison. Je suis fatiguée après avoir autant mangé. Et je me fais vieille. Et j'ai mal au petit doigt.

Je suis à mi-chemin entre la table et la maison lorsque j'entends sa camionnette se diriger vers la route. Je souris en pensant qu'il s'apprête soit à se ridiculiser, soit à se comporter en chevalier. Espérons qu'il choisisse la deuxième option, mais connaissant Rock, ce n'est pas gagné.

J'entre dans la maison et un étrange vertige me saisit.

Appuyée contre le chambranle, j'attends qu'il passe. J'ai l'impression d'avoir voyagé dans le temps en un éclair. Je contemple le grain du bois sous mes pieds, le plancher en pin de mon enfance, et j'inspire l'odeur de la peinture fraîche et de produit à vitres.

Par la porte, j'entends mes amis rassembler leurs affaires et se dire au revoir. Puis, l'une après l'autre, leurs voitures s'éloignent.

Lorsque tout est silencieux, je prends une profonde inspiration et lève le visage.

Oh !

Je cligne plusieurs fois des yeux. C'est comme si un tour de magie avait eu lieu pendant que j'étais plantée là : la maison n'a rien à voir avec ce à quoi je m'attendais. Le lambris foncé et la tapisserie jaune citron de mon enfance ont disparu : les murs ont maintenant la couleur du blé d'été, tandis que les plinthes et les moulures sont blanches. La cuisine a des placards neufs, et la table ronde en pin est entourée de quatre chaises et décorée d'un vase en cristal rempli de marguerites. Dans le salon, il y a un canapé en velours doré qui semble venir d'un palais, un fauteuil en cuir bien rembourré et une table basse magnifiquement sculptée.

Je m'émerveille de la beauté de toutes ces choses et suis à nouveau submergée par un sentiment de gratitude envers la vie. Mon regard s'arrête sur le mur à côté du couloir. Trois photos encadrées sont soigneusement suspendues en colonne. Je me rapproche, et mes yeux se mouillent tandis que je contemple ces instants immortalisés. La première nous montre, le colonel et moi, devant la cabane quand j'étais adolescente. Nous sommes habillés chaudement, et les arbres sont orangés, donc c'est la fin de l'automne. Je ne me souviens pas de ce jour-là, ni de ce que nous faisions à cet endroit, mais à en juger par nos sourires, nous nous amusions bien.

Sur celle du dessous apparaît ma mère adoptive. Penchée sur un buisson de sureau couvert de fruits, elle en coupe une grappe avec son sécateur. J'avais presque oublié combien elle était belle, douce et lumineuse, faite pour l'amour et le rire. Je pose les doigts sur mes lèvres, puis sur la photo.

Sur la troisième, je pose avec Rose. Nous sommes dans le bateau sur le fleuve, en train de rentrer ou de partir. Elle a environ cinq ans. Son indomptable chevelure bouclée est longue, et son corps, mince. Mais elle a encore ses joues de bébé. Nous sommes assises côte à côte, et j'ai la main posée sur le gouvernail. Nos yeux se ressemblent tant qu'on dirait presque ma mère biologique et moi, une génération plus tôt.

Je la fixe si longtemps que la photo devient floue. C'est seulement lorsque j'entends la boîte aux lettres rouillée s'ouvrir et se refermer que je cesse de la contempler pour regarder par la fenêtre. Je me tourne juste à temps pour voir la voiture de Marie s'éloigner.

Intriguée, je vais vérifier ce qu'elle m'a apporté.

L'enveloppe est petite et couleur crème, et mon nom est griffonné dessus à l'encre bleue. Je l'emporte dans la maison, m'assieds sur le canapé doré et la pose sur la table basse. Je la regarde un long moment – un pressentiment, bon ou mauvais, m'empêche de l'ouvrir.

Les ombres s'allongent à mesure que le soleil se couche. Enfin, avec un profond soupir, je soulève le rabat.

À l'intérieur, il y a une carte en bristol sur laquelle est inscrit d'une écriture très précise :

Chère Davina,

Je vous prie d'accepter ce cadeau d'adieu dont vous ferez ce que vous voudrez. Il ne compense pas la souffrance que nous vous avons causée, mais parfois, on ne peut offrir que ce que l'on a. Le nom de votre fille est Nasrin Rendon. Elle vit avec sa famille à Hoboken, dans le New Jersey.

Dr Nasrin Rendon
nrendon@humc.org
www.humc.org/nasrin-rendon

Bien à vous,

Marie

P.-S. - Si vous étiez ma mère, j'aimerais que vous me retrouviez.

Mon pouls s'emballe. J'ai eu la même sensation au moment où je me suis coincé le doigt dans le piège. Je sais qu'en la contactant, je risque de perdre une autre partie de moi. Je pourrais bien ne jamais la récupérer, ce dont je ne me remettrais jamais.

62
Hannah

Je me réveille en entendant quelque chose heurter la fenêtre. Au début, je crois que c'est un oiseau qui donne de petits coups de bec pour entrer et, dans mon état de semi-conscience, je pense à Bee.

Comme le bruit recommence, je sors de mon lit en trébuchant, un élancement sourd dans la tête. Tirant sur les rideaux, je baisse les yeux et aperçois Rock sur la pelouse. Son visage rond est éclairé par la lune et il lève le bras, un caillou à la main.

Il m'adresse un grand sourire et me fait signe de descendre.

Je laisse le rideau retomber tandis qu'une dizaine de pensées se bousculent dans ma tête. *Mais qu'est-ce qu'il fait ici ? Je suis affreuse ! J'aurais dû faire comme si je n'avais rien entendu. Je n'arrive pas à croire qu'il soit venu.*

Un nouveau caillou frappe la vitre.

S'il abîme la fenêtre après tous les efforts que nous avons faits pour que cette maison soit prête à la vente, ma mère va me tuer !

Je tire le rideau sur le côté et hoche la tête pour qu'il arrête, et il sourit à nouveau. Je le fusille du regard afin de lui faire savoir qu'il n'est pas pardonné et le sourire s'efface de son visage.

J'enfile rapidement des vêtements et me brosse les cheveux. Puis les dents. Ensuite, gênée d'envisager une réconciliation et un éventuel baiser, je laisse tomber le brillant à lèvres que je m'apprêtais à appliquer dans son tiroir.

Après un coup d'œil à Pen, qui est étalée sur le lit, je sors de la chambre sur la pointe des pieds et descends l'escalier.

— Où vas-tu comme ça si tard ?

Je tourne la tête et vois ma mère sur le canapé, son ordinateur ouvert devant elle.

J'envisage de mentir, mais me surprends à lâcher :

— Rock est dehors.

Un sourire lui chatouille les lèvres.

— Il a lancé des cailloux contre ma fenêtre pour me réveiller, dis-je en rougissant.

Son sourire s'agrandit.

— Très shakespearien.

J'ai pensé exactement la même chose. Dans la pièce, il n'y a pas de balcon, seulement une fenêtre à laquelle Juliette apparaît lorsque Roméo vient au verger sous le couvert de la nuit. Je ne sais pas si c'est à cette histoire que Rock pensait quand il a eu l'idée de me réveiller, mais elle me plaît tant que je décide d'y croire au lieu de lui poser la question.

— Vous devriez descendre au fleuve. L'endroit est particulièrement beau sous les étoiles.

Mon cœur se gonfle. Je lui suis reconnaissante de me faire suffisamment confiance pour m'autoriser à me promener seule avec un garçon un soir. Je lui envoie un baiser et continue à marcher vers la porte.

Rock m'attend près des marches, un bouquet de marguerites à la main, avec un air de chien penaud.

— Désolé. Vraiment, vraiment, vraiment désolé.

Il gratte la terre avec son pied.

— J'ai failli venir plus tôt, juste après la fête de Davina, mais je sais combien tu aimes l'histoire de Juliette, alors j'ai pensé que ce serait mieux le soir.

Même si la lumière est faible, je le vois rougir.

— Je suis pas une espèce de Roméo ou quoi que ce soit, mais je me suis dit que ça te plairait.

Il a eu raison. Ça me plaît tellement que je ne sais même plus pourquoi j'étais blessée. Prenant les fleurs, je les approche de mon nez. Elles ne sentent pas grand-chose, mais ça m'est égal. Leur odeur me rappelle le jardin de Davina et les bois.

— Davina m'a traité d'idiot.

Je hoche la tête. Il n'a pas été très malin. Mais je connais aussi la raison pour laquelle il a agi de cette façon, et il est difficile d'en vouloir à quelqu'un pour sa loyauté.

Je pose les marguerites sur la balustrade, puis descends et le prends par la main.

— Et si on allait au fleuve ? J'aimerais le voir une dernière fois avant de partir.

— Comment ça ? demande-t-il d'une voix aiguë. Tu pars ? Mais je croyais que vous restiez jusqu'à la fin de l'été ?

— Changement de programme. Mon père peut conduire maintenant, alors on rentre chez nous demain.

Son visage s'assombrit.

— Davina avait raison. Je ne suis qu'un idiot.

Je hoche à nouveau la tête. On ne rattrape pas le temps perdu... pas même une minute... Et à cause de son choix, nous avons perdu huit précieux jours de bonheur.

— Il nous reste ce soir, dis-je.

Puis je me hisse sur la pointe des pieds et dépose un léger baiser sur ses lèvres.

Il lâche ma main, puis ses bras se glissent autour de ma taille pour m'attirer contre lui et m'embrasser passionnément. Nos bouches fusionnent. La sienne a un goût de sucre et de menthe poivrée, et je pense que j'associerai désormais le goût du glaçage et du dentifrice à ce moment, la fin la plus remarquable du plus remarquable été de ma vie.

— Alors c'est fini ? dit-il lorsque nous nous séparons.

— Non. Profitons de l'instant présent.

Et je l'embrasse à nouveau.

63
Marie

Hier, c'était le neuvième anniversaire des jumelles. Depuis que nous sommes rentrés à la maison, il y a une semaine, nous appréhendions tous cette journée, comme une sorte de test.

Leo a surcompensé, évidemment. L'anniversaire de Pen a commencé par son petit déjeuner préféré : pancakes citron-ricotta, bacon trop cuit et smoothie banane-fraise. Ensuite, nous sommes allés chez les parents de Leo qui l'ont pourrie-gâtée. Après, nous sommes allés faire une balade à vélo au parc, suivie d'un dîner à sa pizzeria préférée.

Le cadeau que nous lui avons offert est un jardin. Leo et Brendon avaient travaillé toute la semaine pour le préparer. Ils avaient arraché l'herbe de la petite zone à côté de la piscine, installé des traverses autour des parterres et un système d'irrigation, puis avaient paillé la terre. Je lui ai offert une douzaine de sachets de graines et de plants. Hannah lui a trouvé une girouette faite de papillons arc-en-ciel. Pen a dit que ce jardin était le plus beau cadeau qu'elle ait jamais reçu, et son sourire a presque sauvé la journée. Nous avons cérémonieusement planté la bouture de monarde dans le coin sud-ouest qui est le plus ensoleillé, et nous avons tous souhaité un joyeux anniversaire à Bee.

Je suis allée me coucher épuisée, mais soulagée. D'une certaine façon, nous avions survécu. Il y a deux mois, je ne sais pas si j'aurais été capable de sortir de mon lit. Lentement, même si ça nous paraissait autrefois impossible, nous guérissons. Mon cheminement est moins rapide que celui des autres, mais la gaze poisseuse qui m'enveloppe depuis la mort de Bee n'est plus aussi épaisse qu'avant et, par moments, elle se détend assez pour que de fins rayons de lumière passent à travers.

La maison est hantée. Bee est partout, mais je m'y habitue. Les souvenirs ne sont plus aussi désagréables, et parfois, je me surprends même à les chercher, à me plonger dans la douleur ne serait-ce que pour sentir la présence de Bee et me languir d'elle avec délectation.

Ce qui m'aide, c'est que Pen pousse comme une asperge. Elle mesure une tête de plus qu'au début de l'été, et même s'il reste des traces, je la vois entière au lieu de me focaliser sur la moitié qui lui manque, lorsque je la regarde. Elle parle toujours à sa sœur – souvent assise dans sa chambre devant le vieux coffre de pirate qui appartenait à Bee. Elle lui raconte des histoires et discute avec lui comme s'il était vivant. Leo m'assure que ce n'est pas grave. Chacun surmonte son chagrin à sa façon, et Bee était la sœur jumelle de Pen, alors elle fera toujours partie d'elle.

Trois, pas quatre. Trois quarts. Soixante-quinze pour cent. Je ferme les yeux et refais le calcul pour la millième fois, ces mots comme un mantra bouleversant et réconfortant à la fois. Même si un morceau a disparu, il reste beaucoup.

Lorsque mon cœur se calme, j'ouvre les yeux et recommence à faire défiler la liste d'offres d'emploi sur mon ordinateur. Je suis déterminée à trouver un travail. Le problème, c'est qu'il n'y a pas grand-chose dans le coin pour une ex-directrice financière sur laquelle il existe plus de deux mille articles peu flatteurs en ligne : comment j'ai expulsé une ancienne militaire blessée de sa maison, comment je l'ai fait arrêter, pourquoi j'ai été soupçonnée d'avoir incendié sa maison pendant qu'elle était en prison.

Je m'adosse à ma chaise et bois une gorgée de mon café désormais froid, puis je me retourne pour regarder Hannah faire des longueurs dans la piscine à travers les baies vitrées. Chaque matin, elle nage au saut du lit. D'après elle, c'est grâce à cet exercice physique qu'elle n'a plus de maux de tête, mais je sais qu'elle continue à prendre le remède de Davina. Je n'en ai jamais reparlé, elle non plus. Un jour, je lui dirai que ce n'est pas grave. Sa trahison est toujours douloureuse, mais je suis heureuse que ses migraines aient disparu.

— Comment ça se passe ? demande Leo qui entre en tenue de jogging.

Ses sourcils ont repoussé et ses mains sont presque guéries, alors il est presque redevenu lui-même. Il n'y a que ses pattes grisonnantes depuis peu qui, bien entendu, ne retrouveront jamais leur couleur d'autrefois.

— Pas mal, je mens.

— Tu vas trouver quelque chose.

Il dépose un baiser sur ma tête avant de se diriger vers la porte.

Il a abordé plusieurs fois l'idée de monter notre société. Nous en parlions à l'université : nous pourrions proposer des plans financiers aux entreprises qui ne sont pas assez grandes pour employer un directeur financier à plein temps. L'idée me plaît, mais pour démarrer, il nous faut un capital de départ, ce qui veut dire qu'il faut vendre la propriété.

Elle a été mise en vente le jour où nous sommes partis, et il y a eu quelques visites depuis, mais ça ne s'avère pas aussi facile que l'agent immobilier nous l'avait fait croire. La plupart des familles trouvent la maison trop grande, et le domaine est trop cher pour les compagnies forestières. Hier, un couple l'a visitée en vue d'en faire une maison d'hôtes, mais a jugé qu'elle était finalement trop loin de Concord.

À mon avis, les enfants espèrent qu'elle ne se vendra pas. Tous trois ont évoqué l'idée d'y retourner. Brendon aimerait acheter un bateau et se mettre à la pêche. Pen veut rendre visite à Davina et apprendre tout ce qu'elle sait sur les plantes. Et Hannah, évidemment, souhaite revoir Rock.

Au fond de moi, je ressens la même chose, une attirance inexplicable. Aussi tragiques et affreuses qu'aient été nos semaines là-bas, elles m'ont également rappelé les étés de ma jeunesse. Et secrètement, je me suis demandé s'il serait possible de les recréer, si ma sœur et mes cousines pourraient s'éloigner de leurs vies occupées quelques semaines chaque été pour renouer et profiter de la compagnie les unes des autres.

C'est drôle comme Davina fait toujours partie de nos pensées. Elle est là, parmi nous. Sa cabane continue à exister, tout comme son bateau sur la berge.

Je songe souvent à elle et je me demande ce qu'elle a fait des informations que je lui ai révélées. Il a été étonnamment facile de localiser sa fille une fois que j'ai eu retrouvé son ex-mari. Comme je l'avais deviné, il a poursuivi sa carrière d'ingénieur spécialiste des drones. Il est directeur de la technologie dans une usine de Téhéran. Il s'appelle maintenant Ashraf, au lieu de Mozaffar, mais il n'a pas changé de nom de famille. Et il était impossible de ne pas le reconnaître sur le portrait du site internet.

Une fois que j'ai su son nom, le reste est allé tout seul. Rose, désormais Nasrin, a grandi à Téhéran, mais a fait ses études aux États-Unis. Elle est sortie diplômée de l'UCLA, puis a poursuivi son cursus à l'école de médecine de Princeton. Elle est mariée à un ancien étudiant de la même université dont le nom de famille est Rendon, et tous deux terminent leur internat dans la ville natale de son mari, Hoboken, au centre médical universitaire.

La photo de profil de son compte Facebook montre une belle femme au regard intense. Elle a les cheveux noirs et frisés et ses yeux dorés sont indéniablement ceux de sa mère. Sur le portrait, il y a également deux petites filles. D'après ses posts, elle mène une vie bien remplie et heureuse. Elle adore décorer sa maison à Noël, et son mari et elle aiment la randonnée et le camping.

Je me demande si Davina l'a cherchée aussi sur Internet et ce qu'elle en a pensé, si voir sa fille aussi épanouie lui donne plus ou moins envie de la contacter. Je l'imagine tiraillée entre l'envie de refaire partie de sa vie et le désir altruiste de ne pas la perturber.

Hannah sort de l'eau à bout de souffle et, en l'observant, je sais que pour moi, la question ne se poserait pas. Savoir ma fille si près, mais pas dans ma vie, serait impossible.

Cette journée est incroyablement belle. Les rosiers qui bordent le jardin sont en fleurs et le ciel est d'un bleu aveuglant. Je réfléchis à la façon dont je le peindrais. Eisenhower peignait. Winston Churchill aussi. Tous deux avaient vécu la perte d'un enfant. Je me demande si c'est lié. Je me rappelle cette citation de Churchill affichée à côté d'un diaporama de ses peintures dans le musée qui lui est dédié à Londres :

Heureux sont les peintres,
Car ils ne seront pas seuls.
La lumière et la couleur, la paix et l'espoir
Leur tiendront compagnie jusqu'à la fin,
Ou presque jusqu'à la fin du jour.

Ces mots sont si pleins d'espoir.

Je me demande si un des enfants aurait envie de peindre avec moi. Je verrais bien Hannah devenir artiste. Elle est tellement romantique et patiente. Mais c'est Pen qui s'est prise de passion pour le dessin : elle transporte un carnet partout où elle va, afin de pouvoir croquer les feuilles, les plantes et de prendre des notes pour ses recherches. Leo et moi sommes convaincus que ce sera une grande botaniste un jour. Elle découvrira peut-être un remède contre une maladie rare, deviendra une Marie Curie ou une Alexander Fleming des temps modernes.

Hannah entre, une serviette autour de la taille. Elle attrape une banane et chantonne en passant :

— Bonjour, maman !

Ces mots n'ont rien de spécial, c'est juste un bonjour par une belle matinée, mais sa normalité me paraît remarquable. Un bref instant stupéfiant, une perle sur un collier cassé, simplement belle en soi.

64
Davina

Je suis aussi nerveuse qu'un poulain qui vient de naître. Je secoue mes bras et mes jambes en me répétant de me détendre. Ce qui ne fonctionne pas du tout. Que dit-on à sa fille qu'on n'a pas vue depuis vingt-trois ans ? Ou à ses deux petites-filles qu'on n'a jamais rencontrées ?

Je suis dans mon jardin où je m'occupe des plantes que Rock et moi avons rapportées du domaine. La plupart ont pris racine, et d'ici l'année prochaine, je devrais avoir une récolte correcte.

Mon petit doigt m'élance. J'ouvre et referme le poing plusieurs fois pour faire disparaître la crampe. Il guérit bien et paraît étonnamment normal. Le seul signe de traumatisme est une fine ligne blanche dentelée, mais il faut vraiment regarder de près pour la remarquer. Le chirurgien a fait un travail épatant. J'ai eu de la chance qu'il soit aussi doué. Dieu m'a souri en m'offrant un artiste plutôt qu'un boucher, le soir où j'ai été blessée. Mon petit doigt ne se plie pas totalement, mais il fonctionne assez bien, et je suis toujours capable de faire ce que je veux, ce qui est un grand soulagement.

Il était important que mon auriculaire guérisse avant que je contacte Rose. La vue de mes anciennes blessures est suffisamment difficile à supporter la première fois qu'on me rencontre. Je ne voulais pas que les premiers sentiments de ma famille à mon égard soient le choc et la pitié.

Famille.

Ces mots provoquent un nouveau bourdonnement nerveux à travers mon corps. Même si j'ai des amis chers, ce n'est pas pareil. Rose est à moi. Entre le moment où j'ai senti un premier chatouillis dans mon ventre et celui où je rendrai mon dernier soupir, elle ne peut que rester enracinée dans mon âme.

Après le retrait de mon plâtre, il m'a fallu presque une semaine pour rédiger un e-mail et trouver le courage de l'envoyer :

> Bonjour Nasrin (Rose),
> Je ne sais pas comment dire cela sans être directe : je suis ta mère biologique, Davina Taheri (aujourd'hui Davina Lister). Grâce à un ange gardien, je t'ai retrouvée. Tu ne me dois rien, mais si tu souhaitais me rencontrer, rien ne me ferait plus plaisir. Si ce n'est pas le cas, je comprendrai.
> Tu vis dans mon cœur depuis l'instant où nous avons été séparées, et quel que soit ton choix, je serai en paix maintenant que je sais que tu es devenue une femme aussi bien et magnifique.
> Avec tout mon amour,
> Maman

La réponse est arrivée près de trois heures après que j'ai cliqué sur « Envoyer », les cent soixante-douze minutes les plus longues et atroces de ma vie. J'ai rafraîchi la page de ma messagerie tant de fois que je suis surprise que mon ordinateur n'ait pas planté pour protester.

Voici ce que disait sa réponse :

Chère maman (quel mot étrange à écrire),
Mes larmes ne cessent de couler pendant que je tape ces mots, alors pardonne-moi pour les fautes de frappe. On m'a dit que tu étais morte. C'est ce que j'ai cru ces vingt-trois dernières années. Je ne sais pas quelle émotion est la plus forte, mon euphorie ou ma rage. OUI ! Je veux te rencontrer. Et je veux que mes filles te rencontrent. J'en ai deux, Rosie et Davia, elles ont respectivement quatre et cinq ans. Comme tu peux le deviner à leurs prénoms, je ne t'ai jamais oubliée. Tu as continué à vivre dans mon cœur, toi aussi.
Dis-moi quand nous pouvons nous rencontrer. C'est si irréel, j'ai l'impression que mon vœu le plus cher vient d'être exaucé.
Ta fille pour toujours,
Rose

C'était il y a une semaine, et je deviens folle depuis. Rose et ses filles viennent pour la journée. Nous déjeunerons, puis nous irons faire une balade en bateau. Ce sont ses suggestions. Elle se rappelait que j'aimais cuisiner, et elle n'a jamais oublié le temps passé sur le Merrimack avec le colonel.

Je lui ai envoyé plusieurs photos par e-mail pour les préparer à la vue de mes cicatrices, les filles et elle. Rose m'a assuré que mes blessures ne les mettent pas mal à l'aise. Elles accompagnent leurs parents au cours de leurs visites depuis qu'elles sont bébés. Elle dit que son mari et elle sont déterminés à leur enseigner la compassion et la compréhension le mieux possible. Je n'arrive pas à croire qu'elle soit chirurgienne. Ma mère adoptive et le colonel auraient été si fiers. Ils étaient tous deux convaincus que Rose était brillante et qu'elle accomplirait de grandes choses un jour. Il s'avère qu'ils avaient raison.

Je coupe une bouture de chèvrefeuille et retourne à l'intérieur, le cœur bondissant et le cerveau en ébullition.

Nos premiers e-mails étaient guindés et formels, une sorte de danse timide tandis que nous nous dévoilions lentement à l'autre, lui montrant notre meilleur visage, terrifiées de son opinion. Mais rapidement, son esprit vif s'est révélé, et nous avons retrouvé des rapports si familiers que c'était comme remonter le temps et accélérer jusqu'au présent, toutes ces années perdues effacées. Elle était toujours si remarquablement la même et je n'avais pas changé non plus. Nous avons commencé à bavarder exactement comme nous l'aurions fait si nous n'avions jamais été séparées.

Elle se rappelle une bonne partie de son enfance en Amérique, puis en Iran. Je suis soulagée de savoir qu'elle a eu une vie agréable. Son père l'adorait, et deux ans après leur installation là-bas, il s'est remarié. J'ai essayé de ne pas être peinée lorsqu'elle m'a dit que sa belle-mère était une femme bien, gentille et attentionnée, et qu'elle avait traité Rose comme sa fille. Mais la douleur a duré toute la nuit jusqu'au lendemain.

Pour le moment, Rose ne parle plus à son père, trop en colère contre lui à cause de ce qu'il a fait.

Je lui ai répondu que la colère est une réaction stérile, plus néfaste à la personne qui l'éprouve qu'à la personne visée. Nous nous sommes retrouvées, c'est tout ce qui compte.

Ces mots l'ont rendue encore plus furieuse. J'ai pu constater qu'elle n'avait pas perdu son fort tempérament. J'ai donc cessé de lui donner des conseils au sujet de son père et me suis plutôt concentrée sur le présent et sur nos retrouvailles.

Lorsqu'elle m'a demandé comment je l'avais localisée, je lui ai raconté cet été extraordinaire – la cabane, les Egide, Banjo pris dans un piège –, ces événements qui ont conduit Marie à laisser ce mot inoubliable dans ma boîte aux lettres.

« C'est comme si c'était écrit, ai-je conclu, nos chances et nos destins enchevêtrés. »

Elle m'a répondu :

Grand-mère a toujours cru au destin. Elle a peut-être joué un rôle là-dedans.

J'ai souri en lisant ces mots, à la fois parce qu'elle se souvenait si bien de sa grand-mère et que j'ai imaginé ma mère adoptive assise sur un nuage, peut-être en compagnie du colonel, lançant des éclairs dans nos directions pour faire exploser nos univers et nous regardant avec intérêt, afin de voir quelle sorte d'électricité se produisait entre nous.

Le jour de leur visite est arrivé, et je suis si excitée que je ne tiens pas en place. Je pose le bocal avec la tige de chèvrefeuille sur le plan de travail et me lave les mains. Une des reines me donne de petits coups de museau dans la jambe, alors je me penche pour la gratter derrière les oreilles.

Toutes trois se sont bien adaptées à leur nouvelle maison, mais Teddy nous manque. Tous les quelques jours, je lui rends visite et flâne dans les bois. Même si la cabane a disparu, je m'y sens toujours comme chez moi. Teddy a fait de la remise son château et semble très satisfait de régner sur son domaine.

Mon portable vibre. Je le sors de ma poche pour voir un mème que m'a envoyé Brendon : deux vieillards à barbe blanche sont assis sur la berge d'une rivière, munis de cannes à pêche, et le fleuve s'ouvre en deux à l'endroit où l'un de leurs appâts est tombé. « T'es pas drôle, Moïse !! » dit une bulle au-dessus de sa tête.

Je souris, puis éclate de rire. Brendon m'envoie quelque chose presque chaque jour : un message, un mème, un mot à deviner, une énigme. C'est sa façon de prendre de mes nouvelles et de garder le contact. J'avais raison à son sujet. C'est un bon gamin qui va devenir un homme bien.

Je lui réponds :

Tu sais pourquoi Moïse était en avance sur son temps ?

Il réagit presque instantanément :

Parce qu'il était le premier à utiliser une tablette.

Il me renvoie un émoji qui rigole, et je range mon portable dans ma poche avant de vérifier mon reflet dans le miroir. Je me suis fait couper les cheveux pour l'occasion, je n'étais pas allée chez le coiffeur depuis dix ans. Ils m'arrivent maintenant aux épaules. Je me suis également acheté de nouveaux vêtements – un pantalon beige et une chemise écossaise rouge et blanc. Ça ne change pas grand-chose, évidemment. Je suis toujours moi, et mes cicatrices ne peuvent pas être masquées. Mais je veux que Rose et mes petites-filles sachent que je vais bien et n'ai besoin de rien. Je peux veiller sur moi-même et ne serai pas une charge.

En entendant une voiture tourner dans l'allée, je regarde par la fenêtre et vois un break Volvo blanc approcher. Je sors aussitôt et frissonne, refroidie par un coup de vent, mais je ne rentre pas chercher mon pull, trop excitée pour retarder nos retrouvailles même d'une seconde.

La voiture s'arrête et la portière côté conducteur s'ouvre.

Je descends du perron tandis que Rose sort de sa voiture, et le temps s'arrête.

Les visages changent, mais les yeux restent les fenêtres de l'âme. Ses yeux, ceux de ma mère biologique, les yeux que je vois quand je me regarde dans le miroir, me regardent. Vingt-trois ans ont passé, et pourtant, j'ai l'impression que nous ne nous sommes quittées qu'une seconde. Elle est là. Devant moi. Ma Rose.

Je lève la main pour lui faire bonjour, et elle sourit tout en balayant mes cicatrices d'un œil expert. Je m'apprête à parler lorsque la portière arrière s'ouvre en grand. Une fillette toute maigrichonne apparaît, coiffée de deux tresses foncées qui lui arrivent sous les épaules. Elle me regarde, incline la tête sur le côté et s'apprête à dire quelque chose quand une autre petite personne sort d'un bond derrière elle. Celle-ci est plus jeune, et une crinière de boucles noires encadre son visage parfaitement rond.

— Ma maman dit que tu as une ruche.

Elle ne semble pas du tout remarquer mes cicatrices, ce qui me prend au dépourvu.

Rose m'a expliqué que ses filles ont l'habitude de côtoyer des patients en traumatologie, mais même les soldats les plus endurcis trouvent mon visage déconcertant la première fois qu'ils me rencontrent. La plus grande fait des efforts héroïques pour dissimuler sa réaction, mais je la vois grimacer légèrement, tandis qu'elle essaie de ne pas me dévisager.

— Rosie, tu dois d'abord te présenter, dit ma fille.

— Bonjour, je m'appelle Rosie, récite la petite avec impatience. Est-ce que tu as une ruche ?

Je me retiens de rire.

— Tu aimes le miel ?

Elle secoue la tête d'un air catégorique, comme si cette question était absurde et totalement hors sujet.

— Je peux la voir ? Je veux voir des abeilles.

Je lance un regard à Rose, qui sourit en haussant les épaules, l'air de dire : « Tu voulais nous rencontrer. Eh bien, nous voilà. » Et je m'aperçois que Rosie marche au rythme de son tambour interne, un tambour merveilleux avec un battement rien qu'à lui.

— Viens avec moi, dis-je en lui tendant la main.

Lorsqu'elle la prend, j'ai l'impression que mon cœur va éclater. Et je me demande si une overdose de bonheur peut avoir cet effet-là, faire littéralement éclater un cœur. Ça me semble possible, et si c'est le cas, je ne vois pas meilleure façon de partir. Mais tandis que Rosie et moi marchons, nos mains se balançant entre nous, je sais que ce n'est pas la fin. Je lève les yeux vers les cieux et souris. C'est peut-être mon imagination, mais je crois entendre les bruits lointains d'une fête dans la brise, et deux anges qui rient tout en se félicitant de leurs diableries.

Une lettre de l'auteure

Chers lecteurs,

Au début, le sujet de cette histoire était l'argent et ce qui a de la valeur dans nos vies. Comme ça a été le cas pour un grand nombre de personnes, l'arrivée du Covid a fait du mal à ma famille. Nous avons vécu de longs mois sur des montagnes russes qui nous ont obligés à prendre du recul et à revoir nos priorités. À un moment, nous avons cru que nous allions tout perdre – nos restaurants, nos maisons, nos gagne-pain. Nous nous en sommes sortis, et chaque jour, je remercie le ciel, consciente que beaucoup n'ont pas eu notre chance.

Quelques mois après la fin du confinement, j'ai assisté à une réunion du conseil municipal afin de défendre un projet d'architecture sur lequel je travaillais. Une douzaine de sujets étaient inscrits à l'ordre du jour, et le mien était le onzième. Alors pendant deux heures, j'ai écouté des gens parler des soucis, petits et grands, de notre ville. J'ai été impressionnée par la patience, l'attention et le professionnalisme des membres du conseil, mais aussi consternée par l'attitude d'un couple âgé, deux avocats qui s'opposaient âprement à chaque proposition. Je les connaissais. Ils avaient la réputation d'agir ainsi, d'utiliser leurs compétences juridiques pour en faire voir de toutes les couleurs à notre ville sous prétexte d'une rancune vieille de nombreuses années, quand leur propre projet avait été débouté.

Après ce que le monde entier venait de subir, je me suis sentie en colère en les observant et je me suis demandé comment ils avaient pu devenir ainsi. Ils étaient manifestement aisés. Leur maison était une immense demeure surplombant l'océan dans un des plus beaux cadres au monde. Et pourtant, ils dépensaient leur temps et leur énergie à se montrer méchants et rancuniers, à essayer de rendre tout leur entourage aussi malheureux qu'eux.

Le lendemain, j'ai vu arriver le couple qui entretient notre jardin. En temps normal, je ne suis pas présente quand ils travaillent, mais cette matinée étant particulièrement belle, j'écrivais dehors. Tandis que je notais des idées pour ma prochaine histoire, je les ai écoutés parler et rire en vaquant à leurs tâches. Je savais qu'ils avaient traversé une période incroyablement difficile à cause de la pandémie. Ils avaient perdu des clients, et deux de leurs enfants étaient revenus vivre chez eux après avoir été licenciés. Et pourtant, ils étaient là à travailler sans se plaindre, trouvant encore des raisons d'être heureux.

Et c'est ainsi que l'idée de cette histoire est née, basée sur une question simple qu'on se pose depuis la nuit des temps : l'argent rend-il heureux ? Ce n'est pas un concept novateur. On raconte des histoires de pauvres et de riches depuis… eh bien, au moins depuis *Le Prince et le Pauvre* de Mark Twain en 1881. Mais je voulais explorer ce thème dans un contexte contemporain et chercher plus profondément d'où viennent le vrai bonheur et la satisfaction.

Évidemment, l'histoire ne s'est pas terminée comme je l'avais imaginé, et le thème est devenu secondaire à l'intrigue. Mais voilà ce qui m'a inspirée et a servi de base au roman.

Peu après avoir posé ces fondations, j'ai lu un article dans le journal qui m'a fourni la trame de l'histoire : River Dave, un vétéran de quatre-vingts ans, avait vécu paisiblement pendant vingt-sept ans dans une cabane qui ne se trouvait pas dans les limites de son exploitation forestière à côté du fleuve Merrimack, dans le New Hampshire. En découvrant sa présence, le nouveau propriétaire avait cherché à l'expulser. Mais River Dave avait refusé de partir et avait été arrêté. Pendant son incarcération, on avait réduit sa cabane en cendres.

Ça vous rappelle quelque chose ?

Cette histoire était parfaite – un adorable personnage excentrique vivant heureux en marge de la société, sans richesse matérielle, en désaccord avec un propriétaire aisé, mais moins heureux.

Mon roman était né.

J'espère que vous avez aimé parcourir ces pages en compagnie de Davina, Marie, Leo, Hannah, Pen et Brendon autant que moi.

Bien à vous,

Suzanne

P.-S. - Tous les remèdes décrits dans cette histoire proviennent de mes recherches sur la médecine traditionnelle. Ce ne sont pas des recommandations, et je n'ai aucune expertise dans le domaine de la guérison, ni de la médecine.

Remerciements

On n'accomplit jamais rien seul. Merci à ma fille, Halle, ma première lectrice, qui a charitablement lu cette histoire quand ce n'était qu'un brouillon, m'a fait de précieuses remarques et n'a cessé de m'encourager même à l'époque où elle était très mauvaise. J'adresse d'immenses remerciements à mon agent, Gordon Warnock, la deuxième personne à qui j'ai fait découvrir mon intrigue et mes personnages à l'état d'ébauche, dont l'honnêteté et la perspicacité ont rendu le roman incroyablement plus fort. Merci, comme toujours, à ma correctrice, Alicia Clancy, qui a le don de repérer l'endroit exact où une histoire doit être travaillée et de débarrasser la mélodie de ses fausses notes.

Merci à Gabriella Dumpit, Alex Levenberg, Danielle Marshall, Hannah Hughes, Kyra Wojdyla, Elyse Lyon, Jenna Justice, et à toute l'équipe de Lake Union d'accompagner la venue au monde de mes livres avec un tel soin. Merci à Mary Ruth Govindavari, qui a lu cette histoire en restant attentive à ma façon de traiter le syndrome de stress post-traumatique, le chagrin et les problèmes liés à l'image corporelle, et qui m'a apporté un éclairage sur la manière d'aborder ces sujets avec délicatesse, compréhension et compassion.

Un remerciement particulier à Kathleen Lynch pour la magnifique couverture de l'édition originale.

Merci à mon mari, Cary, et mon fils, Joe, qui me poussent au quotidien à écrire des histoires sur le dévouement et la famille, ainsi qu'à Lisa Anderson et Jacquie Broadfoot pour leur amitié et pour avoir cherché des idées de titre avec moi. Merci à mon collègue architecte Lance Polster, qui m'a répondu : « Ça ferait une super histoire » lorsque j'ai mentionné par hasard la réunion du conseil municipal. Nous avons ensuite eu une conversation sur l'argent et l'idée qu'il ne fait pas nécessairement le bonheur.

Merci au *Boston Globe* et au *Guardian* pour leurs reportages sur River Dave qui ont inspiré ce roman. Merci aux sympathiques pompiers de Laguna Beach que j'ai rencontrés par hasard chez Gu Ramen où je passais chercher le dîner et qui m'ont généreusement expliqué comment ils luttaient contre les incendies dans les endroits isolés, sans accès à une route ou à une bouche d'incendie. Merci aux hommes et aux femmes qui servent courageusement dans nos forces armées. J'ai lu tant de vos histoires en écrivant ce roman, votre héroïsme et votre sens du sacrifice me stupéfient. Merci au Club de Juliette et à la légion de secrétaires qui répondent gentiment à ce courrier du cœur et ont inspiré l'histoire d'Hannah.

Et enfin… merci Starbucks. Sans votre café, votre wifi et vos clients divertissants, dont certains ont trouvé une place dans cette histoire, ce livre aurait bien pu ne jamais exister.

14403

Composition
NORD COMPO

Achevé d'imprimer en Slovaquie
par NOVOPRINT SLK
le 7 avril 2025

Dépôt légal avril 2025
EAN 9782290411391
OTP L21EPLN003791-640248

ÉDITIONS J'AI LU
82, rue Saint-Lazare, 75009 Paris

Diffusion France et étranger : Flammarion